威音文化
Weiyin culture communication co., LTD

我的云端少年

○摇摆鲸 著

北京联合出版公司
Beijing United Publishing Co.,Ltd.

图书在版编目（ＣＩＰ）数据

我的云端少年 / 摇摆鲸著. — 北京：北京联合出
版公司，2016.1
ISBN 978-7-5502-6912-5

Ⅰ．①我… Ⅱ．①摇… Ⅲ．①长篇小说－中国－当代
Ⅳ．①I247.5

中国版本图书馆CIP数据核字(2015)第304115号

我的云端少年

作　　者：摇摆鲸
责任编辑：夏应鹏
装帧设计：施　军

北京联合出版公司出版
（北京市西城区德外大街83号楼9层　100088）
三河市南阳印刷有限公司　新华书店经销
字数 130千字 880mm×1230mm 1/32 8印张
2016年1月第1版　2016年1月第1次印刷
ISBN 978-7-5502-6912-5
定价：32.00元

仅以此文献给

小英雄

和阳光灿烂的日子

……

目　录
Contents

Chapter 1

隐秘的约会

消失了我就再种一颗，
再消失了再种一颗，
草莓种完种樱桃，
樱桃种完种葡萄，
一年种满四季，
要不现在再来一个？

　　悦然看着一直绵延到天际的阴霾，心想再过半个月天气就该暖和了，不过那时也该起风了。还是L市的春天好，暖风袭人，馨香四溢。在那样的春光里，连等待也变得诗意。哪像现在，蚀骨的阴冷简直是在消磨意志。但是一转念，穿着单薄的衣裙，多出来的几斤肉往哪儿藏呢？虽然这两天悦然紧赶慢赶地节制饮食，下巴比起从前还是圆润了不少。好在有厚实的牛仔裤和外套遮住微隆的肚腩，陈羽寒不仔细看应该看不出什么变化。她可不想让陈羽寒误以为她没了他反倒生活滋润，心宽体胖。"为伊消得人憔悴"是骗人的文艺腔调，寂寞、痛苦其实更容易激发旺盛的食欲。身体是会自我保护的，当灵魂遭受折磨的时候只有通过满足口腹之欲来缓解痛苦，但是身体忽略了更严重的后果：还有什么比一个没人爱的胖子更凄凉的呢？

　　悦然不再抱怨天气，她想喝一点热的东西，长时间站着未动让她感觉一股滞重的寒意正将身体的各个部分冻结起来，连思维也运转得越发沉重迟缓。嗯，最好来杯热巧克力吧，奶茶也行。总之要热气腾腾的一大杯，装在粗糙而有质感的纸杯里，沉甸甸地握在手上。这么一想，更觉得饥冷难耐，悦然四处张望，寻找卖热饮的店铺，与此同时眼前浮现一个镜头：在她付钱的时候，陈羽寒擦身而过。

多么傻气的想法啊，陈羽寒如果真想找她，不会打手机吗？这又不是石器时代。悦然觉得自己是太过焦虑了，却又无法忽略对这种可能性的想象：万一陈羽寒一时大意没带手机呢？或者他已经走到马路对面又突然改变了主意怎么办？如果这个时候悦然没有去买东西喝就一定能看到他，叫他的名字，挥手示意自己的位置，并在陈羽寒意志摇摆的时候拉他一把。

还是忍耐一下吧，已经等他等了那么久，难道还在乎这一个下午的冷暖？悦然打定主意，继续把目光投向迎面而来的一张张脸孔上。一边快速辨认着一边给他们归类：帅，不帅，局部帅，吓人……而这些年轻的男人也多半会将目光停留在悦然脸上。虽然悦然对自己的容颜已不再如从前般自信，虽然她胖了几斤，虽然她除了拿遮瑕膏盖住黑眼圈外什么妆也没化，但毫无疑问她是好看的：她长着一张略微苍白的脸和一个俏皮的尖下巴，眉眼之间的稚气尚未完全脱去，一种成熟的风情却已初成气候，这份美因为正在生长而丰富、生动、引人想象。悦然对自己的好看选择漠视，因为如果不能让陈羽寒爱她，那么一切都是多余的。

现在她只希望能在他找到自己之前认出对方，似乎那短暂几秒钟的时间差意味着某种主动权。悦然不想被看出自己为这次约会尽心准备的那份卑微，她刻意营造着随意的姿态。陈羽寒看到的她应该表情淡然又带着一点欢喜，就像她每天都会在同样的时间、同样的地点等他，今天只是无数平常中的一次。悦然记得去年夏天的一次聚会中她穿了一件纯色的男式T恤、一条浅蓝色的紧身牛仔裤和米色帆布鞋，干净至简的一身却令陈羽寒称赞不已并一再声称就是喜欢这个范儿。今天便也穿出了与那如出一辙的风格：白色基本款的圆领毛衣，一条深蓝色牛仔裤，外加一件驼色牛角扣大衣。已经出了门，又折回去把高跟鞋换成了UGG，她想挽着胳膊走在陈羽寒身边的她应该是乖顺可爱的。当然，外在的朴素只是心机的一部分，她没有忘记换上一套有花边和蝴蝶结的内衣，以防万一。

来看演出的年轻人渐渐聚集，其中有男朋友、没男朋友的女孩都少不了借这个机会重重妆扮，小小释放一下灵魂的不羁——烟熏妆、红嘴唇、浓密的假睫毛和密集的耳钉。相比之下，悦然的打扮淡若无物。她并不在意这些，自顾自地一边等待一边随意摆弄手里的两张纸片，那是二手玫瑰乐队现场演出的门票，而她身后正是演出的场地——ZOO酒吧。铁架焊成的招牌名字已经斑驳，但这家开在几所高校视线范围内的酒吧从没冷清过，加上常常组织摇滚乐队现场演出，热血的夜晚便时时上演。哪里有愤怒的年轻人哪里就有摇滚乐，反之也一样。

酒吧的门小而寒碜，门口的墙上挂着一块更加寒碜的小黑板，上面用白色粉笔潦草地写着"3月30日晚7:30二手玫瑰门票：80元"。3月30日正是今天，今天是陈羽寒的生日。

两个星期前。

晚上十二点，悦然正准备关机睡觉，看到陆洋上线了。有日子没见到这个家伙了，悦然有点怀念他那没心没肺的笑容。

发个消息过去问候："Hey，你已经开始过美国时间了吗？"

"呵呵，托福今年六月改革，谁知道新托福长什么样啊，我得用功在这之前赶紧过。"

"难怪，你好好加油。"

"话说孟大编剧，这么晚了你怎么也还不睡啊？漫漫长夜，寂寞难耐，不如咱们裸聊吧。"

从前陆洋这么没遮没拦地开玩笑时，悦然和幼琪都会用点武力迅速让他断念。可是独自在北京度过一个漫长的冬天后，这样的话却让悦然心头一暖。

"看得到又摸不到，不过瘾没意思。"

线那头陆洋的手一抖："姑娘，你赢了。"

沉默了三分钟。

"悦然。"

"嗯？"

"陈羽寒回北京实习了，昨天刚走。"

悦然愣了愣，敲了个"哦"。

她走进浴室，脑子里一片空白。打开热水水龙头，一件一件褪去衣服直到全身赤裸。她看着镜子里洁白的身体，努力寻找陆洋那句话与自己的关系。陈羽寒来了，此刻和她在同一个城市。如果是陆洋，她现在就可以打辆车过去找他，和他吃烤串、喝啤酒，东拉西扯地聊上通宵。可他是陈羽寒。他们既不是恋人，也不可能再做回到朋友。

悦然抚摸着自己光滑柔软的小腹，陈羽寒曾在上面吸吮出一个红印子，悦然看了看说："像颗草莓哎，过几天就会消失的。"

"消失了我就再种一颗，再消失了再种一颗，草莓种完种樱桃，樱桃种完种葡萄，一年种满四季，要不现在再来　个？"

"不要啦，好多口水，讨厌。"

……

悦然突然感到草莓消失的地方仍然甜丝丝的。

水雾很快覆盖了镜子，里面的影像变成一个模糊的影子，悦然走到莲蓬头下，任温热的流水冲洗身体上的印记。

这天夜里悦然怎么也睡不着，只觉得越睡越冷，最后整个人蜷缩在被窝里瑟瑟发抖。这突如其来的寒冷令悦然困惑。起初她以为是发烧前的"捂寒"，可是等了又等，身体并没有热起来。她打开灯，起来检查门窗，也都关得好好的。她仔细感觉了一下，确定不是心理作用而是房间里的温度下降了，连吸进鼻子的空气也是凉凉的。悦然再次环顾面积不大的房间，目光触及暖气片的时候似乎突然想到了什么。过去摸了摸，果然已经不再温热了。今天是全市停止供暖的日子，原来如此。

悦然从衣柜里搬出所有过冬的衣服铺到床上，重新钻进被窝。她暗自好笑，心想：幸好是冻得睡不着，如果是因为陈羽寒的消息，那也未免太沉不住气了。

这一次她很快进入梦乡。

一扇斑驳的红色木门引起了她的注意。虽然在耀眼的阳光下和来来往往的人群中，这扇门并不惹人注意，却像有魔力一般吸引悦然径直走过去，推开门，闪身而入。

一片漆黑，温度骤然降低，空气陈旧，带着霉味。待眼睛慢慢适应光线，一排排椅子的轮廓显现出来。这是一个类似于剧场或者电影院的场所，快被废弃般冷清、破旧，地上满是积水的坑洼，幕布上有影像移动。

但悦然顾不上回头去看是哪部电影，因为她看见陈羽寒在角落里坐着。虽然光线昏暗又有一定距离，但悦然百分百确定那人必是陈羽寒无疑。他静静地在角落里坐着，脸正冲着悦然的方向，但是光线太暗，一片浓郁的阴影覆在他的脸上，悦然看不清他的眼睛，不确定他是否看见了自己。

悦然嗓子干涩，发不出声，腿也像灌铅般沉重。她小心翼翼地避开水洼，艰难地向陈羽寒走过去。观众渐渐多起来，不时有人从身边经过。悦然努力地探着身子避免被他们遮住视线。陈羽寒仍然静静坐着，看不见他的表情。这一段路走得极为辛苦，大约过了半小时，悦然才挪到离陈羽寒十步远的位置。这时陈羽寒突然站了起来，转身离开了。他的背影迅速消失在黑暗中，什么痕迹也没留下。

悦然愣在原地，她很想追过去，可是陈羽寒的动作那么果断坚决不带丝毫犹豫，也并不慌张，仿佛早就做好决定只是实行罢了，过程中甚至没有一丝情绪的波澜，悦然追上去又有什么意义呢？

悦然醒来的时候，一侧的头发都被泪水打湿了。

第二晚第三晚，同样的场景出现在悦然的梦境中，场合略有不同，有时在高速路上，有时在河边，他们之间要么隔着疾速行驶的汽车，要么隔着湍急的水流。每次陈羽寒都是那么静静地站着，每次都在悦然离他几步远的时候迅速而平静地转身离开。同时悦然的睡眠也变得不安、易碎。自陈羽寒离开后，她就在一种压抑、失落的情绪中醒过来，再也无法入睡。

悦然不堪忍受失眠的折磨，决定和自己妥协，同时也要保全尊严：最后一次。她再主动约他一次。如果陈羽寒仍然无动于衷，她即使疯掉、垮掉、自我毁灭也不再萌生爱他的妄念。做了这个决定后悦然松了口气，她对自己苦笑，为什么认真的偏偏是她呢？一个被爱操纵的人是多么卑微啊。张爱玲那句话怎么说来着——"低到尘土里。"

悦然选择了陈羽寒生日这一天，她想方便日后回忆，应该挑个好记的日子。运气很好，碰巧那一天二手玫瑰有现场演出。这是陈羽寒喜欢的乐队，至于悦然喜不喜欢有什么关系？即使是一群猴子上台演出她也不在乎。

悦然隐身在Q上，打电话或发短信她都觉得不够自然。看到陈羽寒上线，悦然深吸了一口气。她起身把沙发上并不脏的衣服扔进洗衣机，淋湿拖把开始拖地，时不时地，抬头看一眼陈羽寒明亮的头像。消磨了二十分钟后，悦然坐下来把状态改成在线，又过了五分钟，她打了一个"Hi"发给陈羽寒。

"Hi."

"Hi."

"听陆洋说你回北京了。"

"嗯。"

"我也在北京。"

"我知道。"

悦然了解以陈羽寒不爱生事的性格一般不会主动招呼别人，但看到这句话还是一阵不快，明知自己来北京却若无其事，这样待人也太冷漠了。她压住脾气，"3月30号有二手玫瑰的现场，我想去看，你要不要一起？"

悦然按住开关强行关闭了电脑，她觉得口干得厉害，喝下半杯水后又觉得肚子饿。悦然分不清这突如其来的饥饿感是自己臆想出来的还是身体发出的真实讯号。她决定出去吃点东西。时间是下午四点半，天气阴霾，迎面吹来的风挟裹着冬天的碎片。悦然不想走太远，她走进街对面常去的那家面包店，点了一份凯撒卷和一杯红枣茶，端到窗边的位置坐下来。面包店里明显比外面温暖很多，空气里飘着懒洋洋的音乐和烘焙的甜香味。悦然吃下半个食材丰富的肉卷，心情放松下来，高热量的食物总是能给人带来短暂的欢愉和安定感。

手机响起，是罗杰。这个电话来得正是时候。悦然正不知道该如何打发这个黄昏以及接踵而至的夜晚。她心情愉快地接听电话："喂，罗杰，怎么想到给我打电话呢？"声音里甚至有一点娇媚。平时习惯了悦然公主般傲慢的罗杰突然听到她热情洋溢的声音有点受宠若惊，话也说不利索了："悦……然，是这样的，今天学校里的日本电影周开始了，晚上七点半上映《春雪》，我买了两张票，想请你……"话还没说完悦然便甜美地打断他："好的呀。"

悦然惊讶表象和真实意识之间的反差可以如此之大，表面和平的日常生活之下隐匿着不易察觉的思维活动，就像形状稳重的电脑主机不动声色地运行着庞大复杂的程序。我们将大部分的智力和情感投入其中，并因为有表象这层外壳的保护而更加大胆肆意，为意识做了很多不必要的渲染和延伸，使喜悦更喜悦、痛苦更痛苦，生活就在这两个平行交错的空间中缓慢行走，看起来像一个巨大的隐喻。难怪波兰斯基说，生活的某些层面只能用诗歌来表达，那些莫名其妙的词语之间混乱而微妙的逻辑用来对应意识和表象的关系却恰如其分。

悦然不认为罗杰能捕捉到这些脆弱、纤细的讯息，从他第一次见到悦然起，悦然在他眼里就一直是一个乖巧、可爱、单纯的女孩。他从未看到过她的阴暗，当然也从未领略过她真正的美艳。"那么，这里住着一只黑毛动物和一只乖小羊，对吗？"陈羽寒从身后环抱着悦然，一只手轻抚着她的胸口说道。

悦然感到心口钝痛，抓紧时间梳洗打扮，她戴着芭比款的假睫毛，涂上使嘴唇粉嘟嘟的唇彩，穿了一条下摆微蓬的短裙出现在罗杰面前。罗杰和所有没有见过世面的男生一样被这种肤浅的甜美迷惑，兴奋地迎过来带悦然去喝奶茶，并尽量拣人多的地方走。悦然很顺从地满足着他的虚荣心，同时也很享受那些停留在自己身上的目光。在一片无声的赞美中悄悄确认她搁置在一旁的美丽仍然是美丽的，从陈羽寒身上失落的信心需要从别处捡起来。

也是出于这个原因，悦然即便对罗杰毫无感觉，对于他超出朋友范围的友好却从未明确拒绝，而是保持若即若离的态度。每当她在陈羽寒处失意而对自己产生深深的怀疑，那些炽热的赞美和爱慕之词多少能给她带来一点心理的慰藉，稍稍动一点心思便能调动罗杰的情绪也使她获得某种满足。她想等哪天罗杰明确表白的时候她会说"不"，那时也许会伤了罗杰的心，也许她会有所不忍。但那一天毕竟还没有到来，何况自己很快就会离开这里了。说是自私也不为过，可是在感情里往往一个人的存在本身就意味着对另一个人的伤害。陈羽寒对她又何尝不是呢？

罗杰小心翼翼地问："悦然，下周就要公布成绩了吧，紧张吗？"悦然微微一笑，摇摇头。罗杰以为她是胜券在握，声音里抑制不住的欣喜："既然这样，下面就该准备面试了，别担心，编剧专业的面试不会太难，我帮你问过老林了，就是那个连考三次的化学老师。他能想起来的题目我都记下来了，回头帮你一起准备。今天先看电影，好好放松一下吧。"

悦然趁罗杰不注意，把几乎没喝的奶茶丢进旁边的垃圾桶。今天不该再吃多余的东西了，万一陈羽寒同意见面，她不想让他看见一个胖姑娘。

电影院的灯光渐渐暗了下来，罗杰也终于不再说话。隐藏在黑暗中的悦然将身体重心全都放到座椅靠背上，彻底放松下来。观众席已几乎坐满，多是年轻的恋人。空气中弥漫着混合的脂粉香和荷尔蒙的气味。悦然下意识地看了看角落的位置。

影片讲述日本大正时期一对青年男女的爱恋，男女主人公皆出身贵族、相互倾慕，却终因家族阻拦不能遂愿，最终生死两隔。影片不负纯爱代表作之名，画面如梦如幻，极尽唯美。放到一半已有不少女孩倒在男友怀里低声啜泣。罗杰暗自庆幸有带纸巾，他坐直身体等待着什么。而悦然则庆幸两人之间有扶手相隔，自始至终静静地坐着，直到一对恋人生死诀别，也只是微微叹了口气。浓密的假睫毛覆在她的大眼睛上，即使罗杰只隔着咫尺之遥也看不清她的神情，更弄不清这个让他朝思暮想的可人儿此刻究竟在想些什么。

电影散场后，两个人等大家走得差不多了才起身，一前一后走出电影院。路上已不比来时人多，月色下空气也格外清冷。夜晚的校园一派祥和静谧的气氛。两个人肩并肩地走着，在别人眼里俨然一对幸福的恋人。悦然低着头默不作声，专心听着脚步落在水泥路上错落悦耳的节奏。罗杰先打破沉默："行定勋导演真不错，每个镜头都像是一幅画。

听说这部电影是根据三岛由纪夫的同名小说改编的，我想找来原著看看，你有兴趣吗？"悦然轻轻摇头，"要么对小说失望，要么对电影失望。""说得也是。"罗杰暗自懊悔刚刚的提议。

又走了一会儿，罗杰接着说："我小的时候，奶奶很疼爱我，她总是说我们家小罗杰长得好，读书也好，以后肯定有很多女孩排着队等你挑。可是等我真的长大了，哪里有什么排着队的女孩子。不仅如此，我还发现找到一个真心喜欢的女孩是比读书难得多的事情。因为全凭运气，这是再怎么努力也无济于事的。所以如果有幸找到了，就一定要全力以赴地珍惜。"

"你喜欢对方，对方也同时喜欢你就更难了。即使两情相悦，最后能有缘在一起真可以算是个奇迹。像清显和聪子虽然互相爱慕，还不是被命运捉弄了吗？"

"是的，是的。"罗杰频频赞同。

悦然接着说："如果清显放下自尊早一点向聪子表白，聪子怎么会同意和亲王订婚，他们又怎么会分开？自尊心对一个男人来说就那么重要吗？况且喜欢一个人又不是什么丢人的事，为什么要一再遮掩呢？结果伤人伤己。"

一番话听得罗杰又惊又喜，他在路灯下停住脚步，认真地看着悦然："悦然，你难道还不知道我的心意吗？"

悦然惊醒般看着罗杰，他的眼睛亮得像两颗星星。悦然这才明白过来自己只顾着自言自语却让罗杰会错了意。她急忙说："哎呀，我出来好像忘记锁门了，我得赶紧回去看看。"说完便向着校门一路小跑，留下罗杰怔怔地站在原地。

"这么晚了，我送你吧？"

"不用啦……"

回到公寓，悦然迫不及待地打开电脑登录QQ，看到陈羽寒跳动的头像，她举起鼠标又放下，举起又放下，牙根咬得隐隐作痛，挣扎良久终于还是啪地合上电脑。直到演出前一晚，悦然才鼓起勇气查看QQ留言，点开陈羽寒头像的那一刻她闭眼祈祷："陈羽寒，也许这没有意义，可是让我们再见一面吧。"

Chapter 2

一个人的
战争

我爱你，与你无关。
至少我还能见到你呀。
羽寒，我们这是要
彻底结束还是
刚开始呢?

"悦然。"出神的片刻陈羽寒的声音突然在耳边响起。悦然慌乱地环顾四周却不见他的人影，她以为是自己幻听了。这时眼前的一拨路人三三两两走过，被遮挡住的视线豁然开朗，仿佛浓雾散开，她看见了好久不见的陈羽寒。他一身风衣，站在三米开外的地方，在这阴沉的天色里身旁依然浮动着骄阳和大雨交织的夏日气息。他剪短了头发，清瘦了不少，可是那清秀的眉眼和一副令人很想看看他眼中世界的神态，和悦然记忆里的他衔接得如此丝丝入扣。

陷入被动的悦然一阵慌乱，试图从脑中快速搜寻一句令陈羽寒印象深刻的开场白。

"你胖了。"

现在悦然什么也不想说了。面对陈羽寒她永远是这么一副反应迟钝还妄图挣扎的模样。为了表明不甘被动接受陈羽寒的宣判，她一直佯装骄矜。可是那又怎么样呢？每一次徒劳无功的挣扎只会令她更狼狈。现在两个人面对面，她一言未发已分胜败。况且全是她一个人的战争，陈羽寒毫发未损，甚至对一切根本不知情，他只是单纯地赴约来看一场自己喜欢的演出，哪里知道悦然这里已经硝烟滚滚了。

悦然强忍住掐死陈羽寒的冲动，脸上挤出一个僵硬的笑容算是打过招呼，扬一扬手里的票，两人一同走进酒吧。

这是一个很酷的场所，像是由废弃的仓库改建而成，四四方方，顶很高。空旷、简陋、颓废。被一群热血的年轻人赋予生机后，散发出一股后金属时代的味道。舞台、音响都像是从哪个关门的舞厅搬来的二手货，提醒观众这里不是品味精致音乐的地方。作为一个酒吧，靠墙的吧台也简单得不可思议，只供应科罗娜、喜力、嘉士伯等几种随处可见的啤酒而已，也不像是一个好好卖酒的地方。

说到底，这是一个供年轻人聚会、宣泄、吼叫的场所，它为年轻人安放青春而设。

陈羽寒指指舞台对悦然说："今晚上台演出的鼓手叫小北，是全北京，也许是全国最好的鼓手。早就想看他的现场了。"悦然看着陈羽寒的侧脸。头发理得极短，只剩下一层薄薄的发茬贴在头皮上，人似乎瘦了点，此刻谈到感兴趣的东西，眼睛里透出一点兴奋。

场地已经挤满了人，演出准点开始。鼓手果然实力非凡，一段暴风骤雨般的solo立刻使全场沸腾。而主唱出场更是惊艳。一个大老爷们儿穿着一身极艳俗的红绸裙、黑丝袜，浓妆艳抹，头戴红花，扭着腰肢走到台前。惊讶之余，悦然看了一眼陈羽寒，她从没弄清楚过他在想什么。

"两只小蜜蜂，飞在花丛中，飞来又飞去，爱情一场空……"歌曲不出所料地荒诞不经，主唱时不时甩出一个浪浪的长腔，听得悦然心惊肉跳。她暗想：得得，今晚算是开了眼了。不过一首一首听下去，她也不得不承认这种唱法很有感染力，听着听着就会莫名开心起来，有一种尽情嘲弄世俗的快感。

唱到《火车快开》时，台上台下开始互动。台上高唱："我们的理想就要开，它往哪儿开？"台下呼应："往幼儿园里开。""我们的爱情它还在开，往哪开？""往高潮里开。"几个回合之后，整个酒吧已经high成一片了。青春的脸孔流着汗，大声嘶吼，身体挨着身体，蹦着跳着，东倒西歪。悦然和陈羽寒也被这气氛包裹，卸下最后的羞涩和拘谨，从小声到大声到声嘶力竭。屋子里涌起一阵一阵的热浪，热不可耐。

悦然感到衣服黏黏地贴在身上，她看看陈羽寒，脸上已经一层汗水，眼睛亮得像两颗燃烧的火种。他们挨得很近，被人潮紧紧挤在一起，几乎只隔着一层衣服。悦然觉得她感到的热都是陈羽寒的体温传递而来，这么想着，胸口堵住般挤压着一股情感。于是她更卖力地叫喊，一股人流突然从身后涌来，悦然险些被撞倒。陈羽寒一把拉住她的手，拼命往自己身边拽，他大声说："拉着我，摔倒了很危险！"

这时一旁有熟人认出了陈羽寒："陈羽寒，你也在这儿啊？"那人又看了看悦然，问："你媳妇儿？"陈羽寒还没来得及说话，熟人已经被人潮冲到远处了。鼓声停了下来，贝司停了下来，唢呐停了下来。二手玫瑰唱了今晚第一首也是唯一的一首慢歌。

"有一位姑娘像朵花，有一个爷儿们说你不必害怕。一不小心他们成了家，生了个崽子一起挣扎。"悠悠扬扬的曲调在骤然安静下来的场子里回荡，有一种别样的深情。情侣们就像经历过一场惊天动地的浩劫重新找回对方般紧紧相拥，忘情的已经热吻起来。

悦然和陈羽寒这么站着，突如其来的亲密气氛令两人一时不知所措。高涨的情绪还在心头盘旋，似要冲破什么却又在两人的一念之间被克制。人群三三两两地散开，不似刚才挤作一团。他们挨得那么近却不拥抱看起来很奇怪。悦然不自觉地往后退了一步。陈羽寒问："想喝点东西吗？"悦然看见他眼里的火苗颤动了一下，渐渐黯淡，她摇摇头。陈羽寒没有再说话。好在一首歌的时间不长，人群再次随着嘹亮的唢呐躁动起来，只是悦然和陈羽寒停留在这种情绪中直到演出结束。

夜还是冬天的夜，还没来得及沾上初春的气息。悦然在迎面吹来的冷风里打了一个寒战。转眼面对空旷寂静的街道，她有些恍惚，似乎刚才那热气腾腾的三个小时是在别处走了个神。可陈羽寒是真实的，他问："冷吗？"悦然点点头。"我胳膊下面最暖和，借给你抱着。"悦然没有客气，上前双手抱住。"大冷的天穿这么少，是怕我看出你胖了吗？"悦然仔细体会着那微弱的暖，没有理会他的调侃。

两个人没再说话，专心致志地走路。走着走着步子就迈了一个频率上。悦然庆幸没穿高跟鞋，尖细的后跟叩击水泥地的声响一定会敲碎这温柔的夜色。这个晚上没有月亮也没有星光，两旁的路灯默默护送这一对若即若离的年轻人。

灯光下两人的影子渐渐拉长，渐渐缩短，相依相偎，碰碰撞撞。悦然心里一动，昔日影像顿时爬上了心头。也是这样的一个夜晚，他们还在南方读书的时候，悦然跟在陈羽寒的后面，悄悄地每一脚都落在陈羽寒的影子上。每次得逞，便暗暗得意一下。渐渐地，陈羽寒似有所察觉，尽量避开悦然的脚步，悦然不依不饶地跟着踩过去。

陈羽寒终于沉不住气，问："好好的你干吗踩我？"

悦然装无辜："哪里有踩到你，不是走得好好的吗？"

"踩我影子。"

"拜托不要无理取闹好不好？影子本来就在地上，难道你要我飞啊。"

"疼。"

"疼？你是外星人哦。"

陈羽寒说不过悦然，只好不甘示弱地踩回去，悦然哪里肯吃亏，一边躲自己的影子一边伺机攻击陈羽寒，两个人就在路上乱跑起来。跟在他们身后的陆洋在身后看不懂，大声问："你们在搞什么啊？"幼琪无奈地说："你们两个真的很幼稚哎。"

悦然大声召集："我们现在跑到运河边，谁最后一个到谁请消夜。"陆洋和幼琪立刻被拉进幼稚的行列。陆洋边跑边说："你们真的很无聊哎，我才不要参加。"悦然问："那你干吗跑啊？"陆洋说："我不要请消夜啦。"已然一副入戏的状态。幼琪则一言不发地努力奔跑，不管谁发起什么活动，幼琪都会无条件支持，令人感动得想颁一个"最佳参与奖"给她。

建筑和行人从身边轻快地掠过，微暖的风轻拂发热的脸颊。许久之后悦然仍会想到这一天的情景。四个人仿佛已经忘记要跑去哪里，为什么跑，这奔跑变得纯粹，只为了奔跑而奔跑一般。那感觉像是要飞起来，无比的自在欢畅。四个人默契地保持着差不多的速度，融为一体，把熟悉的街道、平庸的岁月远远抛在身后。

陈羽寒最先跑到河堤，他爬上一米多高的石台，面对运河坐下。其他人也陆续爬上去，坐成一排。离开市中心绚丽的灯火，大家才注意到这是一个有月亮的晚上。石块砌成的斜坡下，运河在静静地流淌。月光在河面留下一条银色的路。那画面像极了蒙克的油画《月光》中的景象。静谧安详，饱含沉郁的情思。偶尔有一条运沙船缓缓驶过，被打碎的路面波光粼粼，过了一会儿重又恢复平静。

幼琪仰起脸迎着皎洁的月光，感慨道："哇哦，今晚的月亮好圆好亮啊。我记得大一刚进校园军训的那会儿，有天晚上紧急集合。我站在操场上一抬头，也是这么圆这么亮的月亮呢。那天晚上休息的时候，我们坐在草地上，好多女孩儿都哭了，想家。那时都是第一次离开家。现在一转眼已经快三年了。明年这个时候就该毕业了，时间过得超快的。"

陆洋说："是啊，我感觉自己已经老了。大一那会儿追姑娘多卖力啊，天天写情书买早点送消夜，现在消息也懒得发一条了，追不动啦。"

陈羽寒默默看了会儿河水突然问："你们毕业了想去做什么？"

陆洋不假思索地回答："去美国咯，正准备托福还有GRE呢。我妈说读了大学，我已经是中国人才了。再去美国留趟学，就是国际人才。我觉得她说的没错。而且我不想那么早工作，去美国一边继续读书一边四处逛逛不错啊。"

幼琪眨眨眼睛说："我没好好想过这个问题哎。到时候看子杰愿意去哪个城市工作，我就和他一起咯。能有一份稳定的工作，能和子杰在一起，我就满足啦。悦然你呢？想好做什么没？"

悦然一脸憧憬地看着远方的夜色，说道："我啊，我想去考××电影学院的研究生，编剧专业。如果我编的剧本能有机会搬上大银幕，多有成就感啊。"

幼琪说："好期待，你要加油啊。陈羽寒，该你啦。"

陆洋插嘴："陈羽寒，我知道你一直是个有抱负的好青年，可是拜托你千万别说要改变世界，推动人类进步之类的，破坏和谐。"

陈羽寒说："我的人生就是被你这样的朋友降低了格调。"他看一眼悦然，笑了笑，"××电影学院不是在北京吗？我就在他们学校门口支一煎饼摊，做全北京最正宗、最豪华的煎饼果子。饼有玉米面、绿豆面、黄豆面、杂粮面的，酱有辣酱、蒜蓉酱、甜面酱、番茄酱、豆腐乳，小料加葱花、香菜、芝麻粒儿、孜然、酸菜、酱黄瓜，可以加鸡蛋，加薄脆，加油条，加火腿肠。遇见姑娘可人疼的，一概打五折。悦然来了我给她免费加一张饼再打俩蛋。"

悦然笑得倒在幼琪身上："你也不怕撑死我啊。"

陆洋说："你唱Rap哪？"

幼琪也笑得东倒西歪，她说："陈羽寒你说得我都饿啦，不是要吃消夜吗？刚才谁跑最后一个啦？"

陆洋抵赖："不是我！"

悦然把陈羽寒的胳膊挽得更紧了一点，尽管她明白有时候即使抱得再紧，也未必不会落空。可是此时此刻，在这寂静寒冷的夜路上，她只想和陈羽寒彼此相依相偎地走一段。真想路长得走不完，天永远不要亮……

陈羽寒走在悦然的身边，一路上一言不发。这个心思细腻、聪慧的大男孩在面对感情时却变得不善言辞。他常常用沉默来回应悦然变化莫测的心思和情绪。两人感情交汇时，这沉默就是一种默契；当悦然任性、无理取闹的时候，这沉默变成隐忍和包容；当悦然倾诉心事时，这沉默是倾听。而面对悦然一再追问他对她的态度时，这沉默又变得暧昧不清。

不知不觉两个人已走到悦然的住处。本来悦然已经做好准备，想请陈羽寒去家里坐坐。这时却开不了口。她停下来站住，没有离开也没有说话，只是心开始扑腾扑腾跳得厉害。陈羽寒先开口了："我送你上楼吧，这么晚了。万一在电梯里遇到坏人，我的责任可就大了。"悦然点点头。

这是整个小区临街的一栋楼，因此被很多小公司租为办公室，只有少量是住户。到了晚上办公室职员下了班，只剩零星的灯光，很冷清。陈羽寒刚要问悦然怎么住在这样不接地气的地方，但一想一个女孩家孤身在这里度过一个寒冬，提起来肯定都是心酸话，只好说：

"这里离电影学院蛮近的。"

"嗯，我去听课只要骑十五分钟的车就到了。"

"去听课有意思吗？"

"还行吧，多数时间都是在看电影，倒是看了不少好片儿。"

"还是想当编剧？"

悦然摇摇头："那时候年少轻狂，到了学校才了解中国编剧的现状。没有稳定收入不说，即使找着活了，对自己的作品也完全没有话语权，任由制片、导演、大腕儿们无情践踏，想删就删，想改就得改。更别提被拖欠稿费是常有的事。我目前没有去和现实硬碰硬的勇气，能养活自己是头等大事，等毕业了有合适的机会还是先工作吧。眼下按我们的专业去当电视编导反而靠谱点儿。"

"可你准备了这么久，不是白费功夫了吗？"

悦然轻叹了口气："那也比一条道走到黑好。"

悦然的住处在大厦15层，是一间五十平米左右的一居室。设施还算齐全，装修也简洁、现代，只是窗帘紧闭，处处是匆忙收拾过的痕迹。沙发角落散落着纸片，杯子里有已经干涸的茶包。陈羽寒摸了摸厨房的灶台，上面一层浮灰。很显然住在这里的人没有在好好地生活。他想到在L市时，悦然的住所是何等干净、温馨：铺着碎花桌布的餐桌上时时都有可口的零食，沙发和地上散落着柔软、漂亮的靠枕，进门的地方挂着悦然从一家藏饰小店买来的铜铃，人来人往响得清清脆脆。那时他们放着小野丽莎，吃薯片，喝酒，聊天，常常不知不觉就到天亮。还有那些他和悦然单独在一起的时光……

"想什么呢？"悦然走过来，递给他一瓶冰镇的科罗娜。

"没什么，只是觉得这不像是你住的地方。只有酒吗？有没有吃的？刚听了场演唱会又走了这么久，肚子饿了。"

悦然打开冰箱门，冲着陈羽寒抱歉地一笑："除了酒什么都没有。"

"不如我们叫外卖？麦当劳二十四小时都可以送。"

"赞成。我来打电话，还是点你的豪华套餐？"

"嗯，没想到你还记得。"

往日的默契一点一点苏醒，两个人比先前自在了不少。吃完汉堡，时针已经指向十一点。陈羽寒说："看来赶不上地铁了。"悦然走到窗边看了看说："外面起风了，你听好大的风声。"

一个有心挽留，一个根本不想走。

陈羽寒说："我睡沙发吧。"

悦然靠在床上："可是只有一床被，没有暖气夜里很冷的。"

"你这话怎么听怎么像在勾引我啊？"

悦然笑："我要是想勾引你哪用得着这么拐弯抹角？是真的冷。"她拍拍身旁的位置："我只想和你说说话。"

那天晚上他们并排躺在床上，就像两个亲密的伙伴。陈羽寒看着洁白的天花板问："我不在的时候，北京下雪了吗？"

"下了，而且特别大，出门的时候积雪一直没到小腿。"

"L市没有下雪，我在那里还挺怀念北京的雪。没有雪的冬天总觉得缺了什么。你呢？喜欢下雪吗？"

"嗯，喜欢。树啊、汽车啊都变得胖嘟嘟的。街上、屋顶像铺了一层奶油。反正整个城市变得很可爱，不再是灰蒙蒙、硬邦邦的了。走在路上，一片白茫茫，一路上我要问自己好几遍：这是在哪儿啊？"

"有迷路吗？"

"差一点，因为街道都变得很像。你看过《千与千寻》吗？里面说只要记得自己的名字就能找到回去的路。"悦然转过脸看着陈羽寒，"答应我件事，如果哪一天我忘记自己的名字了，你要帮我记得哦。"

"好好的，你怎么会忘记自己的名字？"

"那可不一定，万一像电视剧里的狗血情节一样，我出车祸了，撞到脑袋失忆了呢？总之你答应吗？"

"好，答应。"

"所以你要记得我的名字。"

"好。"

"你要记得我。"

"好。"

"你要一辈子记得我。"

"嗯。"

静默的时候才能听得见屋子里以极低的音量放着音乐，都是悦然喜欢的歌——张悬的《宝贝》、陈绮贞的《表面的和平》、王菲的《怀念》，放到《矜持》的时候，陈羽寒抓住悦然的手紧紧握了握。就这样，两个人一直说到天快亮才沉沉睡去。

悦然醒时，听见陈羽寒正轻手轻脚地起床，穿衣服。她故意没有睁开眼睛也没动，依然保持着熟睡的姿势，直到听见开门关门的声音。她心里异常的宁静，宁静得就像四月的湖水。她摸一摸身旁陈羽寒躺过的地方，觉得很满足。她不再那么急切地想知道陈羽寒到底爱不爱她或者他如何定义他们之间的关系。似乎突然间，不管陈羽寒是什么样的，她都可以理解和原谅。这一晚她和他达成了某种永久性的谅解和信任。无声之间约好谁也不要再伤害谁，哪怕是以爱的名义。

悦然伸了个懒腰，觉得无比神清气爽。她想起电影《一个陌生女人的来信》，自言自语道："我爱你，与你无关。至少我还能见到你呀。羽寒，我们这是要彻底结束还是刚开始呢？"

Chapter 3

青春开场了

悦然躺在床上，宿舍里静悄悄的，
可她的耳边还响着舞曲激越的鼓点。
她不记得何时曾这样开怀、
这样热血沸腾过。
隐约中一扇紧闭的大门
在欢歌笑语中缓缓打开，
青春的阳光投射进来。
青春，这才刚刚开始。

悦然一路小跑地赶到教室，还是晚了三分钟，她悄悄从后门进去，在最后一排坐下来。临近期末考试，老师随时有可能在课堂上画重点，悦然不得不一次次牺牲早晨的睡眠跑向教室，毕竟比起挂科的麻烦，早起实在不算什么了。身旁坐着一个女孩，捧着一本小说正看得投入。悦然认出她就是台湾来的那个女孩，名叫林幼琪。见她看得那么入神，便好奇地问："什么书啊？"

幼琪这才注意到身边的人："嗨，悦然。村上春树的《国境以南，太阳以西》。"

"'活法林林总总，死法多种多样，都没什么大不了的。剩下来的唯独沙漠，真正活着的只有沙漠。'我最喜欢这句。"

"我也很爱这句，你也喜欢他的书？"

"嗯，高一的时候就开始看了，忠实粉丝。我最喜欢《奇鸟行状录》和《世界镜头与冷酷仙境》。你呢？"

"我喜欢《舞！舞！舞！》。他和雪相处的那一段太有趣了，晶莹剔透的美少女可是正能切中大叔的要害哦。"

"《奇鸟行状录》也有一个，叫梅。身形苗条，皮肤黝黑，穿着奇小的比基尼在克里特岛的海滩上晒太阳。真是铁打的男主、流水的萝莉啊，说到这儿他的几部小说男主角似乎都是同一个人，可我总记不住名字，你记得吗？"

"我只记得《挪威的森林》里的男主角叫渡边君，其他小说里的不记得了，小说用的都是第一人称，不过我记得《舞！舞！舞！》里的大帅哥叫五反田。"幼琪晃晃手里的书说："我打算把这本看完后去买一本《海边的卡夫卡》，村上春树的最新作品。"

悦然微微一笑："那本啊，我已经买了，等看完了借你吧。"

悦然和幼琪的友谊就这样从共同的村上春树开始了。她们总是猫在教室的最后一排抄抄笔记、聊聊天，下了课也顺便一起吃饭或者逛逛街什么的。随着了解的加深，两人又在对方身上发现了更多相同的志趣和性格上的互补之处，很快便成为无话不谈的好朋友。

幼琪出生在台湾，下面有两个弟弟。后来因为爸爸在大陆做生意，姐弟三个便跟着来到大陆念大学。悦然记得幼琪是大二时出现在班上的，同时出现的还有她的男朋友子杰。子杰很是高大帅气，也是台湾人。两个人总是穿着垮到膝盖的牛仔裤和大得不可思议的T恤穿梭在校园里，非常引人注意。除了《思想政治理论》，别的课他们基本都会来，来了便径直走到最后一排坐下，安静地记笔记、看小说或者睡觉。

印象中他们很有礼貌，见到老师多是停下鞠躬。同学间的相处也是谦和客气的，频繁地说着谢谢。这些礼节使他们显得很可爱，但似乎又阻碍着他们真正融入到集体中来，加上台湾腔调的普通话在沟通时产生的距离感，大家对他们的态度更像是对客人的态度，热情、宽容、掌握分寸。上了大二一年的课之后，大三开学却只见到幼琪一人来报到。悦然一问同学才知道原来子杰回台湾服兵役了。台湾的男孩满二十岁后都必须服满一年的兵役。此后，幼琪来上课的次数少了一半，她经常骑一辆单车，来去匆匆的样子。

在最初认识幼琪的两年时间里，悦然对她了解甚少，话也没说过几句。究其原因，也许是因为大学生活本就是疏离而独立的。大家除了上课几乎没有交集，加之幼琪住在留学生宿舍，和悦然的宿舍分别位于两个校区，两人接触得就更少了。另一个原因在于悦然不是一个热衷交际的人，她对主动接触新鲜的人和事的兴趣并不大。幼琪谈到对悦然最初的印象时说："你很高很醒目，我一下就记住了，安静不爱说话，一副生活在自己的小宇宙里的样子。"她说话时悦然看着她。宽松、中性的衣服包裹下的幼琪其实散发着浓浓的小女孩味。她有一头深褐色的、极其细幼柔软的头发，天生地着着很多女孩费尽辛苦想烫成的那种自然卷。皮肤白皙，脸庞狭长，五官算不上美艳却自有一副云淡风轻，说话的时候便活泛生动起来，带着些许稚气和天真。她说一口带着浓浓台湾腔的普通话，加了很多"的哦""么啊"之类的语气助词且调调说得千回百转、绵软甜腻。悦然费了很大的劲才适应，并不自觉地和她一同绵软起来。

就这样，幼琪无比自然地走进悦然略微苍白的生活。不仅是因为她们都喜欢村上春树、小野丽莎，都爱逛街、吃甜食，更重要的是她们拥有不同的世界。对于悦然来说，幼琪吸引她的地方在于她的日子是细碎的、精致的、投入的。她一丝不苟地照顾生活的每个细节，动用所有女孩子的心思，利用一些很简单的道具给平淡的着装添色。一双彩色丝袜，一道蕾丝花边，都是幼琪的智慧所在。她爱做做指甲、染染头发，爱在床头贴名模的海报以激励自己减肥，爱看日韩的电视剧，频繁更换偶像。

而悦然则形而上得多，她爱拉斯·冯·特里尔这样的导演，爱看卡夫卡，爱沉浸在自己的意识里思索一些关于人生归属的缥缈命题。悦然被幼琪的生动吸引，她迟疑地、笨拙地跟着幼琪忙活这忙活那，在开始向一个俗气小女人转变的同时也惊讶地发现日子变得五颜六色、生动饱满了。而最让她心服口服，死心塌地和幼琪做朋友是在去过她的寓所之后。

那天是个周五，下课后幼琪跟悦然说："周末要是有空到我家来玩吧，我煮东西给你吃。"悦然半信半疑地看着她说："真的假的，你会做饭？"

幼琪得意地说："哈哈，你来试过就知道啦。明天睡饱了就过来吧，我家住在中心校区对面的白玉兰公寓，你到了打我电话，我下来接你。"

"你不是住在留学生宿舍？"

"这学期搬出来住啦。"幼琪说完骑上单车一溜烟跑了，欢快的背影又远远传来一句："明天见。"

第二天早上十点左右，悦然走进了幼琪干净、温馨、有点小乱的窝。幼琪一边把悦然领进屋一边说道："这套房子是两室一厅的跃层，我和两个香港学妹一起住。她们住楼上，我住楼下。今天她们俩参加学校组织的旅游活动，所以都没在啦。你坐在这里看看电视，别的都不用管。"

幼琪把悦然拉到沙发旁。她今天一身家居服，系着围裙，头发在脑后束成一个髻，活脱脱一个能干小主妇的模样。悦然被推进一个巨大而柔软的沙发里，立刻就舒服得不想动了。电视里正放着台湾偶像剧。里面的男主角是幼琪前些天和她如痴如醉地描述过的超级帅的吴尊。"你先吃点水果，午饭过会儿就好。"幼琪将一盘水果沙拉放在茶几上，又迅速转身钻进了厨房。她还真是能干啊。

悦然一边咀嚼着切得小小的哈密瓜，一边环顾四周打量着房间。沙发旁的小竹筐里放着好些《ELLE》《ANN》之类的时尚杂志，茶几上堆着各种吃食，米糕啊，山楂片啊，花生酥啊，甚至还有热量奇高的"士力架"。她心说：这个幼琪，天天吃这些还整天嚷嚷着要减肥。卧室的门上挂着五颜六色的玻璃珠穿成的门帘，地板上又铺了一层柔软的塑料垫。书架里的书不多，倒是放满了相框，里面都是幼琪和子杰的合影，两个人摆着夸张的造型，很甜蜜地笑着。这个平日大大咧咧的女孩子其实心思挺细密的。

悦然问幼琪："你和子杰离得这么远，你想不想他啊？"

幼琪在厨房里大声说："想啊，好想的，我每月的生活费有一半都给他打电话了。不过我正在攒机票钱，暑假我回台湾就可以见到他啦。"幼琪的声音里带着憧憬的喜悦，还有一丝不可撼动的执着。

悦然更喜欢她了，同时心里也有些羡慕和感伤。她想有个可以念想的人，应该是很美妙的感觉吧。

午餐的丰盛和特别超出了悦然的想象。一大碗韩国炖菜，一份煎牛排，一盘意大利面，还有用鸡蛋饼包冰激凌做成的可丽卷甜点。每一样的口味都很地道。

悦然不禁赞叹道："你的厨艺真是很了得啊，从哪里学的？"

幼琪掩饰不住脸上的骄傲，却故作谦虚："其实不难啦，我以前住在外国留学生的楼里，他们都有自己做饭，经常请我和子杰去做客。我东学一个，西学一个，自己再琢磨琢磨就做出来啦。像这意大利面，其实很简单的，把面煮好，再放上切碎的肉、蘑菇、番茄酱就行啦。还有韩国菜，买到正宗的韩国辣酱是最重要的……"说起做饭的心得，幼琪滔滔不绝。

等悦然吃得饱饱准备帮着收拾碗筷时，幼琪急忙拦住说："不着急，锅里还炖着猪蹄花生汤。"

悦然由衷地感慨道："子杰实在太幸福了，找到你这么贴心的女朋友，做得一手好菜，又会照顾人又温柔。"

幼琪有些不好意思："可能是习惯啦，我有两个弟弟，从小我们一起长大，不知不觉大家就学会相互照顾了，很多事情你觉得我是在照顾别人，其实我只是下意识地。比如切西瓜时看看屋里有几个人，就很自然地切成几份啦。"

悦然说："换作我，往往就会只顾自己的那一份，好像没有去主动照顾别人的意识。"

"可能你是独生女子啦，独生子女都是这样的，也是习惯吧，从小就不需要和别人一起分享什么啊。"

"我觉得这是独生孩子挺悲哀的地方。"

"也不是啦，我就很羡慕你们的，可以独享爸爸妈妈的爱，而且最重要的是你们都特别独立，习惯自己解决问题。我就必须和家人商量过了才能做决定，不然就不知道怎么办才好。我也特别怕孤独，这学期子杰没有来感觉好孤单啊。"

"孤独谁不怕啊，独生子女也怕的。"

幼琪眨眨眼睛，调皮地说："那我给你介绍男朋友呗，你这么独来独往可不好。"

"哈哈，现在不是有你吗？有你陪我就够啦。"悦然笑着去抱幼琪，她边躲边夸张地哇哇乱叫。

电视剧里的肥皂剧还在演，男女主人公煞有介事地念着对白，厨房里飘来诱人的肉汤的香味。悦然继续陷在软软的沙发里，懒懒的直想打盹。一缕阳光温柔地照射进来。

她再一次环顾四周：这是幼琪的房间，里面处处浮动着幼琪的时间和生命力，她生命的质地是如此的柔软坚韧，就像一块白底碎花的棉绸布，不起眼，摸在手里却叫人觉得踏实。带着身体的余温，沾着些许饭菜的香和睡梦的甜。

　　大学的日子就像一条迎着朝霞缓缓流淌的河，平静中蕴藏着一股积极的力量，充满无限的遐想和希望。但那绚烂的光又似乎是缥缈不可捉摸的，也许随时就会因为一阵风、一片云而幻灭。河里的鱼儿在没有真正到达大海之前，只能凭借尚不够成熟的心智去描绘那份壮阔和深不可测。他们是自由的、任性的、自我的一群，被世界装满的胸怀同时揣着一颗兴奋、忐忑、易碎的心。不过你注意到它的存在，往往只是那激跃的一瞬间，大部分的时间里它是安静的，打发着重复、单调甚至有些无聊、空虚的日子。

　　这一天幼琪坐在座位上无精打采地翻着书，一副闷闷不乐的样子。悦然见状问："你怎么了，今天？"幼琪叹了口气，过了好一会儿，像是说给悦然听又像自言自语："我有种很不好的感觉，连续打了两天电话给子杰他都没有接，发简讯也不回，我不知道发生了什么事情。"

　　悦然安慰她："也许是手机忘在哪儿或是别的什么原因呢？你别乱想，要想也往好的地方想啊。"

　　幼琪摇摇头："不只是这次的事情啦，我就是有越来越多不好的感觉。我们已经半年没有见面了。我每天，真的每天哦，都有给他写信。还打长途电话。可是他主动给我发简讯、打电话的次数越来越少，每次也都匆匆挂掉，有时还吵架。我要是因为这表现出不满他就会很生气，说我多想，还说部队的纪律严，打电话不自由。我是信他的话啦，只是心里真的很不安，我觉得他不那么在意我了。现在晚上经常会做梦他离开了，好担心。"

　　幼琪的脸上显出从未有过的焦虑，悦然见她再说就要哭出来的样子赶紧接着安慰："男生就是这个样子的，你越在意越是追得紧，他就越不在乎。你试着等他主动来找你呢。你这么好，子杰舍不得不要你的，别瞎折腾了，自信从容的女孩子才漂亮。今天下了课我们出去玩吧。"

　　听悦然这么说，幼琪的情绪好了一些，她本来就是乐天派，没多会儿就恢复了乐观的天性，"好呢，对了，正好有两个朋友约我出去玩，不如大家一起吧。""可我不认识啊，会不会尴尬？""没关系啦，两个男生人都很好，和我们一届，是商学院的。上学期子杰在时和他们一起组过乐队，大家都很熟的。"悦然想了想说："那好吧，不过到时候你可要照顾我啊。""没问题。"

两个女孩约好下课先回宿舍换衣服和梳洗，六点在校门口不见不散。因为生平第一次参加这样的聚会，又要和两个陌生的男孩子见面，悦然的心里颇有点紧张和兴奋。洗完脸，她站在镜前一边梳头发一边打量着自己。还是以前的自己，不同的是今天脸颊泛着红，眼睛湿湿亮亮，有了些许从前不曾有过的神采，衬得整个人都鲜亮起来了。她被这好情绪感染着，给自己挑了件嫩黄色的上衣，牛仔裤，配一双白色凉鞋。打扮好了又跑到镜子前照了照，给自己一个灿烂的微笑，这才蹦蹦跳跳地下了楼。

幼琪已经到了，穿一条从白色到桃红层层渐变的长裙，很是惹眼。她身边还站着一个男生，见到悦然来了，幼琪热情地给大家做介绍："悦然，这是陆洋，乐队的贝司手。陆洋，这是悦然，我们班的才女，你们两个都是江苏人呢，还不快认识一下？"陆洋穿一件白衬衫，牛仔裤，白色的耐克板鞋，左耳上一颗耳钉光芒耀眼。他是会令很多女孩着迷的那类男生——高大，皮肤白皙，好看的嘴上始终挂着微微的笑意，那笑意里包含着优越、自信，还有一丝嘲弄的意味。

悦然对陆洋的第一印象并不太好，觉得他过于注重外表，还有点玩世不恭。不过听到幼琪私下里对她说虽然陆洋很爱玩，可是学习很用功，现在正冲刺托福，准备去美国留学，不管在外面玩多晚，回去也要把功课补上，不由地又对他生出些好感。

幼琪拍拍悦然的肩膀说："看，那是陈羽寒。"悦然顺着她的手看过去，只见马路对面的红绿灯下一个男生正等着过马路。他个头不算特别高大，甚至有点偏瘦，穿一身灰蒙蒙的说不清颜色的衣服。脚上一双黑色布鞋。最不可思议的是他骑一辆破旧的"永久"，最老的那种款式，摇摇晃晃地到了跟前。看他这身行头，实在想象不出这是一个当代的大学生。

"你好，你好。"陈羽寒很客气地和悦然打招呼。近处看，他皮肤微黑，遮盖了眉目的清秀，但仍然算得上是英俊，只是英俊得内敛、谦和，不带有时尚的浮夸气息。幼琪跟悦然耳语道："他是北京人，乐队的鼓手。"

见人都到齐了，幼琪大叫肚子饿。四个人就近找了家小餐馆坐下来。陈羽寒夸张地吐了口气说："坐下压力小多了，幼琪你怎么带来一个个儿这么高的姑娘啊，不是成心气我吗？气伤了你可得负全责啊。"陆洋说："嘿嘿，我不挑个儿，漂亮就行。"

幼琪装作生气的样子说："都收起你们的流氓本性，头一次见面别吓到人家。"

悦然被他们逗乐了，仅有的一丝局促也消失得无影无踪。虽然第一次见，但悦然凭直觉感到他们是随和、真诚的。为了不让大家再把谈话的焦点放到自己身上，她决定主动出击。她看着陈羽寒说："给我说说你们乐队的事儿吧，挺好奇的，一定很有趣。"

大概没有想到悦然会主动发问，陈羽寒愣了一下，然后有点不好意思地说："嗨，就是几个人瞎闹着玩呗。"

"当鼓手应该很过瘾吧？"

"其实还行，鼓手在乐队里挺低调的，猫在最后面照着拍子打就行了。"

这时幼琪提出抗议："别听他乱讲，每次演出最拉风的就是他啦。去年冬天学校的跨年晚会我有去看哦，轮到他们上场时，陈羽寒把外套一脱，穿着短袖跳上台，先即兴打了一段solo，把台下好多女孩子激动得不行呢。晚会结束后她们都跑到后台去问他要电话号码。我没说错吧，陈羽寒？"

陈羽寒笑了笑说："我给的都是陆洋的号。"

陆洋恍然大悟道："原来是这样啊，难怪那段时间好多女孩子约我，我还以为是自己太帅了呢。陈羽寒你是不是兄弟啊，你怎么能给兄弟制造这种幻觉呢？"

说到这里悦然和幼琪都笑得不行了，好容易止住笑，幼琪安慰陆洋："你弹贝司的样子其实蛮帅啦。"悦然说："你的贝司应该弹得很棒吧？"

陆洋听到这话，刚才的沮丧立刻一扫而光，他故意放慢语速，缓缓说道："呃，弹贝司，关键是在于步伐。"悦然和幼琪又笑得趴在了桌上。

吃完饭后大家依然兴致很高，陆洋提议："不如我们去KTV吧，索性玩个尽兴。"大家一致赞成。一行人来到"金色年华"要了一个小包间，又要了一扎冰啤酒。幼琪忙着在点歌台前帮大家点歌，似乎对所有人喜爱的曲目都了然于心。大家合唱了一首《珊瑚海》作为开场，唱到副歌部分手中的酒瓶清脆热闹地碰撞在一起。三个人的嗓子都让悦然惊艳。陆洋音色清亮、音域宽广，陈羽寒声音浑厚、饱满，也许因为是鼓手，节奏感极好。幼琪的嗓音则清澈如泉，高音部分很了得。

悦然在大家的极力要求下，点了一首陈慧琳的《不如跳舞》。唱完后陈羽寒感慨道："看起来蛮文静，原来是电音女王啊。"悦然不好意思地把话筒塞给幼琪。

《倒带》《今夜这情》《千年之恋》《北京一夜》一路唱过去，北京腔、粤语，偶尔冒出几句闽南语，唱到高兴处，幼琪脱了鞋子光脚在沙发上蹦蹦跳跳。四个小时因为快乐仿佛一瞬间就过去了。陈羽寒和陆洋半醉着抢着结账。幼琪脸颊绯红地说："不是一直是AA吗？你们两个今天居然抢买单哎，真反常哦。"又转过脸对悦然说："你看，这就是美丽的魔力。"悦然拉起幼琪："说得对，我们俩是最美丽的姑娘。现在先送你回去，免得被人拐跑。"

晚上悦然躺在床上，宿舍里静悄悄的，可她的耳边还响着舞曲激越的鼓点。她不记得何时曾这样开怀、这样热血沸腾过。隐约中一扇紧闭的大门在欢歌笑语中缓缓打开，青春的阳光投射进来。青春，这才刚刚开始。

Chapter 4

国王
游戏

那一吻多短啊，
也许只有十分之一秒，
也许是世界上最短的一吻。
短得感觉不到他嘴唇的温度，
短得闻不到他身上的气味，
短得似乎没有发生过。

　　那天过后，悦然、幼琪他们四人聚会便成了经常的事情。就像有了默契似的，一人发起，其他三个立即回应。然后定地点、时间，接着便从四面八方赶来聚到一起。有时在操场边上坐成一排看场篮球赛，有时到幼琪家里一块儿做顿饭，有时去长明灯教室熬一个通宵复习功课，有时干脆就是一起吃顿麦当劳。四个人看起来像两对情侣，但细看下神情之间又有些疏离。悦然凭直觉感到陆洋和陈羽寒都不反感或者说是喜欢她加入到他们中来的，而她也很喜欢这两个男孩子。一个张扬，一个低调；一个夸张搞怪，一个智慧幽默。有时候她会问自己："如果有个男朋友，我会选陈羽寒还是陆洋呢？"幼琪有时也会问悦然："你要是选男朋友，会要他们中的哪一个呢？"悦然反过来问她："如果没有子杰，你选哪个？"幼琪毫不犹豫地说："当然是陆洋啦，又帅又有趣。"悦然说："我会选陈羽寒多一点。""为什么？""因为每次玩得晚时，他都会送我们回家。还有一次大家约好去玩，出门前他打电话提醒我多加件衣服。"幼琪听了哈哈大笑:"就为这个啊,你也太好骗了吧。等我去告诉陈羽寒哦。"悦然笑着拉住她:"你敢!"

《现当代文学》的课堂上,讲台上的这位老师是悦然最喜欢的。他很年轻,三十来岁,理着干净利落的短发。上课从不带课本,铃声一响径直走上讲台,目光炯炯地看着正前方,滔滔不绝地说上一个多小时,一气呵成且富于激情。他是一位见解独到并具备批判精神的老师。不拘泥于课本,旁征博引,总有令人耳目一新的观点。悦然从未逃过他的课,可不幸的是唯独这门课她没能通过。期末考试时有一道题是评述王朔的。悦然以为他判卷子和讲课一样不羁,于是故作聪明地信笔写道:"我不喜欢王朔的作品风格,不予评价。"结果是这位老师并不欣赏她特立独行的答案,让她丢了两个宝贵的学分,交了一百二十块钱的重修费,又花了一学期的时间去重新喜欢上王朔。但此时悦然对后来发生的一切还不知情,正托着下巴,听他说王小波听得如痴如醉。

悦然和幼琪的手机同时响了起来,老师看了她俩一眼,继续讲课。悦然有点不好意思地低头看手机,是陆洋发来的消息:"今晚打扮得漂亮一点,到我家来过'六一',粮草自备。"这个陆洋,都多大了,还把"六一"当节日过。悦然转念一想,他也许只是为聚会找个由头吧。幼琪收到了同样的消息,低声和悦然说:"好兴奋哦,都不记得上次过'六一'是什么时候了呢。"悦然有同感,"是啊,上次过'六一'是多久以前的事情了呢?"没有印象了,只记得刚上初中的那年,到了"六一"这天,悦然很奇怪为什么学校没有放假,也没有组织大家看电影。琢磨了好久才恍然大悟:我们已经不是儿童了。从那以后"六一"节就成为了一种象征,象征着很多气球和彩色糖果的童年。那么今天就再任性和天真一次吧。

她和幼琪都换上了漂亮的裙子和皮鞋,惹得陈羽寒和陆洋大大赞叹了一番。尤其是陆洋,为大家如此重视他的话兴奋得跟什么似的。他把两人热情地让进屋，自己钻进厨房忙活起来。屋里放着The Roots乐队的歌，很动感。写字台上堆满了GRE和托福的题库。没一会儿，陆洋满头大汗地跑过来向幼琪求助，他说："陈羽寒你把我电脑打开，里面有我们以前演出的视频，还有排练时的花絮什么的，让悦然看看。"说完便拉着幼琪钻进厨房。

房间里只剩下悦然和陈羽寒，突然间气氛有点尴尬起来。他们之前还从来没有这样独处过，一时间不知道说什么好。陈羽寒看起来更紧张，虽然屋里的灯光有些暗，可悦然还是看出他已经满脸通红了。他一边故作镇定地说了句："你今天打扮得还不错啊。"一边手忙脚乱地开电脑。悦然觉得开机的过程如此漫长，一秒、两秒，像是足足过了十分钟。陈羽寒似乎也有同感，他说："陆洋的电脑该重装系统了，开机都这么慢。"等Windows的桌面好容易跳出来，陈羽寒终于松了口气。悦然也松了口气。

"你看，这是我们去年庆祝元旦的演出，那时子杰还在，他唱了首闽南语歌，很拽的R&B，底下的同学大声喊很好听可是听不懂。"陈羽寒移动鼠标自顾自地解说着。悦然凑过脑袋看电脑时，大概是因为两人的头挨得太近，他又有些不自在了。看他这样局促，悦然倒放松下来了，饶有兴趣地看着他，心想：这年头像这么害羞的男孩还真是不多见呢。看他平时不修边幅、大大咧咧的，原来这么怕女孩子。这么想着，眼前的陈羽寒变得可爱起来。

陆洋在身后一声怪叫，吓得两人差点跳起来，同时也化解了陈羽寒的窘迫处境，他假装生气地责怪陆洋："乱嚷嚷什么啊，吓死人了。"只见陆洋胡乱系着围裙，满是油渍的手上还拿着一根切了一半的胡萝卜，平时的帅气早已消失得无影无踪。他顾不上自己的滑稽形象，继续冲着陈羽寒嚷嚷："你打开D盘没有，你打开D盘了吗？千万别打开D盘啊，里面有绝密文件！"

悦然的好奇心被勾起来，有什么秘密让他这么惊慌失措呢？她问道："什么东西啊，看都不能看？"陆洋紧张地看了她一眼说："没什么，我们男人的事情。"悦然嗤了他一声。这时幼琪端着盘子走进来对悦然说："他呀，是怕你看到他那些猫咪的照片。""猫咪？"悦然更加好奇了。"哈哈，你不知道了吧，就是在陆洋身边绕来绕去、关系暧昧的女孩子，统称猫咪，我们的陆大帅哥养了好些只呢。"

"幼琪，做人要厚道啊。"陆洋见被揭穿，索性作轻松状地开起玩笑来，接着又有些不好意思地对悦然说，"没他们说的那么夸张啦，就是关系不错的朋友，我还没有正式的女朋友呢。"说完眼带笑意地看着悦然，悦然一听这话含义丰富，只好沉默不语。

陆洋做的晚餐实在不敢恭维，仅有的一道菜"泡菜煮年糕"处处都是幼琪补救后的痕迹。

收拾罢碗筷，幼琪提议大家玩"国王游戏"。她一边裁纸一边给其他人介绍游戏规则："喏，这里有四张纸条，分别写上king和A、B、C然后折好，大家来抓阄。抓到king的人呢就是国王，可以发号施令让其他三个人中的一或两个人做他要求的事情，剩下的人就是幸运儿啦。"大家一听，纷纷响应，坐在地上围成一圈开始第一轮游戏。

幼琪抽到了king，她得意扬扬地举着纸条命令道："C做十个俯卧撑。"陆洋不幸中招。不过第二轮他就扳了回来，幼琪被点中去削了一个苹果，并亲手送到陆洋嘴里，惹得陆洋大叫"幸福"。

几轮下来，大家都因为怕伤及同盟战友（理所当然悦然和幼琪是同盟，陆洋和陈羽寒是同盟）不敢提出过分要求。游戏玩得不温不火。这时幼琪向悦然眨眨眼，说道："悦然，一起去洗手间吧，我怕黑。"悦然领会她的用意，起身和她走了出去。走到门外，幼琪低声说："再往下抓到什么我们要互相给对方暗示哦。A眨眼睛B摸鼻子C攥拳头，这样就可以放心地跟他们玩啦。"

　　四个人重新坐下开始新一轮的游戏，幼琪又好运气地抓到了king，她看了悦然一眼，不怀好意地说：“我命令C到阳台上大喊十声‘我要爱的抱抱’。”看一眼陆洋大惊失色的脸就知道又是他中了。陆洋从阳台上回来恶狠狠地说：“千万别让我逮着你们。”两个女孩早就笑作一团了。

　　不过两局之后，陆洋就狠狠报复了她们。她们俩一边直挺挺地举着一只胳膊原地转圈，一边齐声念：“我是宇宙无敌超级美少女战士。”还没转到他要求的十圈就喝醉酒般地东倒西歪躺在了地上，又是头晕又是想吐，难受极了。陈羽寒看不过去，挨个儿把她们扶着坐起来，陆洋还在一旁丧尽天良地直呼过瘾。

　　悦然这时发现了蹊跷：陆洋和陈羽寒每次的打击对象都很精准地是她和幼琪，陈羽寒虽然下手较轻，却也从没误伤过陆洋。难道是他们也暗中沟通过了？虽然悦然心存疑惑，但是因为作弊在先，所以不好点破，只能尽可能抓住每次机会充分发挥想象，行使国王的权利。当然，对方亦毫不手软。几轮下来，悦然和幼琪做了一次全套广播体操，跳了一回钢管舞，陆洋和陈羽寒各吃了两根红辣椒，又互相舔了对方的肚皮。四个人都玩得既痛苦又过瘾。

　　夜已深，时值初夏，天地间充盈着甜腻的空气，暖融融溢进窗来，将几个年轻人兴奋的脸庞淹没其中。正当大家都激动地摩拳擦掌要将对方置之死地的时候，戏剧性的一幕发生了：陆洋一脸不可一世的表情命令道：“A亲B三秒钟，要嘴对嘴的哦。”其余三人打开纸条放到面前，悦然愣住了，陈羽寒愣住了，幼琪愣住了，陆洋看了看大叫一声：“什么情况？”陈羽寒是A，而悦然抽到了B。似乎都在大家意料之外，屋里沉默了半分钟。陆洋先反应过来：“陈羽寒，还不抓紧？天上掉下来的福利啊。”陈羽寒低着头，故作轻松地开起玩笑：“我心肠软，还是算了吧，别可惜了这么好的姑娘。”幼琪没说话，云里雾里地看着大家。陆洋倒是来劲了："心软嘴别软，这可是游戏的精髓所在，这就是国王游戏经久不衰的原因。要不你授权给我？"

陈羽寒架不住陆洋的起哄，慢吞吞地挪到悦然身边，飞快地凑近并碰了一下她的嘴唇，悦然倒是大大方方地坐着没闪没躲，因为陈羽寒是如此害羞、无害，实在构不成威胁。看这阵势，倒像是她占了他便宜。

玩到这里，刚才热极的场面都在这不像吻的一吻里冷却下来，高涨的情绪戛然而止停在半空，大家都有些不知所措的尴尬。幼琪打了个哈欠打破僵局："我困了，明天还有好多活儿呢，要不今天先到这里啦？"大家便都跟着这借口作势散了。

回去的路上，幼琪纳闷地像是自说自话又像是说给悦然听："刚才是怎么回事呢？我敢肯定他们有作弊哎，不然不会那么多局都不出错。那么最后一盘是怎么回事呢？陆洋故意的？不会啊，前些天他还跟我说过喜欢你，怎么会把这个机会让给陈羽寒？刚才虽然是起哄，可我听得出来话里酸酸的。那是陈羽寒故意的？更不可能了，以我对他的了解他绝对不是这种人呢，他怕女孩子可是出了名的。好奇怪。哎，不想了，明天还要做摄影课的期末作业呢。刚好我们是一组，我已经联系好安迪老师了，就拍他在中国的工作生活。你记得回去写一下分镜头脚本啊。悦然，悦然？你想什么呢？"

悦然懵懵地走进宿舍，没有洗漱就倒在床上。摸摸嘴唇，似乎时间还停留在陈羽寒的那一吻里。那一吻多短啊，也许只有十分之一秒，也许是世界上最短的一吻。短得感觉不到他嘴唇的温度，短得闻不到他身上的气味，短得似乎没有发生过。可是为什么此刻心里痒痒的，萌动着一点不安和兴奋。都是那一瞬间的触碰引起的吗？难道自己喜欢上了陈羽寒？还是喜欢上了这亲吻？

手机"嗒嗒"两声响，是陈羽寒传来的短信："悦然，今天的事情是这样的。我知道你们有作弊，我和陆洋也私下约定了暗号。玩最后一盘的时候我不知道想什么走了神，给错了手势，所以被陆洋乱点兵，实在对不住啦。……不过，感觉还不赖。"陈羽寒习惯用开玩笑来化解尴尬。

不过今天这个玩笑让悦然重新审视了一遍陈羽寒，这个看起来害羞的家伙没准是个闷骚型的男孩，表面风平浪静，内心奔腾着呢。

想着想着，意识渐渐朦胧起来。迷迷糊糊中还是四个人围成一圈打纸牌。发完一圈牌，陈羽寒亮出手里的红心A笑了笑说道："轮到我了。"随即张口吞下其余人手里的所有纸牌。陆洋吓得一句话也不敢说，眨巴眨巴眼睛，双手悄悄绕到身后紧紧握住尾巴。幼琪则穿着啦啦队的超短裙，手举两团彩带，一边踢腿一边高喊："原来是这样啦……"陈羽寒一边吞纸牌一边叫："这些满足不了我的胃口，让我亲亲纸牌上的姑娘。"

Chapter 5

表面的
和平

这样的钥匙使人的想象延伸，
好像真的在某个遥远的地方
有一扇门等待着它。
也许是一座城堡，
也许是他们的梦境，
也许是他们俩的爱情。

早上醒来悦然用力地甩甩脑袋，都什么跟什么啊，好奇怪的梦。

花两个小时写好脚本，又去摄影器材室借了摄像机，悦然走到图书馆的喷泉旁，约好的地点处幼琪却没在。悦然心想：难道是睡过头了？又等了半个小时，还是不见幼琪的踪影。打她的手机也无人接听。悦然不免替她着急：这个幼琪，也太糊涂了，要知道这次的摄影作业是直接记入期末成绩的啊。这门课多是实践，如果不能过，来年重修那可是噩梦。悦然无奈地摇摇头，只好独自联系安迪老师，跟着他到课堂，到家进行拍摄。好在安迪老师很绅士，很热情，非常配合地完成了拍摄任务。

拍摄一结束悦然便飞奔去幼琪的公寓找她，看看是什么事情对幼琪比期末成绩还重要。敲了许久的门，始终没有人应。悦然转身刚要走，门开了，幼琪的样子使她大吃一惊：没有梳洗，身上穿着睡衣，头发凌乱，两只眼睛肿肿的，显然哭了很久的样子。悦然跟她走进房间，只见窗帘紧闭，光线昏暗，音响里低低传出陈绮贞的歌——《表面的和平》。

幼琪说过这是她和子杰最爱的歌。悦然有不祥的预感，试探地问："幼琪？"幼琪坐在角落，抱着靠枕，低声说："昨天晚上回来，我和子杰通了电话，我们又吵架了。他要和我分手。"说着眼泪又顺着脸颊滑落下来。

幼琪的样子让人心疼，她一直担心的事情终于还是发生了。悦然一时不知道怎么安慰她。如果子杰的话是认真的，那么对幼琪的伤害实在太大了。谁都知道幼琪对待这段感情是多么的用心，多么的竭尽全力。想到这里，悦然心里生出几分对子杰的恨意，尽管他对她来说还几乎是个陌生人。这时幼琪抬起头看着她说："悦然，陪我去喝酒吧。我很想喝酒。"悦然无法拒绝她，不过提了个要求：先吃饭。

她们找了一个名叫"黄昏坚果"的酒吧。时间尚早，酒吧里只坐着一对学生模样的恋人，轻柔地你一言我一语，女孩娇小美丽，笑声很好听。略带甜味的空气里懒懒地飘着小野丽莎的《月亮河》，真是找对地方了。幼琪一下要了十瓶"JAZZ"，悦然没有拦她。十个深色的玻璃瓶整齐地码在桌上，瓶身已经结了一层薄薄的水雾。悦然心想希望这些冰凉的液体可以安抚幼琪的心。而她只给自己要了一杯橙汁，确保幼琪喝醉的时候，自己可以清醒地送她回家。

幼琪什么也没说，默默地喝酒，脸上的神情是从未有过的忧伤和疲倦。类似的神情悦然在妈妈的脸上也曾看到过。她记得上初中后爸爸就不常回家，她和妈妈一起睡，偶尔夜里醒来看到妈妈斜倚在床上发呆，一脸的忧伤和疲倦。悦然问自己：这就是令人向往的爱情吗？为什么结果偏偏这样不堪？还没有投入其中，已经对它有些恐惧了。如果是陈羽寒呢，他这样善良、温和的人是否最后也会让人这么伤心？

悦然走神的片刻，幼琪已经喝掉两瓶酒，她突然抬起头看着悦然很坚定地说："我要回台湾，下个星期就走。"悦然一听就急了："你疯啦，还有一个月就期末考试了。这学期修了七门课，整整二十个学分。如果你放弃考试来年重修，那是多大的压力，很有可能毕不了业的。"幼琪仰起脸说："我不在乎。"这个幼琪真的是昏了头了。悦然只好耐心劝她："幼琪，你听我说，我知道你对子杰的感情，羽寒、陆洋我们所有人都知道。你们有过相互依偎的日子，有过最快乐的时光。可是爱情不是考试，不是努力了就会考出好成绩。子杰现在已经不在乎你了，你为什么还要把自己的前途都搭上去？如果你当我是好姐妹就听听我的话。我同意你回去，但是要在一个月之后。你的生活里有子杰，但子杰绝不是你生活的全部！"

幼琪又默默地喝了一瓶酒才开口，她指指脖子上的项链说："你知道我为什么一直戴着这条项链吗？我永远记得那一天，我十九岁生日，和子杰一起过的，可是一整天他都没有提任何和我生日有关的事情，也没有礼物，我失望极了。不过我安慰自己男生粗心也许是忘了，我在心里默默原谅了他，也没有提醒他。第二天早上，那是我人生里最美好的一个早晨。我和子杰躺在床上聊天，周围很安静很安静，窗外有鸟的叫声。我们懒懒地躺着，慢悠悠地说话，昨天的不快我已经完全忘记了。这时候有人敲门，子杰让我去开。是快件，寄给我的。我很纳闷地打开，整个人都惊呆了，是一条'Tiffany'的项链，是橱窗里展示的我每次路过都要看很久的那条。想都不用想也知道是怎么回事。子杰还躺在床上若无其事地说：'小宝贝过来，我给你戴上。快递太夸张了，整整晚了一天。'而我早就泪流满面。要知道那条项链整整一万六千台币，是子杰攒了一年外加上暑期打工的薪水才凑齐的。你说他在不在乎我？"

悦然一时无话可说，看着幼琪脖子上的项链。细细的链子闪着有些陈旧的银白色的光，吊坠是一把泛着同样色泽的造型古典的钥匙。不知道是戴得时间久了的缘故还是特意的设计。这样的钥匙使人的想象延伸，好像真的在某个遥远的地方有一扇门等待着它。也许是一座城堡，也许是子杰的梦境，也许是他们俩的爱情。如果可以的话，幼琪一定很想用这把钥匙打开门锁一探究竟。

不知不觉天色已晚，酒吧里开始人头攒动。侍者调暗了灯光，在每个桌上点放了一只莲花形状的蜡烛。温馨宜人的气氛立刻在酒吧里聚拢起来。灯光暗得只能看清对面人的脸庞，其他人都成了模糊的影子，和桌椅以及其他摆设一起化为背景。原本使人不安的黑暗此刻变成有厚度、大而绵软的质地，充满温情和安全感地将人们包裹其中。仿佛世界上只剩这么个屋子，屋子里只有你和我，守着面前这点微弱的温暖和光亮，很有在这里谈情说爱或者说点悄悄话的冲动。啤酒、鸡尾酒混合的气味越发浓郁起来，光是闻着都令人恍惚。小野丽莎的歌声已经停下，驻场乐队开始调试乐器。女歌手也许为了展现实力，开场就唱了一首难度极高的Dido的《Thank you》。唱得不赖，乐队也配合得默契，只是比起原唱，还是稍逊一筹。

幼琪对周围环境的变化毫无察觉，依旧沉浸在自己的小宇宙里借酒消愁。她两颊微红，眼睛里也有了醉意。她说："期末考试对我不重要，学分对我不重要，毕不了业也不重要，没有了子杰这个世界对我都不重要。他是我的第一个男朋友，我了解他。他本性善良、单纯，和我在一起的时候好乖好乖，爱学习，爱看书。他是被他那帮台湾的朋友给带坏了。一回去他们就带他逛夜店，喝酒、把妹，甚至还教他嗑药。他又那么帅，那么招女孩子，肯定有把持不住的时候。这次也一定是这样的。我现在回去也许还可以挽回，再过一个月什么都来不及了，而且我现在根本没有心思复习功课。悦然，你要理解我支持我，等你恋爱你就明白这种感觉了。子杰是我做一切的动力。"

眼前的幼琪仿佛变了一个人，不再柔弱依顺，她小小的，玫瑰花一样的心此刻硬得像石头，如此的坚决、偏执、义无反顾。悦然知道说什么也劝不回她了，只是心里很是为她心疼。也许子杰送她项链的那一刻，爱情甜得像蜜糖，而现在只是毒药。她预感到幼琪此行未必能如愿，爱情和毕业证一起丢了也说不定。心想还是让陆洋和羽寒劝劝她吧，他们四个人毕竟一起相处过，对子杰和幼琪都比较了解，也许能奏效。幼琪喝完了桌上的酒，向侍者招手还想要，悦然拦住了她，她喝得太多了。幼琪摇摇晃晃地站起来甩开悦然的手，径自向吧台走去，悦然赶紧起身拉住她。幼琪"哇"的一口，吐得两人一身，接着大声叫嚷："别管我！"周围的客人看着她们，场面很难堪。悦然本以为她能应付醉酒的幼琪，看来高估自己了。想想好像陈羽寒的住处离这里很近，她赶紧腾出一只手从包里掏出手机给他拨电话："陈羽寒，快来仁义路上的'黄昏坚果'酒吧，救火。"

十分钟后，陈羽寒很配合地出现在"坚果"，悦然已经狼狈不堪。他简短地吩咐"结账"，自己背起哭闹的幼琪就往外走。悦然结了账拎上包，充满感激地跟在他身后。经过一家便利店，羽寒再次"下令"："悦然，麻烦你去店里买盒立顿绿茶，还有一瓶冰可乐。绿茶解酒，可乐她醒了会想喝。"悦然一边照办一边在心里再次为他的体贴周到加分。此时幼琪已经趴在他的背上睡着了，表情恢复了昔日的恬静和天真。陈羽寒步履沉重，汗水已经湿透T恤的前襟。悦然看着他，突然很希望他背着的那个人是自己……

陈羽寒的公寓是一间结构精致的"楼中楼"，一层是客厅，上一段楼梯到隔层，则是一间小而温馨的卧室。房子白墙白地板，家具也是白色的，再配上鹅黄色碎花的落地窗帘，风格清新素雅。房间里随意地堆放着书和鼓槌，唯一的装饰是墙壁上挂的一幅画——一只可爱的卡通牛正在低头吃草。悦然心里一笑，看来羽寒真是童心未泯呢。陈羽寒把幼琪在卧室安顿好，气喘吁吁地下了楼。他看了一眼悦然，从衣橱里拿了一件T恤扔过去："去洗个澡，把衣服换掉，脏衣服放到洗衣机里就行。"

阿迪达斯沐浴露"天赋"的香味包裹全身，细腻雪白的泡沫洗净一身汗水，擦干身体后套上宽大的T恤。纯棉质地的衣料柔软地贴在肌肤上，无比干爽、舒适。悦然拉起衣襟闻一闻，分不清是羽寒的气味还是她自己的。

待悦然坐定了，陈羽寒这才开口问道："怎么回事？"悦然把事情说了个大概，末了，她说："你劝劝幼琪吧，不要这个时候回去，把今年的学业都荒废了。"

不料陈羽寒说："没有用的，幼琪对所有的事情都好说话，都可以让步，唯独对子杰的事情不行，每一次她喝醉，都是为了子杰。"

"可我实在看不下去她这样。""没有办法，我不是没有劝过她，可子杰是她的软肋。你不能期待她用理智来处理问题。作为朋友我所能做的就是在她喝醉时把她安全地送回家。"

"这就是爱情吧。如果哪天我也陷了进去，天天买醉，你也会这么对我吗？"

陈羽寒看着悦然，目光深处有某种情绪在涌动。屋子里安静极了，听得见空气和灯光摩擦交融的声音。他们呼吸的频率都急速上升。悦然静静等待着接下来的事情，心里暗暗期望羽寒眼里的情绪是她期待的那一种。陈羽寒深吸了口气，克制住即将溢出的情感，说："当然，我会的。所以你不要吃太胖，不然我可能会背不动。"

悦然讨厌这个玩笑。刚刚小夜曲般令人意乱情迷的气氛立刻土崩瓦解。悦然站起身，慢慢溜达，装作继续欣赏这个房间。那幅牛吃草的画近看原来是幅十字绣，很繁复的手工。

悦然问陈羽寒："看不出你还会绣这个啊，绣了多久？"羽寒笑道："我哪会绣那个，女孩子才做的事情，那是去年过生日时我女朋友送给我的，我属牛嘛。"

悦然极力掩饰脸上的失望，问："哦？你有女朋友？怎么从来没有听说过？幼琪和陆洋都没有提过啊。"

陈羽寒说："她在北京，是我高中同学，幼琪和陆洋都没见过，又离得远，所以没什么话题。"

"这样啊。"悦然嘴上应着，心里的感觉就像准备了很久的表白被拒绝了一样，又羞又窘。尽管事实上她什么也没有说，羽寒也没有拒绝。她不知道羽寒是否有觉察到她的窘迫，但已经顾不上那么多，她甚至怀疑刚才羽寒多情的眼神也是她一厢情愿的想象，她只想赶快逃走。

"我回去了。"悦然说。陈羽寒的语气依然是平静的："这么晚了，我今天实在没有力气送你了，再说宿舍也该关门了吧？你去楼上和幼琪一起睡。我把陆洋叫过来我们俩'P实况'。"见悦然一脸茫然的样子他解释道："'P实况'就是play实况足球，电脑游戏。我们简称'P实况'。"悦然一时找不到合适的理由拒绝，只好乖乖上楼。

陆洋看到床上的悦然和幼琪，大惊失色地跑到楼下说："陈羽寒你够厉害啊，一个晚上放倒两个，用的什么方法你教教我。"这个家伙没有一刻正经的。陈羽寒低声给他讲述事情经过，陆洋听了默不作声。过了许久，悦然才在朦胧中听见楼下传来一句："子杰这个混蛋真该揍他一顿，幼琪是多好的姑娘。"

Chapter **6**

最熟悉的
陌生人

即使有一天我们不爱了，不见了，
我也不能当他是一个陌生人。
我会梦到他，想念他，牵挂他。
碰到我们爱吃的东西，爱去的地方，
碰到一切印记，我怎么会无动于衷呢？
除非我连自己也忘记。

　　第二天不是周末，可是大家约好了似的没有谁早起去上课。悦然醒来时房间已亮得通透，看着雪白的天花板，足足过了半分钟才想起来身在何处。思维缓慢启动，昨天混乱不堪的情节只剩下似梦非梦的零星片段。幼琪背对着她睡得正香，白皙纤细的脖颈惹人怜爱，被子已被她踢到脚踝——正是春夏交替，即使夜里也没有凉意。悦然撑起身体，往楼下看去。楼上楼下并无实墙，只有半人高的栏杆，床又紧挨栏杆，所以只需略微起身房间全貌便尽收眼底。

　　只见两个大男孩横七竖八地躺在地板上睡得正酣，游戏手柄胡乱丢在一旁。薄薄的晨光落在两张年轻的面孔上，是同样满足而无忧的神情。悦然看着这景象，突然想到电影《朱尔与吉姆》里的那个经典镜头：三个沉浸在爱情中的年轻人奔跑在桥上，青春肆意。在那一刻每个姑娘都会想成为幸运的凯瑟琳，她骄傲地跑在最前面，一身男孩儿装扮反而更加衬托得她柔媚入骨，跟在身后的朱尔与吉姆眼里满是热烈的爱慕，她以美貌和智慧轻易地占领了两个青年的心智。只是，结尾悲凉。

清醒后的幼琪恢复了坚强，她若无其事地洗漱完毕，然后提出去订票。大家都感受到她平静语气里不可撼动的意志，所以谁也没有再开口阻拦。突如其来的分别使大家多少有些意兴阑珊，好在有陆洋这个活宝在，一路的插科打诨，还不时掏出手机逼大家脑袋挤在一块儿合影，气氛还不至于太尴尬。在偶尔和羽寒短暂的目光交会中，悦然提醒自己不要把昨晚一时涌动的情绪当回事。

到了吃饭的时间，四个人走进麦当劳餐厅，这家快餐店因为昼夜营业、冬暖夏凉、环境宜人、价格实惠等诸多因素几乎成为他们的大本营，除了吃饭、吃甜点、聊天，到了临近考试大家也常来这里复习功课。陆洋破天荒地主动要求请客，并号召大家不胖不归。

陈羽寒娴熟地点餐："一份巨无霸套餐，外加一个麦香鱼汉堡，一个双层吉士汉堡……"

悦然说："你别客气了，我们自己点吧。"

陈羽寒摆摆手："No，no，no，这是我自己的标准配置。"悦然立刻无语。

找了靠窗的四人座坐下，幼琪看着桌上成堆的食物悠悠叹口气说："我走了以后，你们别整天吃这些了，没营养。"

陈羽寒很乖地"嗯"了一声，一边剥开第二个汉堡。

"陆洋你看你手上的小太阳都没了，你熬太多夜了啦。悦然，你别总自己待着，要经常约他们出来玩哦。"幼琪一副托孤的语气，神色越来越悲壮，眼看着眼眶红润起来要湿。

陆洋急忙打岔："我都是想你想得夜里睡不着，而且离开你的手艺谁还有心思吃饭啊。你快别啰唆了，再叨叨就成欧巴桑了，早点儿回来恢复我们的生活质量是正经。"

幼琪面色缓和了很多，但继续交代："羽寒，你要帮我照顾好悦然哦，她可是我最好的闺密。"陆洋反对："我呢？我也有照顾她的责任。"悦然深深地看了羽寒一眼，他若无其事地嚼着薯条。

麦当劳聚完餐后，陆洋和羽寒各自回家睡觉。悦然和幼琪晚上还有选修课，一路走回学校。操场上三五成群的男生在练习篮球，气氛并不激烈，反而有一份恰然自得，听篮球撞击地面的慵懒节奏便能感觉得到。学校的大喇叭里正放着萧亚轩《最熟悉的陌生人》，播放设备明显落后，扩音器里传来的歌声音质简陋粗糙，但却因此多了一份怀旧的味道。悦然走在幼琪身旁略微落后半步的位置，她的静默陪伴着她的不语。幼琪微微低着头，只看着面前三米远的路面，走得不紧不慢，旁若无人，似乎已经忘记悦然的存在。

就在悦然准备好她一直沉默下去的时候，幼琪突然停住脚步，抬起头认真地看着悦然的眼睛，阳光在她的脸颊染上一层粉色的光晕。幼琪问："你说相爱的两个人最后真的会变成陌生人吗？擦身而过的时候视而不见，或是像陌生人一样说Hi？"不等悦然回答她便自言自语道："我做不到。即使有一天我们不爱了，不见了，我也不能当他是一个陌生人。我会梦到他，想念他，牵挂他。碰到我们爱吃的东西，爱去的地方，碰到一切印记，我怎么会无动于衷呢？除非我连自己也忘记。"幼琪的眼睛里有了一层泪光："悦然，我很害怕。"

说完这句话，幼琪的身体开始颤抖起来，眼泪止不住地往下掉。悦然抱住她，轻拍着她的背，像哄一个孩子。幼琪单薄的肩瑟瑟抖动，身体轻得像一片落叶。悦然真切地感受到从她身上传递来的悲恸，心里也跟着阵阵钝痛。

在那一刻，她已默默认同了幼琪的决定。她心想如鱼饮水，冷暖自知，不是身在其中，谁能真正明白那份痛楚，谁又能仅凭自己的想法去左右幼琪的决定呢？也许此刻最应该做的就是默默抱紧她。

在接下来的日子里，悦然小心翼翼地收起各种顾虑，以一副轻松平常的样子伴随幼琪左右，陪着她请假，和各门课的老师解释，收拾行李。自始至终再也没流露出一点担忧。

那时到台湾还不能直飞，幼琪需要从本市先坐火车去上海，飞去香港再转台湾。她坚持不要其他人送站。但在她走的那晚，悦然他们三个还是悄悄跟了去。陆洋施展各种伎俩终于说服乘务小姑娘转交座位号47A的乘客一大包零食。三个人远远地看着幼琪拖着两个巨大的行李箱检票上车，安静地坐在窗边直到火车缓缓开动。直到火车开出很远消失不见，只有夜色中传来渐远的低沉的轰鸣声。就像所有离别带来的伤感一样，剩下的三个人怅然若失地坐在候车室的长椅上一言不发。人群渐渐散去，通往站台的闸门依次关上。陈羽寒站起身说："走吧。"

回去的路上大家没有再说话，幼琪的离开似乎打破了某种平衡。悦然发现她和羽寒、陆洋之间的关系变得微妙起来，不知从何处生出一些陌生感。她暗暗搜寻了一圈话题，索性还是作罢。好在已是夜色，大巴内光线昏暗，相互接触不到目光，所以还不至尴尬。

火车站建在新城区，车窗外的建筑群灯火通明、繁华气派。只有氤氲不散的薄薄水气和吹了几千年的杨柳风提醒人们这是一座运河古城，它的暮春撩人情思。

幼琪走后的第二天下了场雨，然后便是接连一个星期的晴空万里，气温一路飙升直逼30度。悦然每天匆忙地往来于宿舍和教室之间，一心备战期末考试。每年一到这个时候，校园里的学习氛围都格外浓厚，缺勤率降至全年最低，长明灯教室彻夜坐满埋头苦读的莘莘学子。大家怀念着、痛惜着那些虚度的光阴，急急忙忙翻开书本，步入大学生活的正题。

周末难得不用早起，悦然一直在床上赖到快十一点。宿舍没有空调，夜间熄灯断电也用不了电风扇。睡得很不舒服。宿舍电话响了起来，悦然懒洋洋地爬下床去接，是宿舍阿姨，"孟悦然，你妈妈来看你了，拎了不少东西呢，你下来接一趟吧。"

悦然懵懵地下楼接过妈妈手里的大包小包道："妈，你来怎么也不提前和我说一声啊？吓我一跳。"

"你妈也能吓到你啊，我怕你去车站接我，这大热天的。快到期末了，我给你送点吃的补一补。"

进了宿舍坐定，妈妈打开包，一样一样往桌上放。"这是瓜子仁，你嗑着费时间，我都帮你剥好了，补脑。这是桂圆，也都剥好了。这是你最喜欢的椰果布丁，这是樱桃，刚上市，贵着哪。……"

悦然看着，眼眶一热。除了妈妈，谁还能如此体己呢？以前一直在家不觉得，这几年出来上大学有时食堂转一圈也找不到爱吃的饭菜，入冬忘记添被夜里在床上冻得瑟瑟发抖，衣服晾在外忘记收淋了雨没有干净的可换，这时就会想起妈妈，怀念家里饭菜的香甜，家里被窝的温暖。好在L市离家不算太远，一两个月总还能回趟家或者妈妈来看她一次。可是即使这样，悦然也因为想家偷偷哭过好几回了。

这么想着，她却还嘴硬："妈，我都二十岁的人了，你怎么老把我当小孩啊，生活我能自理。"妈妈抬头看看她："能自理，能自理怎么又瘦了？我告诉你可不许减肥啊，减肥容易贫血。脸上有肉才好看，面黄肌瘦，一脸菜色，像什么样？"悦然吐吐舌头，妈妈那一代人挨过饿，他们的审美观一直是银盆大脸、浓眉大眼，悦然可不敢苟同。

中午妈妈带悦然去学校外面找了家餐厅"补一补"。餐厅环境很好，早早地开了冷气。妈妈坐下来说，"真舒服，悦然，你们宿舍太热了，没有空调也没有电风扇，再往下越来越热怎么待啊？"

"这两年不都过来了，还差这最后一个夏天吗？"

"那是你们学校不同意学生大二以前在外面租房，不然我早想给你租了。要不咱说办就办，下午我帮你看看房去。"

"妈，你可别费事儿啦，将就一下就过了。"

"你妈我呀，就是将就了一辈子，年轻的时候舍不得吃舍不得穿，结果自己没落着什么好不说，还被你爸嫌弃。现在想明白了，不将就。活一天就要自在一天。这房一定要租。"

"哟，妈，你觉悟上来了呀。以前可没这么潇洒。"

"我这是跟你爸离婚后痛定思痛悟出来的。男人啊……"

服务员送来菜单，悦然点了一份芥末木耳、一份菠萝咕噜肉、一份蟹黄干丝，妈妈觉得不够，又加了一个清蒸鲹片鱼和一锅老鸭汤，明显吃不完，可是服务员也拦不住。悦然觉得妈妈点菜的架势里带着一股对爸爸的怨气，也就随她去了。

菜上得很快，口味是很地道的淮扬风味，清淡、鲜美，讲究刀工，那干丝切得匀而细，白白净净堆叠起来好似一团云雾，衬着金黄的蟹粉更加诱人。母女俩开动碗筷，边吃边聊。

"悦然，有遇到喜欢的男生吗? 你现在也该是谈恋爱的时候了。"

悦然立刻想到陈羽寒，但仅是一闪而过的念头。她摇摇头，不打算让妈妈知道这个男生的存在。他们只是朋友，她对他也顶多是几分好感而已，何况知道他有女朋友，更该断了这个念头。

妈妈夹给悦然一大块鱼肉，接着说："反正你早晚都是要谈朋友的，有两句话你一定要听妈妈的。第一，不论身心，不要伤害到自己；第二，不要因为恋爱耽误学业和事业，女人一定要独立。记住了吗? "悦然点点头。妈妈很少这么认真地跟她说人生道理，一旦说了，那必定是值得记住的。

悦然不解地问："如果有这么多顾虑，干吗一定要恋爱呢? "

"女人总会想找个男人靠一靠的，虽然你爸现在靠不住了，好歹我也靠了二十多年。而且谈恋爱这事儿到时候你就明白了，来的时候洪水一样的，哪里挡得住? "

"哦，我还是先忙考试，顺利毕业是大事。"

"还是我女儿懂事，一会儿吃完饭你先回学校复习，我去附近中介问问有没有合适的房子租。找完我就直接去车站了，不要送我，你好好看书。"

悦然拗不过妈妈，自己先回宿舍。路上她又一次想到陈羽寒：不知道这几天他和陆洋在做什么呢？

Chapter 7

这就是
青春

虽然英格兰队最终无缘四强，
"像英雄一样离开"，
虽然后来人见人爱的小贝哭成泪人，
但是无论时隔多久，
每当悦然回想起那天的碰杯，
就能感觉到一股暖流
从胃部漫延到全身，
那一刻是如此欢腾豪迈，
那一刻她想这就是青春。

下午悦然整理衣橱，见角落里放着一件白色T恤，拿起来一看，正是那晚陈羽寒让她换上的那一件，悦然这才想起自己换下来的衣服也还留在陈羽寒家呢。她有些莫名的兴奋，找了纸袋装上T恤，向陈羽寒的住处走去。

电梯"叮"的一声在12层停住，悦然走出去，看着长长的、静悄悄的走廊突然犹豫起来。这样冒冒失失地来找陈羽寒会不会吓他一跳？毕竟只是为了还一件T恤。或许应该先给他打个电话？悦然慢慢走到1203室的门前，去留两难。

手机突然响起来，在安静空旷的走廊里声音格外响，悦然像做贼似的很没出息地跑回电梯前一个劲按"▽"下行键。待进了电梯拿起手机一看，是陆洋的短信："悦然，我这儿有同学刚从南京带来的绿豆糕，喜欢吃吗？我给你送过去。"

悦然没好气地回道："不喜欢。""哦，今晚我跟陈羽寒约好去他家复习功课，你一起来吧，宿舍怪热的。"这条消息真是叫人心花怒放，悦然暗暗感激陆洋给了她一个好理由，不过还是故作矜持地在十分钟后才回了一句："好的。"

她回到宿舍想再看会儿书，却连一个字也看不进去了。拿起陈羽寒的T恤放在膝头展开，这是一件白色的足球球衣，后背写着大大的23号，是小贝在皇家马德里的战袍。即使像悦然这样对足球没什么兴趣的也很喜欢小贝。那一头金发在绿色草坪上挥汗如雨的模样实在帅气无边。悦然拿起衣服放在鼻前闻一闻，那股淡淡的"天赋"的味道还没有完全散尽。

陆洋远远地骑一辆红色公路车飞驰而来，到了悦然面前一个紧急刹车，单脚落地，同时车身甩出一个优美的弧度。悦然注意到他穿了一件粉色的衬衫，脸上的神情似乎在说："我是不是帅翻了？"悦然不忍让他失望，硬生生地说了句："你今天真有型。"陆洋露出心满意足的笑容，一边下了车。公路车后轮上方只有一块翅膀形状的挡泥板，不能载人，陆洋推着车，和悦然一起往陈羽寒的住处走去。

太阳刚刚落山，而天色还早，路上三三两两走着出来活动的学生，去吃饭，或许去约会。悦然有点担心被同班同学看见，她这样和陆洋走着看起来俨然一对情侣，肯定会被误会。

可担心什么偏偏来什么，而且更糟，教导处主任骑着单车迎面而来。主任姓邹，是个小个子的中年男子，平日里不苟言笑，最以学生因恋爱耽误学业而痛心，但凡有机会便要提点几句。偏偏遇到他，邹主任从身旁经过，意味深长地看了悦然一眼。悦然低下头避开他的目光，加快脚步。

陆洋说："悦然你走慢点，我们又不赶时间。"

悦然有点沮丧地说："刚才被我们教导处主任看见了，我怕他误会了。"

"误会什么？"陆洋想了想明白过来，"拜托，我们已成年哎，又不是早恋，谈恋爱合情合理合法，他也太古板了吧。"

"是这个道理，可是迎面撞上还是尴尬，何况根本就是误会嘛。"

"你要是觉得委屈，就当他看到的是真的也行啊。"悦然抬头瞪一眼陆洋。

陈羽寒见悦然和陆洋一起出现愣了一下。悦然递过纸袋："还你衣服。谢谢。"

陈羽寒说："真及时，过几天英格兰和葡萄牙踢四分之一决赛，我可要穿着这件T恤看。"

悦然补充道："没来得及洗哦。"

陈羽寒夸张地双手接过袋子："留有姑娘的余香，求之不得。"

陆洋在一旁嚷嚷："陈羽寒，别恶心人了，快让我把车推进去。"

"咦？你没事干吗把战车骑来，你平常骑的那辆女式凤凰呢？"

陆洋一脸窘态地说："什么女式？那个就是随便骑骑的好不好？前两天扎胎送去修了。"

悦然听了陈羽寒一番解释才知道：原来他和陆洋都是单车爱好者，各自有一辆精心组装的单车，不过平时轻易不骑，一是剐蹭了心疼，二是停在外面怕丢，所以又都另外买了辆旧车代步用。难怪陈羽寒会骑一辆年代久远的"永久"，悦然心想着陆洋骑着女车的画面不禁哑然失笑。

陆洋把车推进屋和陈羽寒的爱车放在一起，两辆车的气质和他们的主人像极了。陆洋的是一辆公路车，车架正红色，高大而又纤细轻盈，线条简洁优美，车把两端像牛角一样向下打了一个弯，上面仔细缠绕着相同红色的把带。车轮窄得不可思议，目测不过四公分宽，上面只有一层浅浅的排水纹。

相比之下，陈羽寒的车要憨厚、敦实得多，也低调得多。这是一辆很实用的山地车，车身较矮，但各个部分都比陆洋的车粗壮不少，显得很结实，车架是黑色的，饰有银色花纹。车轮宽且厚，布满深深的齿纹。比较之后悦然宣布："如果我骑车会选陈羽寒这辆，感觉会很安全。"陈羽寒"嘿嘿"一笑，陆洋一脸不屑。

三个人围着桌子坐下来复习功课，屋里一时静悄悄的，空调送来阵阵凉风，好不惬意。悦然一口气复习了两个章节，倒比平时效率高很多。不觉中时间已过去三个小时，陆洋扔过来一个小纸团，悦然打开一看，上面写着"饿了没？一起去吃东西。"悦然写了个"嗯。"，揉成一团丢给陈羽寒，陈羽寒也写了"嗯。"扔回给陆洋。三个人一起起身出门，又很有默契地全都一脸若无其事。

夜色中的街道不比白天整齐干净，却自有一派市井的繁华。煎饼、铁板烧、麻辣烫、烧烤，各式各样的小吃摊还有水果摊，卖小玩意儿的熙熙攘攘挤满街头巷尾。满眼人间烟火，空气里弥漫着浓烈的孜然味和花椒味。

陈羽寒提议："楼顶上有个露台，视野不错。我们买点烤串拿上去吃吧。"大家一致回应。陆洋又去旁边的小卖铺买了一打冰镇的"嘉士伯"。电梯上到18层，还需要爬一段楼梯，楼道里没有灯，三个人摸着黑爬了上去。

一到露台顿时眼前明亮，天地宽广，全市的夜景尽收眼底，还能看见远处运河上船舶的灯光。露台上也收拾得很干净，四周一圈矮矮的水泥台可当椅子，露台中间晒着几张不知属于谁家的被单。

陆洋说："你们看过尼古拉斯·凯奇主演的《天使之城》没？里面的天使就是这样站在楼顶满怀怜悯，俯瞰众生。现在我能体会到那种感觉了，你们看这些人类，密密麻麻像蚂蚁一样，又脆弱得不堪一击。"

陈羽寒调侃道："天使手里也拿着烤串吗？"

陆洋一本正经地摇摇头："不，是汉堡。美国可吃不着烤串。"

　　陈羽寒边坐下来边开了罐啤酒，连喝几口，大声说："真过瘾啊!"他转过头问悦然："你要来一罐吗？"

　　悦然平时很少喝酒，但此刻被眼前的气氛感染，点点头。透心凉的啤酒配着又辣又香的羊肉串，真是舒爽极了。

　　陆洋也坐下来开了罐啤酒，他指着前面的空地说："在这儿如果有个大屏幕，直播英格兰队的比赛，那才是真的天堂啊。今年世界杯我看好英格兰队，小贝加油! 我们几个干一杯!"三个人举起易拉罐碰在一起，随即一饮而尽。

　　虽然后来英格兰队在激烈的点球大战中运气差了点，1∶3负于葡萄牙队，虽然英格兰队最终无缘四强，"像英雄一样离开"，虽然后来人见人爱的小贝哭成泪人，但是无论时隔多久，每当悦然回想起那天的碰杯，就能感觉到一股暖流从胃部漫延到全身，那一刻是如此欢腾豪迈，那一刻她好想念幼琪，那一刻她想这就是青春。如果没有后来的事情，那一天也许就停止在那一刻了。

　　悦然脸颊滚烫，头也有点晕，但意识仍然清楚。远处的钟楼当当敲响十声，她站起来说："我该回去了，不然一会儿宿舍关门了。"三个人收拾了一下往楼下走去。四周渐渐陷入黑暗，朦胧的光线中悦然见陆洋对着陈羽寒耳语了一句什么。待彻底的黑暗完全袭来，悦然有些害怕，她紧紧贴住墙壁，小心地一步步往前挪。她轻声叫道："陈羽寒，陆洋，你们在哪儿？"没有人响应，悦然更加害怕，大声叫起来："陈羽寒，陈羽寒，陆洋，你们在哪儿，你们说话呀!"声音打着战。可是四下仍然一片寂静。这是两个大男孩的恶作剧，他们仗着熟悉环境迅速而安静地摸黑穿过楼道，而后乘电梯下楼回到房间，把悦然一个人扔在黑暗中。他们以为过一会儿悦然就会找回来然后娇嗔地责怪他们几句，只是他们实在低估了悦然对黑暗的恐惧。

　　悦然不再叫喊，确切地说是喉咙干涩得发不出声。她像被黑暗焊住一般全身僵硬，连呼吸也快停止。她像抓着救命稻草般紧贴着散发出阵阵霉味的墙壁，似乎一离开就会被某个未知的空间吞噬。她想下楼，想回到露台上，却惧怕迈出一步就会跌入万丈深渊。四周漆黑得什么也看不见，又似有影像移动。慢慢地，连紧挨的墙壁也不再可靠，或许随时会幻化成别的物体。悦然闻到阵阵陈年的稻草味，周身寒冷无比……

六岁那年悦然跟随父母去乡下过年。到了除夕夜吃完年夜饭，大家一起到屋外放炮竹。放了几挂鞭炮和一些简陋的烟火后大人们就进屋了。远房的哥哥们领着悦然去远一点的地方接着玩。他们开始放一种叫"天地响"的炮仗。点燃后一声炸响，飞到半空中冷不丁地又是一声爆炸，声音单调、刺耳。悦然几次猝不及防地被耳边的炸响声吓着，她开始大声呼叫爸爸妈妈，声音却很快淹没在不断响起的炮竹和哥哥们的嬉笑声中。悦然的呼叫变成哭喊，她捂着耳朵四处躲藏。一片炮仗皮飞溅到她的右眼角，火辣辣地疼。悦然像一匹受惊的小马飞奔起来，她向着空旷、寂静的麦子地跑去，躲开一切火光和恼人的爆炸声。

残留的积雪结成的冰冻在脚下吱吱作响，鼻子不断吸进冰冷的空气，被冻得生疼。跑着跑着，浓烈的硝烟味渐渐消失了，耳边的声响渐渐消失了，等她停下来时，四周已经一片漆黑。没有月亮和星光，也看不见一点灯火。年幼的悦然只身站在黑夜的旷野中，被寒冷和恐惧吞噬，想象中的各种鬼怪露出令人惊骇的面目，活生生地从四面袭来。悦然紧闭双眼，跌跌撞撞地胡乱奔跑，小女孩的哭声、叫声是那么微弱而无助……

等大家在一个稻草垛边找到悦然的时候她已几乎冻僵，醒来后便不停地惊叫和大哭。爸爸妈妈赶紧把她带回城里，情况也没有好转，每天夜里悦然都能看见墙壁上出现各种恐怖的画面，她不断从噩梦中惊醒大哭。不能一个人待着，也不让关灯。直到一晚发起高烧，连着烧了三天又出了一身的红疹，待疹子退后悦然才慢慢恢复过来。但是从此对黑暗的恐惧根植在她的心里，虽年岁增长也未能消退。

悦然迟迟没有回来，陈羽寒和陆洋开始担心。陆洋说："她会不会生我们气，直接回宿舍了？"

陈羽寒说："不大可能吧，包还在这儿呢。"

"那会不会是……"陆洋的神色紧张起来，"遇到流氓了？"

陈羽寒也紧张了，他们找了个应急灯，匆忙回到顶楼找悦然。来回几次也没见着人。陈羽寒忍不住责怪陆洋："都是你要开这种玩笑，现在可好了。"

陆洋知道自己有错，也不争辩，他把灯递给陈羽寒说："你再仔细找一遍，地毯式地找，我到上面露台看看。"

终于，陈羽寒在楼梯背后堆满杂物的角落里发现了蜷成一团的悦然，她迎着光亮抬起头，脸色苍白，大眼睛里满是无助和惊恐。陈羽寒上前抱住悦然，她在他的怀中依然瑟瑟发抖。

陈羽寒抱着悦然下电梯回到房间，把她轻轻放在沙发上，又倒来一杯温水递到悦然手里，他轻拍着她的背，温柔地安抚道："好了好了，没事了。"像在哄一个婴儿。随后回来的陆洋看见悦然大大松了口气，接着开始百般道歉和讨好。悦然一口一口地喝着水，在陆洋的聒噪声中回到现实，恢复了镇定。

时间已晚，陈羽寒安排悦然上楼躺下，他打开床头灯调到最暗，柔声对悦然说："灯就开着吧，夜里有什么事随时叫我。"悦然很乖地点点头。不知为什么，只要有陈羽寒在，她心里感到踏实，也不那么怕了。半夜悦然翻来覆去睡不沉，朦胧中听见楼下两个男生窃窃私语：

陆洋的声音："你觉得悦然怎么样？"

陈羽寒："不错啊，蛮可爱的。"

"你是不是喜欢她？晚上她走丢那会儿，我看你是真着急啊。"

"废话，你不着急啊。那你怎么回事儿，干吗把追姑娘的行头穿来了？”

“你还不了解我吗？碰到可人疼的姑娘就要试一下，何况是这么可人疼的。”

“你可别祸害她。”

“此话怎讲？我一相貌端正、品学兼优的男青年追求心仪的姑娘，再天经地义不过了吧？你追她才是祸害，你都是有女朋友的人了。”

“我跟你说认真的，悦然跟你以前认识的那些姑娘不一样。”

“陈羽寒，我以前怎么没发现你这么啰唆呢？不说了，睡啦。”

Chapter 8

你好，
邻居

她站在一株
巨大的花朵中央，
身体被花瓣紧紧包裹，
肌肤的触感如温玉般柔软滑腻。
那花瓣吸足了阳光，
肌理晶莹通透，
散发着微微的光和暖。
再深想，那是一个怀抱……

连日来的用心复习功夫没有白费，前两科考试悦然都应对得游刃有余，运气好的话说不定能得优秀，而下一门考试在十天后，复习时间尚且充裕。悦然走出考场，舒展一下身体，感到轻松不少。

同住一个宿舍的童彤从身后赶上来："悦然，那天我看到于蕾戴了一副蓝色的隐形眼镜，好漂亮呢，我也想去配一副。你要不要一起啊？"悦然一想自己的博士伦差不多也该换新的了，就点点头，和童彤一起走去眼镜店。

以前悦然没有接触过美瞳，一下看到色彩丰富、镶嵌着各式花纹的隐形镜片，又新奇又兴奋。她挑了一副紫色的试戴上，问童彤："怎么样，好看吗？"童彤定定地看了好一会儿赞叹道："超凡脱俗，像精灵。"悦然笑："你也太夸张了。"瞧瞧镜子里的自己，紫色双眸顾盼流转，确实多了些梦幻和神秘。

童彤问："你最近有情况吧，是不是恋爱了？眼睛明显有神采，昨晚还说梦话了，一直说'不要走，不要走'，你让谁不要走啊？"

"不会吧。"悦然一边嘴上应付着，一边努力回忆前一晚的梦境。似乎她站在一株巨大的花朵中央，身体被花瓣紧紧包裹，肌肤的触感如温玉般柔软滑腻。那花瓣吸足了阳光，肌理晶莹通透，散发着微微的光和暖。再深想，那是一个怀抱，是……陈羽寒的怀抱。悦然低下头，紧咬嘴唇直到痛，强迫自己断念。童彤戴了一副绿色的隐形眼镜凑到悦然跟前问："怎么样，好看吗？"悦然扑哧笑了，指指她说："一只妖孽。"

悦然的手机响了，是一个陌生号码，她疑惑地按下接听键："喂？"

"喂，请问是悦然吗？"

"我是。"

"你好，我是'爱家地产'的业务员小刘，一位姓周的女士在我们这儿给您租了一套房子，并且委托我们打扫收拾好了，今天是交房的日期，请问您现在有空吗？我带您过去。"

悦然感慨妈妈的行动力，匆匆和童彤道别，赶去约定的地点。小刘热情地迎上来："悦然吧？和你妈妈一样漂亮。房子离这里不远，我们走着去就行。特别温馨的一个单居室，你妈妈真疼你啊。"

悦然随着小刘走过去，只觉得越走路越熟悉，最后小刘在一栋名叫"碧云阁"的楼前停下。悦然差点跳起来，这不是陈羽寒的公寓吗？悦然拉住小刘："你确定是这里？"小刘笃定地点点头："合同上写得很清楚啊，一会儿到了拿给你看。碧云阁没错，这是这附近环境最好的公寓啦。"

悦然懵懵地跟着小刘走进电梯，她怀疑自己还在回忆昨晚的梦境。电梯在12层停下，悦然已经确定这是梦境无疑了。梦游般跟着小刘飘进走廊，飘到1203室，又往前飘了一点，到了1205室（公寓的房间号是按奇偶数排列的）小刘停下，掏出钥匙开门，请悦然进去。

进屋后，小刘麻利地从包里掏出一个文件夹打开说："这是租赁合同，你对一下地址无误吧？合同一式两份，你妈妈已经签过字了并且留了一份，你只要在这份委托书上签个字，证明已经拿到房子的钥匙就行……"直到房子里只剩悦然一个人，手里捏着钥匙站在客厅中间，她小声嘀咕："怎么还不醒？"悦然又咬咬嘴唇，疼。接着掏出手机给妈妈拨过去，她要在理性尚存之前弄清楚事实。

"妈，你给我租好房子了？"

"悦然啊，小刘刚给我打电话了，说已经把你领过去了，怎么样？房子喜欢吗？"

"妈妈，我不想……"

"我租金已经付了，现在违约可要赔一个月的押金，再说附近也没有比这更好的了，乖女儿你就安心住吧。搬家师傅我也给你找好了，大概这两天会给你宿舍打电话，你抓紧时间收拾一下吧。让师傅骑三轮车一趟都拉过去。我这儿看电视剧大结局呢，先挂了。"

悦然只觉得心怦怦跳得厉害，停了片刻她走出房间，锁上门，径直走回校园，一直走到水塘边的凉亭里坐下来。凉亭坐落在清静处，每当遇到什么烦心事，她总爱来这里待一会儿。水塘里立着一座小假山，上面红色行书写着"月塘"，便是水塘的名字。此刻池子里已开了半塘荷花，娴静怡人。

悦然对着满眼烟粉心想：这不是梦，是戏吗？戏也算不上，不过是一个小小的巧合。她诧异的是自己的反应，为什么如此激烈，不能自持？她在怕什么？在担心什么？还是……在期待什么？悦然立刻警告自己：这是千万不能发生的。不然不管别人怎么看，她自己会先瞧不起自己。她和陈羽寒只能是普通朋友，至少在他恢复单身前都是这样。

这么想的时候，悦然有退一步海阔天空的坦然了，既然是普通朋友，那就大大方方住进去吧。

　　悦然晚上在宿舍宣布了这个消息，引起一阵不大不小的波澜。一身男孩气的小鱼调侃她："怎么，姑娘在这里住得不痛快？想要自立门户了？"

　　温柔勤奋的庄静从台灯下抬起头说："很好啊，有个自己的小天地，看看书、听听歌都很惬意的。"

　　童彤两眼闪着绿莹莹的光不怀好意地凑上来："是不是搬到男朋友家啊？有照片没，先让姐妹们帮你把把关，别冒冒失失搬过去羊入虎口。"

　　悦然笑着推开她："你谈下一个的时候给我们把关才是真的，看你男朋友走马灯一样地换，怎么没一个是真命天子呢？"童彤立刻耷拉了脑袋。

　　悦然说："是妈妈帮我租的房子，就在这附近，欢迎大家随时去做客。"这么说着，心里却涌起一阵伤感。虽然平时大家各忙各的，很少聚一块儿，可毕竟在一个宿舍住了快三年。平时少不了帮忙打打热水、带带饭什么的互相照应着。谁回了趟家总会带一堆好吃的和大家分享，冬天冷的时候还会两人挤一个被窝取暖。点点滴滴的相处中大家已情同姐妹。这回搬出去，也许就不会再住回来了。正应了那句话，"天下没有不散的宴席"，无论是怎样相遇，有聚总有散的时候。

　　小鱼性格爽朗却善解人意，她看出悦然的心思，安慰道："搬出去也是一样的，有困难了言语一声，姐妹们准到。你从家里带好吃的也不许独吞哦，记得带来给我们瓜分，我可惦记你妈做的虎皮蛋了。而且庄静说得对，有自己的独立空间多开心啊，有条件的话我也想自己出去住，至少不用半夜闻童彤的臭脚丫了。"

　　童彤立刻反击："你才是打嗝放屁吧唧嘴呢，我都从忍耐到习惯了，以后听不到了说不定还睡不着呢。"大家笑成一团。悦然也笑出眼泪，她躺下，憧憬着那个即将属于她的小窝，盘算着要把它布置得温馨一些。

　　一眨眼悦然带着全部家当置身1205，她细细打量房间，格局和1203完全一样，只是方向是反的。也就是说她的浴室和陈羽寒的浴室只有一墙之隔，卧室也紧挨着对方的卧室。她像是生活在陈羽寒那屋的镜子里。他现在在做什么呢？看书？P实况？洗澡？睡觉？悦然好奇，她把耳朵贴在墙壁上，半天什么动静也没听见。悦然退后半步对着墙挥挥手说："你好，邻居。"

　　接下来的几天悦然忙着整理和布置房间，但只要空闲下来她就会惦记起这个邻居，进出公寓时也总有点莫名的紧张。房子的隔音很好，平常难得听到点声音，只有偶尔陈羽寒练习手鼓时会隐约传来有节奏的鼓点，或是大声放着摇滚乐时听得见低沉阴郁的嘶吼。悦然有时候调皮地想：自己穿一身居家服，趿着拖鞋走到1203门口敲门，"拜托小点声，我住在隔壁"。然后若无其事地回来。她想象着陈羽寒的表情，乐得哈哈大笑。也真的有几次她拿着刚买的水果，想借着分水果告诉陈羽寒她在隔壁，敲门的手却总是在半空停住。发短信似乎也不合适，怎么写？"我搬到你家隔壁了？"悦然小声嘀咕：这事儿怎么这么唐突呢？索性顺其自然，哪天在楼道碰上很自然地解释一下吧。

　　等悦然真的放下小心大摇大摆进出公寓时，却一次也没碰上陈羽寒。

　　这天陆洋给悦然打电话："最要命的高数终于考完了，我和陈羽寒感觉都还不错，准备放松一下，今天下午骑车去祈明山玩，你也一起来吧。"虽然那晚惊吓一场，但三个人反而因此熟络起来。陆洋许是觉得对不住悦然，也许是有几分真喜欢，总之不再掩饰对悦然的关心，隔三岔五就会发短信来嘘寒问暖。而悦然也觉得陈羽寒待自己有些不一样了，却说不上哪里不一样，她想也许是自己的心理作用吧。

　　三个人约好在商学院校区碰面。陆洋匆匆赶来说："你们俩等我一下，我的车前两天借给同学了，现在去找他拿钥匙。"说完又匆匆离开。

悦然和陈羽寒在一旁的路牙子上坐下。陈羽寒问悦然："你有自行车吗？"

悦然摇摇头说："大一时买过一辆，后来被偷了就没再买。"

"那一会儿你骑我的山地车，我骑'永久'。或者你要愿意的话我骑'永久'载你也行。"

悦然笑了："我自己骑一辆吧，你那辆'永久'可有年头了，两个人的重量我怕把它压散架了。"

陈羽寒说："哦，你是怕车散架啊，我还以为你是怕我散架。"

悦然嗔怒："我有那么重吗？"

艺术学院也在这个校区，来来往往不少衣着入时的美女。满眼短裙和雪白的美腿。陈羽寒突然说道："白色。"一会儿又说："白色，粉色，蓝白条……"

悦然纳闷，她问："你看什么呢？"

陈羽寒说："裙子。"停了两秒接着说："下面。"

悦然一看不要紧，看得她又气又羞，她压低声音狠狠说："陈羽寒你真是藏着一颗色心啊。"

陈羽寒满脸委屈："我又不是故意看的，裙子那么短，还蓬起来。看不见才怪呢。"说着他瞥一眼悦然："还好你今天穿牛仔裤，不然一会儿骑车裙子飞起来，我和陆洋在后面非出车祸不可。女人是祸水啊。"

悦然懒得理他，她看看陈羽寒，俊秀的脸上是一种近乎孩童的天真，眼神明澈，没有一丝淫猥之气。她脱口道："陈羽寒，我搬到……"

陆洋一个刹车已经到了跟前，他笑嘻嘻地对悦然说："上车吧，今天我载你。"车后挡泥板的位置已经换成了后座。两个人站起身。陈羽寒怅然道："原来你早有准备啊，看来借车是假，换装备是真。"

陆洋不好意思地挠挠头说："斯南不是刚好对这个在行吗，就顺便让他换上了，反正早晚要用的。"说完深深看了悦然一眼，悦然慌忙接招："那个……我刚才和陈羽寒说好了，今天骑他的山地车去，我也想活动一下。谢谢你。"

陆洋小声嘟囔："有两辆车了不起哦，关键是看诚意。"

陈羽寒岔开话题："这一趟来回起码两三个小时，陆洋你去买点吃的还有水，悦然跟我回家取车，一会儿在我家楼下集合出发。"临出发前陈羽寒扔给悦然一个绑腿带："把裤脚绑紧，卡在齿轮里危险。"

悦然骑在中间，两个男生陪伴在左右，像是呵护一个公主。很快三个人离开闹市，眼前的道路变得宽阔起来。悦然连踩几下脚踏，山地车立刻加速飞驰，风呼呼地扑打在脸上却感觉不到痛，两边的法国梧桐连接成为绵延的绿色屏风。悦然贪恋这速度，脚下更加快了速度，把陈羽寒和陆洋远远甩在身后。

陈羽寒大声喊："悦然！慢一点！注意安全！"陆洋则大声冲着陈羽寒嚷嚷："后悔把车给她了吧，这姑娘野着呢。"悦然不理会他们，撑起胳膊站起来，仰起脸，任由身体在风的摩擦中燃烧。

两个男生不再说话，埋头骑车，待赶上悦然后一左一右将她挟持，悦然被迫降下速度，她一头热汗，满脸通红，兴奋地对陈羽寒说："这车真棒！"

陈羽寒看看她："你更棒！刚才起码时速三十了，第一次骑就敢这么快，看得我心都提起来了。"

陆洋说："我早看出来你不是淑女啦，不过这样我更喜欢。"

悦然和陈羽寒同时瞪了他一眼，这家伙越来越放肆了。

越远离市区，景色越发宜人，空气也清新不少。三个人有说有笑，心情欢腾。待骑到山脚的一个弯道，迎面走来几个身着长袍、面目清秀的小和尚。

悦然问："这山上有寺庙？"

陈羽寒说："对，有座祈明寺。"

悦然感叹："在这依山傍水的烟花自然之地做和尚，真惬意啊。"

陆洋说："你可别小瞧这里的和尚，祈明寺香火旺，和尚都得本科以上学历呢，估计住持得是硕士。我要是托福考不过出不了国就到这里应征和尚，每天悠哉悠哉，赏山玩水。"

悦然调侃他："快别了吧，你去当和尚，可不得扰乱寺院风气？"

陈羽寒应和："对，调戏女香客，把周围的尼姑庵搅得鸡犬不宁。"

陆洋一脸伤心地冲着悦然："我在你们眼里就是这种人啊？"

三个人沿着盘山公路上山，脚下变得吃力起来。悦然按陈羽寒教她的方法拨一下车把上的变速器，顿时轻松不少。大家不再说话，认真应付眼前没完没了的上坡路。骑到半山腰都有些吃不消了。但是有默契似的谁也没有提出休息，每个人从同伴无声的坚持中获得力量，不断超越体能的极限。

三个人一直骑，直到山顶才停下。大家直接丢下车瘫倒在草地上，足足喘了五分钟才听见陆洋发出虚弱的声音："我从来没有一口气骑到山顶上过，今天破纪录了。"

陈羽寒也上气不接下气："今天有美人相伴当然不一样，不过我真不相信你能载悦然上山，要不下次试试。悦然，你真是女中豪杰，看不出来你体力这么好。"

悦然躺在地上只觉得天旋地转，勉强蹦出两个字："车好。"

等三个人缓过劲来，顿时感到饥饿感汹涌袭来。陈羽寒和悦然满怀期待地看着陆洋，陆洋不负众望地从包里掏出几个肉夹馍和三瓶红牛。立刻一片狼吞虎咽的声音，夹杂着对陆洋的褒奖。

"陆洋你掏出吃的那一刻就像机器猫一样amazing。肉夹馍,你怎么想到的啊?太给力了。""没有你这点补给,我们就下不了山了。"

陆洋享受着难得的赞誉,露出几分得意的神色。

暮色低垂,四野空旷静谧,几乎能感觉到夜晚一点一点轻柔地靠拢过来。偶尔空中传来返巢的鸟儿慵懒的叫声,回声轻荡。目之所及皆是大片浓重的黛色树影,微风一袭,就像喝了美酒一般微醺地摇摆。悦然坐在石阶上看着这景象出神,忽然感觉到停留在身上的目光,一转头,正跟陈羽寒四目相对。也许是受此刻情境感染,陈羽寒竟不像平时有几分拘谨,迟迟地,才把目光移向别处。悦然低头看看自己,不禁羞涩起来。身上的T恤已被汗水浸透,本就颜色浅,现在更变成了半透明,紧紧贴在身上,身形曲线一览无余。她拎起胸前的衣服抖一抖,心想不知道被陈羽寒看去了多少。

只听身旁的树叶"啪啪"几声响,接着雨点落在身上。陆洋大叫一声:"说来就来,下雨啦。山上的雨肯定不小,我们去寺里躲一下吧。"

三个人推着车一路小跑进寺院,刚跨进门,外面的雨便倾盆而下。悦然对着一片迷蒙的山野念道:"'一川烟草,满城风絮,梅子黄时雨。'下了这场雨,就该到梅雨季节了。"

陈羽寒说:"是的,和L市的冬天一样难熬,每到这个时候我就很怀念北京。"

陆洋四下看看,提议道:"都来了,不如拜一拜佛祖求一注签吧。"

悦然很虔诚地拜了拜,闭上眼睛摇一摇签筒,一根签掉在地上,捡起来看签文,上面写着:"禹门跳浪翻,鱼变化为龙;己意成君意,方为吉亨通。"

陈羽寒看了看说:"不错哦,大吉的签。"

陆洋也抽了一根:"石中藏碧玉,老蚌含明珠;五马庭前立,能乘万里程。"是根上上签。陆洋笑得合不拢嘴:"看来我前程远大啊,这一次考托福肯定有戏。谢谢佛祖，谢谢佛祖。"

陈羽寒最后一个，抽到的是："才子遇佳人，红霞映碧波；文书今日至，凡事起荣华。"不好不坏，一支中平签。陈羽寒自言自语："貌似我有段艳遇呢。"陆洋说："不如找师父给我们解解签。"一位身材微胖、面目慈善的和尚看看他们只说了句："有缘无缘皆是缘，阿弥陀佛。"便笑而不语了。三个人一脸疑惑，你看看我，我看看你，悦然调皮地吐吐舌头。

下山的路轻松极了。只有陆洋受尽苦头。他的公路车没有避震器，哪怕一个小石子都会让车身颠簸。只听他一路叫唤："哎哟……我的屁股……哎哟。"悦然和陈羽寒幸灾乐祸地笑了个够。

陈羽寒跟在悦然身后说："回去我要在车座后加一个尾灯，蓝色的，这样下坡的时候看起来就像一颗流星。"

悦然说："想着就很美，那我现在许一个愿，下回你骑车下坡时我的愿望就会实现。"

陈羽寒在学校门口停住："悦然你从这里回去吧，我可以带一辆车回去。"悦然张张嘴，最后还是乖乖下车，走进学校，绕了一大圈，看看时间估摸着陈羽寒已经到家了，这才慢慢往她住的公寓溜达过去。

Chapter **9**

友情
危机

两个人姿态慵懒地倚在沙发上，
回想着今天发生的事情，
越想越觉得荒诞可笑。
两个人你看看我，我看看你，
不约而同地笑起来，
越笑越觉得好笑，
便一发不可收拾，直到笑出眼泪，
笑得肚子痛，笑得筋疲力尽。

　　悦然冲了个澡，换上宽松的睡衣，陷进沙发里翻看杂志。这一放松下来便开始觉得浑身酸痛，特别是两条腿，肌肉硬得像石头，一碰便痛不可耐。今天的运动量对她来说完全超负荷了。悦然轻轻按摩了一会儿两条腿，似乎不起作用。她心说：这会儿就这么痛，明天睡一觉起来肯定痛得走不动路。便挣扎着起来，想去楼下药店买止痛喷剂，睡衣也懒得换，就这么一瘸一拐地走出门。

　　经过陈羽寒的房间时，只听吱呀一声，门开了，同样穿着睡衣的陈羽寒站在门里，一时间两个人面面相觑。更戏剧性的还在后面，电梯叮的一声响，陆洋从电梯里走出来，看见此番情景也立刻僵住。大约过了半分钟，陆洋一脸怒气地快步走过来冲着陈羽寒说："我以前怎么没发现你这么会演戏，真是滴水不漏啊！"说完看了悦然一眼，转身就走。悦然还愣着没缓过来，陈羽寒倒镇定，对悦然温和地说："进来说吧。"

　　悦然边往里走边小声嘟哝："我还穿着睡衣呢，合适吗？"陈羽寒听见了一笑："总比站在门外合适，被街坊邻居看见了该怎么想，明天可就流言四起了。不过话说回来，祈明寺的佛真灵啊，今天刚求到才子佳人的签，晚上你就穿着睡衣送上门了。"

　　悦然转身就要走，陈羽寒拉住她："开玩笑呢，缓解一下尴尬的气氛。你说吧，到底怎么回事儿？"悦然气恼地一屁股坐在沙发上说："总想找个合适的时候告诉你们的。可是偏偏碰到的这么不是时候。"接着便把租房的经过一五一十地告诉了陈羽寒，末了又解释道："刚才是想去药店买药的，今天骑车骑得腿好痛。"

　　陈羽寒听完惊讶极了，还有一丝按捺不住的兴奋。他说："走，去你屋看看，眼见为实。这情节都赶上拍电影了。"边说着边从抽屉里翻出一个小瓶子扔给悦然："云南白药外用喷剂，很管用。"

　　陈羽寒绕着房间转了一圈，感慨道："除了方向是反的，格局完全一样。就像是一个逆反世界。"悦然笑："那我也是反物质组成的吗？和你一触碰就会爆炸，要小心哦。"

　　悦然从冰箱拿出一大瓶鲜橙汁，倒进两个玻璃杯，递给陈羽寒一杯："你是这个新家的第一位客人，我要好好款待。"

　　两个人在沙发上坐下，陈羽寒说："这么说，这些天你就一直住在我的隔壁？"

　　"嗯。"

　　"真不可思议。我想起一部法国电影，苏菲·玛索主演的《芳芳》。你看过吗？"

　　"我想想，男主角很帅的那一部吗？名字好像叫文森特·佩雷斯。"

　　"没错。"

　　"有印象，但是情节一时想不起来了，你说说看。"

　　"有一段我一说你肯定能想起来，全片的点睛之笔。亚历听说芳芳要租房，就赶在她前面租了一套，再设法分租给芳芳。这样他俩就只有一墙之隔。最绝的是亚力把相隔的那堵墙换成了单面镜，也就是从芳芳这边看是一面普通的镜子，但是从亚力那边看是一面玻璃。这样芳芳的一举一动他都能看到。他就这样默默爱着芳芳，可望而不可即的姑娘，直到最后芳芳发现了真相，敲碎了玻璃。有情人终成眷属。"

"嗯，我想起来了，超浪漫的。这样的电影也只有苏菲·玛索演起来才那么清新自然，纯真唯美。我最喜欢他们浴缸挨着浴缸，边洗泡泡浴边打电话那一段，面对面跳舞那段也不错。记得芳芳最后对亚力说'每个早上，我都要离开你；每个黄昏，你都要把我追回来，一天一天爱下去。'真美。"悦然突然停住，扭头看看陈羽寒说，"这夜深人静的，我们讨论爱情电影不妥吧？何况咱俩都穿着睡衣。"

陈羽寒不好意思地笑了笑："孤身寡人这么久，突然有人来隔壁作伴，还是一美人，一时间激动了，激动了，下不为例。现在就把规矩定下，第一条，不得身穿睡衣串门；第二条，不得深夜讨论和爱情有关的话题。"

悦然乐了："好，以后继续补充。对了，陆洋那边怎么办呢？偏偏那么巧让他看见，任是谁都要误会的。"

"他今天回去后发现车胎没气了，怀疑是扎胎了，过来借撬胎棒。我一向都是提前给他开好门的，于是发生那惊心动魄的一幕。明天我们一块儿过去解释一下就好啦。"

"嗯。"

两个人姿态慵懒地倚在沙发上，回想着今天发生的事情，越想越觉得荒诞可笑。两个人你看看我，我看看你，不约而同地笑了起来，越笑越觉得好笑，便一发不可收拾，直到笑出眼泪，笑得肚子痛，笑得筋疲力尽。陈羽寒挣扎着爬起来，上气不接下气地说："回……回去睡了，再笑就挂在这……这里了。明儿见。"

悦然躺在床上，很快进入梦乡，梦中也是无比的快乐，隐约听见几只百灵鸟在空中盘旋，鸣叫不已。

第二天悦然和陈羽寒早早地来到陆洋家。陈羽寒边敲门，边叫陆洋名字，好一会儿却不见动静。悦然说："会不会不在家？"

陈羽寒说："以我对他的了解，除非上课和考试，不然绝不会在八点以前起床的。"说着掏出手机给陆洋打电话。隔着门里面传出手机铃声。很显然陆洋在家，只是不愿意理他们。

悦然有点内疚地说："看来他真的很生气，都怪我没早点告诉你们。白白闹了场误会。"陈羽寒说："我也第一次见他发这么大脾气，陆洋看起来神经大条，其实很重感情，他以为我们骗了他，肯定很难过。我给他发条短信，把事情原委说清楚吧。"悦然点点头。

又过了好一会儿，屋里还是没有声音。陈羽寒接着发了条消息："中午十一点我和悦然在麦当劳等你。我请客。"随后拉着悦然离开了。他一脸沉稳地说："给他一点时间。"

两个人先来到麦当劳餐厅，时间尚早，店里只坐着稀稀拉拉几个顾客，不紧不慢地吃着迟一点的早餐或是早一点的午餐。他们只要了两杯咖啡，找了靠窗的位子坐下来。陈羽寒往四周看看，指了指面前的桌子说："就是这个位子，我和陆洋的友谊就是从这个餐厅的这个座位上开始的，我们在这里一起吃的第一顿饭，他用一顿麦当劳收买了我，然后我们就成了同伙。你想听听这个故事吗？"悦然饶有兴趣地点点头。

"刚上大一的时候，我们的班主任是个中年妇女，出奇地严格，我们都怀疑她正在更年期。更要命的是她还兼任我们的高数课老师。作业繁重得不近人情不说，考试的通过率也极低，班上有几乎四分之一的同学都挂在这门课上了。那会儿我阴差阳错地当上班里的学习委员，经常帮着她收作业什么的，所以她对我还算客气。

"我和陆洋虽然从大一起就住在一个宿舍，但一直来往不多。直到大一下学期临近期末考试的时候，有一天他突然特别热情地请我来麦当劳吃饭。当时我就有不祥的预感，但架不住他热情似火，而且想想能有什么大事儿，就来了。结果他一开口，还真是大事儿。他给我点了一个巨无霸套餐，然后直勾勾地看着我说：'兄弟，都在一个房间睡了一年我就不绕弯子了。我们学校规定如果三门课挂科即使补考也拿不到学位证了，我上学期就咣咣挂了两门，这次考试你要是不帮我，哥们高数这门课必挂无疑。'我当时就心领神会，很痛快地答应他：'明白，考试的时候你坐我旁边，一定照顾就是。'

"可谁知道陆洋摇摇头：'以师太一贯的监考风格来看，别说递纸条了，就是我歪一歪头也立刻会被逮住的。与其等死，不如赌一把。你不是经常去她办公室吗？我要你偷——卷——子。'"

"偷卷子？"悦然惊呼道，"你一定没答应！"

陈羽寒不慌不忙地说："你别急，听我慢慢说。我一听也是和你一样的反应，我说：'那怎么行？被抓到可是死罪。肯定直接劝退。'谁知陆洋说：'再加一个巧克力圣代。'我就答应了。"

悦然差点没晕过去："就为一个巧克力圣代？陈羽寒我可真是小看你了。"

陈羽寒一本正经地说："巧克力圣代谁不爱啊，那天我就是被一杯圣代迷了心窍。而且青春嘛，总得干点有血性的事情。这件事的难度系数足以排在我目前人生的前三名。仅次于学游泳和高考。我和陆洋足足密谋了一个星期，又足足等了两个星期才找到机会，那时离考试只有两天了。"

"那天晚自习师太也去了教室，按照惯例考试前她都会抽空给学生解答问题。我们就按照事先约好的我悄悄溜出教室，去师太办公室，陆洋在教室问问题拖住她。办公室里还有别的老师，我站在外面足足等了一个半小时老师才走光。我溜进去在师太的桌上翻找卷子，因为怕被外面经过的老师、同学发现，只能半蹲在办公桌后面。

"那五分钟真是太惊心动魄了。感觉全身的血液都凝固了，头发竖起来，任何一点声响都能把我的灵魂吓飞。还好运气不错，试卷就放在一摞材料下面，我抽出来用手机拍了照再按原样放回去，飞一样地跑出办公室，走出老远还听见自己心脏怦怦怦地跳，声音大极了。回去找陆洋发现师太已经不在教室里了，陆洋大汗淋漓，看到我都快哭了，他说他准备了十个问题都问完了，师太五分钟前就走了。他见我还没回来以为一定是被师太撞个正着。真是千钧一发啊。"

悦然感叹："我听得都出汗了，真悬啊。你胆子可真大。"

"那个时候已经没工夫后悔了，心思都放在这上面了，我也没有好好复习，如果不拿到卷子我和陆洋都得全军覆没，只能破釜沉舟，放手一搏了。我记得拍照的时候手一直抖，手心出了很多汗，几次差点把手机滑掉地上。""后来考过了吗？"

"那还用说，分数高得不可思议，而且是全班。我们俩拿到试题后不忍心宿舍的其他哥们儿挂科，就把题目也给了他们一份，接着全班都知道了。

"成绩一出来师太不用想也知道是有人泄露了考卷，在班上大发雷霆，非抓出作案的人不可，所有人都守口如瓶，哪里查得出来？最后师太给了我们两个选择，要么找出泄露试题的人，要么取消所有人的成绩，重新出题再考。

"我不想白费了这么大劲儿，就去找师太，但被陆洋这小子抢了先。就在学校下发处分那几天，全班同学联名上书教务处，提出抗议。领导找了班上几个同学了解情况，我也在内，谈过话以后校领导认为是通过考试的条件太过苛刻导致的这件事，最终把开除改成了警告。师太一气之下不再带我们班，也算是因祸得福吧。那一年陆洋成了学校里的风云人物，很多系里系外的女生都视他为英雄。陆洋的第一个女朋友就是从他的崇拜者里发展来的，他也不算亏啦。"

悦然眨巴眨巴眼睛，徐徐吐出四个字："刮目相看。"陈羽寒接着说道："这件事后我和陆洋就成了铁哥们儿，一起出生入死。"

悦然扑哧一笑："哪儿来的硝烟，哪里又是战场啊？"

"亏你还是文科生，修辞，懂不懂？"

眼看时间过了十一点，陆洋还没有出现。悦然有点担心："他要是不来怎么办？"

陈羽寒神情笃定："他一定会来。"但悦然还是从他的眼睛里看到几分不安。时间一分一秒过去，两个人有一句没一句地聊着，越来越心不在焉，话题也越来越不着边际。

当十一点四十分陆洋出现在餐厅门口的时候，悦然高兴得几乎要跳起来，那一瞬间她觉得陆洋是这世界上最可爱的人。陈羽寒也掩饰不住兴奋，他说："你们先在这里等着，我去点餐。"等他回来的时候陆洋和悦然都吃了一惊，整整十个巧克力圣代，整整齐齐码在餐盘上。陆洋坏笑了一下，拿起一个毫不犹豫地拍在陈羽寒脸上。这场友谊危机就此化解。

Chapter 10

当爱
成真

有时相爱只因为一句戏言。
不管是说者还是听者，
总有一方当了真。
那话里的隐喻像一把钥匙
"咔嚓"一声转动心锁，
从此陷入万劫不复。

　　三个人又像往常一样聚在一起，如果要说有什么不一样，那就是陆洋去"碧云阁"的频率更高了。他几乎每天都来找陈羽寒，然后再找个借口到悦然这边待一会儿。有一次还以家里的空调坏了为理由，央求悦然让他留宿，硬是被悦然赶走了。与此同时，悦然却情不自禁地总是期待和陈羽寒独处，只要看见他，听见他的声音，她就感到无比的开心和满足。

　　这天闲聊的时候悦然不经意地说："陈羽寒，早就听幼琪说你鼓打得很好，可我到现在都没见过，什么时候有机会能看到呢？"

　　陈羽寒不好意思地笑笑说："别抱太大期望，没她说的那么好啦。不过你要真想看，明天刚好我想去趟排练室，可以带你一起去。"

　　悦然喜出望外："赶日不如撞日，既然这么巧，我一定要去见识下。陆洋你一块儿去吗？"

　　陆洋直摇头："不去，以前排演的时候耳朵都快听聋了，而且那地方又闷又热，你一个女生弄不好会中暑，我劝你也别去。"悦然正暗暗高兴呢，哪里会听他的。

虽然听了陆洋的话心里已有准备，悦然还是被排练室的简陋吓了一跳。排练室挨着大学较偏远的一个校区，几乎是市郊了，四周很荒凉。几间矮矮的平房稀稀拉拉地勉强连成一排。悦然跟着陈羽寒走进其中一间，小屋不足二十平米，中间放着一套架子鼓，四面墙壁挂着厚厚的棉被，屋顶也挂着棉被。棉被遮住窗户，屋里光线昏暗。进去的时候里面坐着一个男孩，见陈羽寒来了很礼貌地叫了一声"陈老师"，便起身出去了。

陈羽寒对悦然说："这是学校里几个爱好音乐的朋友一起弄的，经济能力有限，所以没租专业的排练室，消音也是用的土办法。平时大家就在这里排练，也带学生，学费可以抵一部分房租。刚才你看见的那个就是我的学生。"说着话陈羽寒已经调整好踩镲，从包里抽出鼓槌。

悦然按陈羽寒的吩咐关上门，还没来得及转身便淹没在汹涌的鼓点中。像万马奔腾、像海浪滔天，一阵阵声浪排山倒海地压来，悦然不由自主地倒退了两步。她看看陈羽寒，看到了幼琪口中的"另一个人"。

陈羽寒坐在大大小小的鼓和镲片中间，从容娴熟地挥舞着鼓槌，偌大的鼓群对他就像玩具一般，他游刃有余地驾驭着节奏并乐在其中。他的神情像一个指点江山的国王，冷峻、自信，偶尔目光碰撞时，眼中流露出少有的热烈。演奏到高潮处，陈羽寒会跟着隆隆的鼓声一起咆哮，那样子，威武极了。此刻悦然眼中看到的不再是平日里那个温和内敛的陈羽寒，而是一个极富魅力的男人，看似冷静的外表下不羁的灵魂正灼灼燃烧。在这荒凉如世界尽头的屋子里，悦然被声势浩大的节奏吞噬，接着融为一体，她感到鼓声代替了心跳，快得不能承受，快得熊熊燃烧。悦然跟着拍子蹦跳，跟着陈羽寒快乐地吼叫，她看着陈羽寒英俊的脸孔想：如果此刻陈羽寒让她跟他走，她一定义无反顾。

两个人推开门走出去的时候就像刚从河里捞上来一样，都被汗湿透了，陈羽寒说了声："真痛快！"悦然耳朵还在嗡嗡响，大声问："你说什么？"

陈羽寒靠近她大声说："我说真痛快！"悦然笑，也大声喊道："我也是！"走了两步悦然只觉得身体打飘，腿下一软，陈羽寒忙扶住她，"屋子里太闷热，你可能真的中暑了，我骑车载你回去吧，山地车放在这里让学生骑回去。"

陈羽寒把"永久"推到悦然跟前，仔细地拿纸巾擦了擦后座。他潇洒地跨上车，略略倾斜车身等悦然坐上去。

这是悦然第一次离陈羽寒那么近，她紧紧抓着后座，避免相互触碰到身体。田野和树木从眼前轻快地掠过，金粉色的云霞安详地徜徉在天边。微风轻抚发梢，里面有樱桃般的清甜，还有从陈羽寒身上传来的味道。悦然感到一阵轻微的眩晕，不知道是不是仍是中暑的症状。

伴随着渐暗的天色，"永久"一路轻快地驶向市区，待骑上新桥的时候，路两边的路灯毫无预兆地依次亮起。一个个圆圆的橘黄色的光圈温柔地照亮夜空。接着市区的建筑也陆续亮起灯。那场景真像是一个魔法时刻。

悦然兴奋地说："看，那灯，像是专门为我们点亮的。"她突然正色道："大将军，看来魔都已预知我们的到来。你看这静静的杀机，不知有多少兵马埋伏在这里呢。"

陈羽寒也立刻入戏："公主陛下请放心，任是千军万马也挡不住我的坐骑。公主请看前方灯塔下的大片黑影，正是我们的军队，待我们前去会合。此次有公主坐镇，必定士气如虹、大获全胜，掌权魔都。"

"大将军英武，等打胜这一仗，我要封你做全军最高统帅。"

"到时我要身穿黄金盔甲去请求国王把公主嫁给我。"

悦然怔了怔，过了好一会儿才轻轻说了句："大将军好大的胆子。"

有时相爱只因为一句戏言。不管是说者还是听者,总有一方当了真。那话里的隐喻像一把钥匙"咔嚓"一声转动心锁,从此陷入万劫不复。

两个人各怀心事,沉默了一段路,几滴雨点从天而降打断悦然的思绪。雨季的雨说来就来,转瞬之间便大雨滂沱。陈羽寒大声说:"坐好了!"一边脚下加快速度。悦然一个没坐稳差点儿滑下去,慌忙中紧紧抱住陈羽寒。冰凉的雨水中那一点体温使她感到无比温暖,她情不自禁把脸贴在陈羽寒的后背上。此刻他就像暗夜中带她奔向光明的骑士。她心里暗暗希望此刻长久。

两个人湿淋淋地走进电梯,仍然一句话也没有说。狭小的空间里静得能听见彼此的呼吸,两人都感觉到气氛异样,越发局促起来。过了半天电梯仍没动静,陈羽寒一看根本没按12层的按钮,他笑了笑伸手去按,边问悦然:"你想什么呢?"悦然反问:"你想什么呢?"接着两人又没话了,一个低着头看脚尖,一个盯着按钮上方不断变换的数字,电梯在这份不安的沉默中不紧不慢地升到12层。

陈羽寒在1203门口停下对悦然说:"早点回去休息吧,洗个热水澡再喝点热水,别感冒了。"接着又张张嘴,一副欲言又止的样子,最后还是什么也没说,掏出钥匙开门走了进去。

悦然回到家烧了壶热水泡上茶,洗完澡换上柔软干净的睡袍,拆了袋薯片窝进沙发,随手翻翻杂志。坐了一会儿只觉得心神不定,看看时间已经过了十点,索性上楼睡觉,在床上翻腾半天却没有一点睡意,只好又下楼。虽然时间不早,身体也很疲惫,可她还是觉得这一天结束得太仓促,结束得意犹未尽。他们的话似乎还没有说完,她想问他怎么看她,想对他表明心意。可是,心性高傲的悦然不会允许自己这么做,她看看和陈羽寒的房间相隔的那堵墙,喃喃道:"我宁可放在心里,也不会对你说出来的。"

突然传来一阵轻轻的敲门声，意料外又是意料中，这注定是个不同寻常的夜晚！悦然的心剧烈跳动起来，她深吸了一口气，走过去开门。门外站着的不是陈羽寒还能是谁？

"也不问是谁就开门，你就这么笃定是我？万一遇到坏人怎么办？"陈羽寒故作镇定。

悦然也不甘示弱："本姑娘天生胆大。这么晚敲我的门有什么事，不会专门是来提醒我锁好门的吧？"

"刚……刚才无意找出两个音箱，我想你可能用……用得着。就顺手拿过来了。"悦然注意到他手上拎着一对小音箱还有一个低音炮，好容易忍住没笑出来。这个理由找得实在是太笨、太可爱了，显然台词都没练熟，不然不会一句话连打两个磕巴。如果换作别人悦然肯定要调侃两句，可是面对性格腼腆的陈羽寒悦然不忍心，天知道他是鼓足了多大的勇气才来敲响她的房门，她可不想吓跑他。面对陈羽寒的局促，悦然反而放松了，她冲着他浅浅一笑："请进吧，音响师。"

陈羽寒忙着给音箱接线的时候悦然不由细细地打量他：此时的陈羽寒已恢复平常的温和内敛的样子，他正耐心地把杂乱的线团一根根清开，动作轻柔灵巧，有条不紊。如果没有下午那惊鸿一现，很难想象他还有那样热烈不羁的一面。这两种特质完美地糅杂在一个人身上，悦然不但觉得有趣，也为之深深着迷。

陈羽寒接好电源，插上nano，按了一下播放键，悠扬的旋律立刻在屋里荡漾开来。前一刻还颇为冷清的气氛一时间充满慵懒怀旧的情调。陈羽寒脸上露出一丝孩子气的得意，他对悦然说："看，能装满整间屋子的，只有烛火和音乐。"他席地而坐，沉浸在这首民谣优美的曲调中，一脸的惬意。

窗外无尽的黑夜里大雨肆意地下着，传来低沉嘈杂的声响。悦然拉上落地窗帘，转身问道："这是谁的歌？真好听。"

"许巍的《像风一样自由》，我上高中时就喜欢他了。只要听着他的歌就什么烦恼都没有了。你呢，爱听谁的歌？"

"我啊，平时都是随便听听，还真没留意过喜欢哪个歌手。"

"那回头我挑点好听的歌拷给你。丁薇、叶蓓、孙燕姿应该都是你的菜，对了，还有王菲，她的《闷》是我第一次登台表演的曲目。"

"好啊。你从什么时候开始学打鼓的？"

"也是上高中的时候。高二那年期末我第一次考进全班前五名，我爸一高兴带我去听了场崔健的演唱会。现场最震撼我的不是崔健，而是那鼓手。回来后我兴奋得两晚没睡着觉，从此就决定学鼓了。"

这会儿屋子里的气氛轻松而亲密。两个人已经完全放松下来，聊到高兴处，索性都躺在地板上，头枕着胳膊。悦然微微眯着眼睛说："想象一下，此刻我们正躺在法国南部的艳阳下，身旁盛开着绵延几十公里的向日葵，只有我们俩，就这么躺在金灿灿的花海里，你会想做什么？"

歌者仍在浅吟低唱，除此之外屋子里安静极了，一阵静默后，一片被太阳烤热的向日葵的花瓣落在悦然唇上，柔软温暖，带着风的清甜。悦然忍不住想把它含在嘴里。那是……陈羽寒的唇。悦然一个激灵急忙推开他坐起身："我去给你倒点果汁。"陈羽寒温柔地拉住她："我们就这么待着好不好？"说话间他凝视着悦然，眼里流露出几许不曾有过的痴迷："悦然，你的眼睛真好看，紫色的，像丁香花。"悦然刚要说话便感到陈羽寒滚烫的嘴唇又一次靠近，接着轻轻地覆在她的眼睛上，接着是鼻子、脸颊，接着是嘴唇……

这一吻开始是缓慢、轻柔的，带着试探性，渐渐变得急促、热烈起来。陈羽寒灼灼燃烧的双唇烙烫着悦然，吮咬间急迫地给予着同时又贪婪地索取着。他再次变成一个野心勃勃的王，正用这不容置疑的一吻征服怀里的姑娘。悦然几乎要窒息，却同时感到一股晕眩的快感。她渐渐放弃挣扎和思考，完全听从身体本能地迎合着陈羽寒，很快便心甘情愿地沉沦其中。

他们太年轻了，因而还不懂得节约和克制，面对汹涌而来的激情轻易就交付了自己，且毫无保留。未经开垦的欲念一旦激发便不可收拾，它混杂着对爱情的朦胧向往，无比强烈地摇撼着两个年轻人的身心。这一夜不同寻常，它为他们打开了另一扇世界的门，而他们在彼此身上留下了一生也难以磨灭的印记。

早晨陈羽寒醒来，见悦然在自己怀中蜷成一团，睡得正甜，脸颊上的皮肤雪白滑腻，泛着如樱花般淡淡的粉，实在招人疼，便情不自禁地亲了一下。悦然甜甜一笑，睁开眼睛问："雨停了么？""停了。""我怎么觉得还像在梦里一样？""梦里怕是也没有这样的美好。"

陈羽寒摸摸悦然散在枕上的黑发说："我本来以为一觉醒来会有点尴尬。"

悦然调皮地看看他问："那现在感觉怎样，尴尬吗？想赶紧逃走吗？"

陈羽寒摇摇头："刚好相反，我想就这么静静抱着你，感觉好满足、好安详。说来奇怪，从小到大我都喜欢一个人睡，有人挨着我就睡不着，可是昨晚睡得好香好沉。"

"那……"悦然张嘴刚想问，又把话咽了下去，她不想破坏此刻的静谧。她静静躺在陈羽寒的臂弯，感觉着他的身体随着呼吸一起一伏，他的体温、他的气味如此真切，然而悦然仍然有一种强烈的不真实感。

陈羽寒说："一会儿我带你去吃午餐，莱茵河的牛排怎么样？听说味道不错。"

"我们宿舍有个姐妹今天过生日，约好了中午一起吃饭。"

"好吧，那晚餐一起？"

"下午可能会去唱歌，不知道玩到几点呢。等结束了我给你电话好吗？"

"好，我等你电话。"

悦然洗漱好走出公寓，叫了辆出租车开去花园广场。没有什么生日聚餐，她只是想一个人待一会儿，一切来得太快太突然，令她有些懵然。大雨刚停，天还阴着，没有阳光照射倒是很舒爽。花园广场是悦然最爱来的地方。大片的绿地围着一座音乐喷泉，被喂得胖乎乎的白鸽旁若无人地走来走去。在广场上停留的，大多是出来散步的老人、情侣，还有玩耍的小孩。他们是这城市里最无忧的一群人，至少看上去是这样的。悦然买了一包碎玉米粒，一群鸽子立刻围上来，咕咕地讨要。

她找了一张空着的长椅坐下，但那股微微晕眩的感觉依然挥之不去，仿佛刚从远航的游轮上走下来。昨夜的那个人真的是陈羽寒吗？昨夜的那个人真的是自己吗？为什么如此的不真实？她默默撒着黄澄澄的玉米碎，仔细揉搓着那些细小坚硬的颗粒，直到手指发痛。不知过了多长时间，她才渐渐恢复往日的平静，思维终于正常运转了：我们还不是恋人，可是已经有了最亲密的关系。我们彼此喜欢，早上分开时分明能感到他的恋恋不舍，所以这也不是一觉醒来就回到陌生人的一夜情。现在怎么办？我和陈羽寒之间怎么办？他那个素未谋面的女朋友怎么办？

悦然从没想到被自己憧憬过无数次的初恋竟会陷入如此窘境，她懊恼地掏出手机，拨通瑞秋的电话。她们俩从小屁孩一直玩到高中毕业，一块糖果掰两半，一个被窝睡过觉，几乎无话不说，衣服都有几件是一模一样的。如果不是大学不在一个城市，估计这会儿悦然就杀过去了。

"悦然，有事快说，我还有两个小时考试。"

"瑞秋，你有男朋友了吗？"

"嗯……倒是有个男生对我挺好的，经常来找我，有时也一块儿吃个饭什么的，不过这还不能算男朋友吧？"

"那你那什么过吗？"

"什么那什么过？"

"算了，回头再聊，你好好考试吧。"悦然挂上电话，叹了口气，看来瑞秋的经验还不足以给她什么建议。悦然抬头看看远处，总觉得今天看到的一切都和以往有些不一样。想想自己身体的变化，心头不由地涌起一丝羞愧和兴奋，那毕竟是不一样了呀。眼前一只鸽子比起它的同伴更胖一些，为了争一口食物走得又急又快，歪歪倒倒地经过一洼积水，脚下一滑打了个趔趄。悦然被它的滑稽样子逗乐了，她把剩下的玉米碎都撒给鸽群，站起身，不管怎样，这一切都已经发生了。她要选一件礼物送给自己，纪念这个成人礼。

在商场里逛了一圈，悦然看中一对珍珠耳环，极简的款式，两颗圆圆的奶白色珍珠静静卧在一个精致的盒子里，泛着淡淡的光泽，素雅而纯洁。柜台小姐很热情地走过来，"您自己戴还是送人？""自己戴。""这款耳环样式简洁大方，颜色又不会显老气，很适合您。不过您得去打一下耳洞才好戴呢。商场地下一层就可以。"悦然看看耳环上的价签，几乎是她半个月的生活费，她一咬牙："先给我包上吧。"

银针穿过耳垂的时候，悦然感到一阵钝痛，接着又热又胀。这是一个印记，她想：不像剪掉的头发又会重新生长，涂上口红的嘴唇可以再洗干净。这是一个印记，一旦烙上就不能再改变，它会成为你的一部分一直陪伴你，和你一起接受时间的洗礼，和你一起面对接下来的人生。不管以后会发生什么，她想她都会庆幸那个人是陈羽寒，因为他是她这一生第一个喜欢的人。想到这儿她便释然了，管它是不是正常的恋爱程序呢，谁又能笃定什么样的程序是正常的？她只是暗暗希望陈羽寒不要因此看轻她。给她打耳洞的是一个面目和善的中年女人，她仔细地给伤口处抹上药膏，一边嘱咐："三天不要碰水，一个星期后就可以把银针换成自己喜欢的耳环了。你长得这么俊俏，让男朋友给买一对千足金的。"悦然笑，"嗯，来一对半斤重的。"那女人也笑起来。

往家走的时候天已擦黑，路上悦然去一家茶餐厅打包了一杯奶茶和一盒蛋挞，准备回去当晚饭，想了想，折回去又买了一杯奶茶。

屋子里静悄悄的，空气里夹杂着一股昨晚的夜气。悦然小心翼翼地走上楼，往床上看了一眼，只见被单揉成一团，凌乱不整。这比记忆更让她信服，那不是梦也不是想象，只是她好像应该把它清洗一下，可偏偏有点舍不得。悦然慢慢走下楼打开音乐，窝进沙发，小口啜着奶茶。还是许巍，还是《蓝莲花》。那令人激动的节奏又一次使她战栗……

热烈缠绵的亲吻使悦然的身体火一样地燃烧起来，并且变得异常敏感，因此当陈羽寒微凉的手指划过她的后背时，悦然条件反射般地绷紧身体。陈羽寒轻轻拍拍她，而后极轻柔、极缓慢地抚摸着她，就像安抚一只受到惊吓的小动物。他轻声道："我抱你上楼去，好吗？"悦然乖顺地点点头。陈羽寒起身抱起悦然，眼睛始终没有离开她，满眼的温柔几乎要将她融化。他把悦然轻轻放在床上，再次俯下身给她一个绵长深沉的吻，一边轻轻褪去她的衣服。陈羽寒的手指向来灵巧，可此刻解起女孩的衣服却十分笨拙，每每卡住就更加紧张，脸连着耳朵已涨得通红，鼻尖也渗出一层细汗。当悦然美丽的胴体终于完全呈现在他面前的时候，陈羽寒轻叹一声，像抱一件稀世珍宝似的把她拥在怀里。

依然隐约听得到窗外的雨声，屋子里静静流淌着一曲《蓝莲花》。两个人的世界已在炙热中消融坍塌，只好努力从对方身上寻找出路。陈羽寒极力克制着冲动，小心翼翼地将悦然压在身下，在他进入她的瞬间，他有一刻不知所措，而她有一刻迟疑和抗拒，却终于都屈从了强烈的本能。她死死咬住他的肩膀，发出动物般低沉的呜呜。那一瞬间她感觉自己脆弱得一碰就要碎掉，她彻底地信赖他，毫无保留地将自己交予了他。

很痛，比想象中还痛，悦然叫出声，陈羽寒停下问："很痛吗？"悦然皱紧眉点点头。陈羽寒退出来从身后抱住她，亲亲她的头发说：

"那就慢慢来。""那你不难受？""我没事的。"悦然转过脸，对他的体贴报以一笑，又往他的怀里钻了钻，找了个稳妥的姿势躺好，不一会儿便疲倦地进入梦乡。

敲门声响起时，悦然仍沉浸在愉悦的情绪中，双颊顶着两朵桃花去开门。陈羽寒见她这副模样直乐："这么开心啊。我买了点吃的，一起吃晚饭吧。"食物满满当当地摆了一桌子，有悦然最爱的奶油浓汤，比萨也是她喜欢的芝士卷边。悦然心里泛起一阵甜蜜，连她爱吃什么他都有留意，看来陈羽寒对她是有心的。悦然调暗灯光，陈羽寒把音乐换成波萨诺瓦。两个人面对面坐下，立刻有了在高级西餐厅的感觉。

陈羽寒调侃道："这气氛，我都不好意思直接上手了，你有刀叉吗？"

"别逗了，那我这一身休闲装还得换晚礼服呢。哪儿那么多讲究啊？"

"不如我们模仿莫奈的《草地上的野餐》，全裸用餐怎么样？"

悦然瞪他："那幅画里只有女人全裸，男人可都穿得衣冠楚楚。倒过来我倒是乐意。"

"如果不是怕坏了姑娘的胃口，我很愿意啊。"

"你今天可真嘴欠。"

"因为和你待在一起很舒服。想到什么就说，没有顾虑。不知不觉就露出真面目了。"

"那平时说话都要在肚子里绕十个弯吗？"

"十个弯不至于，三个还是有的。我奶奶从小就教我做人要谨言慎行。饭可以乱吃，话不可以乱说。不然伤人也伤己。"陈羽寒注意到悦然红肿的耳垂和上面的银针，眼里立刻有了心疼，"你怎么突然想起去打耳洞了？你看耳朵都肿成这样了，疼吗？"

悦然低头自语："这是一个隐喻。"

"什么隐喻不隐喻，你们女生就是喜欢这种仪式感的东西。别碰水，感染就麻烦了。"停了停后，陈羽寒说，"今天晚上我来帮你洗澡吧。"在悦然把手上的比萨丢到他脸上之前，陈羽寒补充道，"说错了，是洗头。你自己洗耳朵会沾上水，我帮你洗。"

陈羽寒修长的手指在悦然的黑发上揉出泡沫，动作异常轻柔仔细。悦然说："想不到让你洗头发这么舒服。""熟能生巧吧，我们家狗都是我给洗澡的。""我不是你们家宠物。""这样挠挠舒服吗？""嗯，舒服。""我们家兰迪也喜欢被这么挠。""陈羽寒！"

洗完头发，陈羽寒用吹风机帮悦然吹干。两个人都面对镜子站着，目光不时和镜中的彼此相碰。陈羽寒一只手握着吹风机，一只手拨动头发，悦然光滑柔软的发丝不断地绕住他的手指又滑落，反复几次竟令他觉出几分眷念与缠绵。他们静静站着，只有吹风机嗡嗡作响，窗外隐约传来夜市的嘈杂和几声车笛的鸣叫。这景象寻常极了，可正因为寻常反而让人觉着踏实、长久。两个人一时都有些恍惚，仿佛他们相恋已久，而这不过是长久相处的日子里一件极为自然的事情，也许一会儿他们还会手牵手下楼买点水果。他们之间早有这份亲密而舒适的默契。

悦然瞧瞧镜子中的自己，嘴角翘了翘。陈羽寒立刻捕捉到这个细微的表情，"你想什么呢？""我想到以前看到的一个故事，说古时候有一对夫妻非常相爱，每天早晨丈夫都要帮妻子细细描画眉毛。久而久之技艺娴熟，画出的眉毛特别好看。后来就有了画眉这么一个典故，专形容夫妻恩爱。不知道怎么就想到这个故事了。"

镜中的陈羽寒看悦然的眼神有几分动情："悦然，为我留长头发好吗？你长头发的样子肯定很好看。"

悦然却调皮："等你对我不好了我再去哭哭啼啼地剪掉吗？为君留青丝，你怎么这么老土？"

"老土怎么了？我就是喜欢老土的东西，一会儿回去我还结绳记事呢。你说你留不留？"

"不留。"

"到底留不留？"陈羽寒把吹风机的出风口对着悦然的耳朵，悦然立刻痒得用手捂住，四处躲闪。浴室里没多大地方，陈羽寒追到角落把悦然压在墙上。两个年轻的身体再次碰撞到一起，一阵沉默，昨晚的回忆扑面而来。陈羽寒靠近悦然低声耳语："我想把昨晚没做完的事情做完。"说着在悦然白皙的脖子上吻了一下，悦然立刻又羞又臊，挣扎着就要逃走。

Chapter 11

我赢了
悦然

玫瑰色的旋律潜入梦境。
悦然提着一篮玫瑰花的种子
走出树荫，走进阳光照耀的高地。
种子触碰到阳光的一刹那，
毕剥毕剥发了芽，
袅袅长出玫瑰花。
俄而花瓣扇动，变成蝴蝶的翅膀，
漫天飞舞，连成一片红云。

一阵敲门声伴随着陆洋的声音，"陈羽寒你在这里吗？"这下换作陈羽寒慌乱得要逃。悦然又好气又好笑地拉住他："你想往哪里逃？陆洋并不知情，不如大大方方去开门，当作什么事也没发生。"陈羽寒点点头，自嘲"慌张了"。

陆洋走进门说："陈羽寒果然你在这儿啊，我敲你门半天没人应，估计你就是来悦然这儿串门了。"他递给悦然一个点心盒说："顺路带给你的红豆糯米糍，我记得你爱吃。"

悦然避开他的目光，接过盒子道谢。陈羽寒在一旁说："今天买了必胜客回来，正好悦然也没吃饭，就拿过来一块儿吃了。"语气很平静。

陆洋看看桌上还没来得及收拾的餐盒，突然很幽怨地看着悦然，"你怎么能背着我和别的男人一起吃饭呢？"悦然知道他是胡闹，可听着这话不免心虚，一时不知说什么好。

陈羽寒接过话："我怎么就成别的男人了？而且你也不问问悦然答不答应跟你这么不见外。"

陆洋嘿嘿笑了笑："说正事儿，今晚决赛，意大利对法国。"

"英格兰队都走了，没兴趣。"

"你也不能因为一个英格兰抛弃整个世界杯的乐趣啊。以英格兰夺冠的概率来看，以后的世界杯决赛你都不看了？"

"那好吧，一会儿去我那儿，看网上直播。"

"那多没气氛，我们不如去楼下找个店，要点烧烤，喝着啤酒多自在。"

"行，打赌么？我顶意大利。"

"好啊，我顶齐达内。输的请客。"

"成交。"

说完两个人都恳切地看着悦然。悦然架不住这温柔的胁迫，只好点点头："我也一起去。"

每每悦然回忆起那年夏天，先想到的总是绵久不尽的温柔夜色，暖风袭袭，撩人情思。三个年轻人一言不发地缓缓行走，慵懒而轻盈的脚步落在寂静的街道上。亲密无间的外表下却又各自怀揣着小小的心事。悦然刻意和两个人都保持着距离。和陈羽寒关系的突飞猛进令她心情复杂。理智在抗拒，与此同时一股股兴奋却又如泉水涌出按捺不住。正在发生的一切是她陌生的，她不知道这份刚刚萌生飘忽不定的恋情依附着一段不算正当的关系，将要带她走向哪里。悦然看看陈羽寒安静行走的侧影，一时间茫然无措。她掏出手机写短信："感觉怪怪的。"按下发送键。

陈羽寒的衣服口袋立刻传来手机铃声，他拿出手机回道："我也是。"

"陆洋怎么办？不该瞒着他。"

“放心，我会找个适当的时机告诉他。”

悦然稍稍安心，写道："我怕我演不好，被他看出来。"

陈羽寒不动声色地回她："那就别演，大大方方和我眉来眼去吧。"

悦然扑哧一笑，陆洋奇怪地看了她一眼。悦然立刻装作若无其事地把手机调成静音，她和陈羽寒的手机再这么此起彼伏地响下去，不用演陆洋也该知道了。

烧烤店面积不大，桌挨着桌，椅挨着椅，布置得很紧凑。此时里面三三两两坐着几个年轻人，看样子也是来看球赛的。一台同样小小的电视从天花板吊下来，画面是演播厅，两名解说员坐在演播台后，正为即将到来的决赛暖场。三个人都冲着电视的方向坐下来。无意间悦然和陈羽寒坐在一起。虽然隔着衣物，可悦然紧挨着陈羽寒的那只胳膊仍能感觉到他的体温和皮肤的触感，她想往旁边挪一挪，无奈地方太小，于是只好紧绷着身体动也不敢动。陈羽寒似乎感觉到她的局促，招手叫服务员的时候顺势在她膝上轻轻拍了拍。

冰镇后的"茉莉花"沁凉清洌，陆洋咕噜咕噜喝下小半瓶，极享受地闭眼停顿片刻后直呼销魂。他把握十足地对陈羽寒和悦然说："今天是齐达内的退役之战，他必定全情投入，以他的实力，绝不能容忍狗尾收场。"果然，像印证陆洋的预言一般，开场第七分钟齐达内便头球破门，陆洋和店里其他支持法国队的球迷一起大声欢呼，还不忘转过身得意地看陈羽寒一眼。只是这高兴没持续多久便被意大利的一粒进球冲散了。接下来的一个小时双方势均力敌，虽然常有惊险进攻但再没进球。

悦然本就对足球、篮球这类运动没太大兴趣，看看帅哥还行，但她自始至终也没弄懂什么是越位，什么时候该判罚角球。这会儿夜已深沉，悦然盯着小小的屏幕，在一片嘈杂声中打起瞌睡。

陆洋再回头时悦然已枕着陈羽寒的肩睡熟了，粉白的脸上神情乖巧安详，周围的声音大一点时她便在睡梦中皱皱眉头。陆洋怔怔地看了悦然一会儿，突然对陈羽寒说："我跟你赌悦然。"陈羽寒看了他一眼笑笑，没说话，继续转过视线看比赛。

那一年的德国赛场也许注定成为齐达内的伤心地，不但比赛快结束时被红牌罚下，在接下来残酷的点球大战中法国队也运气欠佳。最终意大利以5：3击败对手，捧起久违了24年的大力神杯。被叫醒时悦然仍然云里雾里，只记得陈羽寒站起来买了单，然后温和而坚定地对陆洋说："我赢了悦然。"

迷糊间悦然随着这句话一起跌落进甜蜜的旋涡，在接下来的两周里，她和陈羽寒的关系逐渐明朗，并且正如迫近的盛夏愈发炽热。日常生活里的点点滴滴像被施了魔法一般突然变得闪耀动人。不管是一起复习枯燥的课本，还是一块儿去吃麦当劳，哪怕只是在日落时分一起坐在"凯旋门"看看喷泉都变得乐趣十足。陈羽寒用他那辆"永久"载着悦然穿过青葱的校园，穿过小巷颠簸的石板路，穿过夜晚的闹市……悦然坐在车后懒懒地抱着陈羽寒的腰，仰脸闭起眼睛，深深呼吸着微风中她熟悉而眷念的气味。

这天陈羽寒拿到教鼓的酬劳，提出请悦然去吃牛排。为了表示隆重，悦然穿上她最好的一条红色紧身连衣裙，陈羽寒赞美一番后感叹，"你打扮得这么漂亮，我应该开法拉利来接你才配得上。"悦然莞尔一笑，"再名贵的车也比不上你的汗血宝马。"

西餐厅不是特别高档，算是比较实惠的那种，不过一个人一百左右的消费对还是学生的他们也是很奢侈了。餐包、开胃菜、沙拉、浓汤、佐餐红酒一个不少，悦然看着侍者流水似的换盘子对陈羽寒说："这可是你关在那个小破屋里辛辛苦苦换来的呀。"

陈羽寒笑了："被你这么一形容我都觉得惨了，没那么夸张。教学生打鼓，请你吃饭，这两件事我都乐在其中。"

"不管怎么说，这一餐我要用心地吃，开心地吃，一点不剩地全部吃回来。"

陈羽寒疼爱地看着她："只要你别舔盘子，怎么都行。"

说话间悦然点的沙朗牛排端上了桌，分量相当不小。悦然深吸一口气，浇上蘑菇酱汁，举起刀叉。虽然是第一次用刀叉，但电视上见过不少，照猫画虎也差不到哪里去，而且只要别太在意动作是否优雅，还是应付得来的。悦然把一大块牛肉送进嘴，一脸的享受和满足。

陈羽寒看着悦然说："我喜欢你这样。"

"哪样？"

"不矫情。"

"矫情是什么样？"

"别别扭扭把肉切成一立方厘米以下，吃两口就把盘子推一边说饱了。"

"你有这样的朋友？"

"没有，但是见过。"

"矫情有矫情的好处啊，惹人怜爱，一副离开男朋友就会死掉的样子，不由得也让人多过问几句呢。像我这种省事的，就会被认为很坚强，受点伤也没关系。"

"悦然，我不会伤害你的。"

"你最好别，我妈说我从小就不能吃亏，哪儿被欺负了就要从哪儿找回来。"

"我以为是一淑女，原来是个悍妇啊。"

侍者上前询问："加通心粉是免费的，请问两位需要吗？"

悦然立刻回答："再来两份。"

那晚悦然是被陈羽寒扶着走出餐厅的。紧身的小红裙在肚子前面微微凸起一块，看得陈羽寒哭笑不得，又有一些感动。悦然是这样率真、这样看重他的劳动成果和这顿饭，这是他没有想到的。

悦然吃力地爬上"永久"后座，对陈羽寒说："被我们吃掉的这头牛将永垂不朽，永远活在我心中，出发。"

陈羽寒忍住笑，跨上车。没骑多久他感到越踩越费劲，诧异地问悦然："难道你真的吃了一头牛，怎么这么沉啊？"

悦然委屈道："明明是你力气小，还怪我沉。"

"不行不行，我真的骑不动了，下来看看怎么回事吧。"陈羽寒满头大汗地下车检查，只见后胎已经完全瘪掉了。他说："你看你把车胎都压爆了，还说不沉？"惹得悦然要打他。

陈羽寒推着车，两个人慢慢走回去。他说："既然走路，就选一条幽静的路。比这车来车往的感觉好。"

"你休想把我带到僻静处图谋不轨。"

陈羽寒看了悦然一眼："你想得美。"

话虽这样说，悦然还是乖乖地跟在陈羽寒身边，连转两个弯后，车辆人声的嘈杂消失了，五彩的霓虹也消失了，只有浅橘色的路灯静谧地照亮脚下的石板路。路并不窄，一边是石墙，一边是成排的水杉树。两者看着都有年头了，就这么静静地伫立着，相互陪伴，任斗转星移，时光飞逝。

"我喜欢生活在过去的时光里，老房子、老街。以前在北京的时候，一到周末我就喜欢骑自行车逛胡同，每次以为前面没路了转个弯又是柳暗花明。有一次转转悠悠从一胡同出来，眼前正是景山，傍晚的太阳，满眼都是金色的，那叫一豁然开朗。北京的生活、文化、历史、点点滴滴全在胡同里了。名字起得也美，有一个胡同叫'百花深处'，我就想是不是在古时候这胡同周围是鲜花市场，繁花似锦，所以得了这么一个名字呢。东西也是旧的东西好，有感情、有时间在里面，安详沉静，不像新物件，闪贼光，太浮躁。

"你看这城墙，是L市的历史古迹，已经在这里上千年了，每一砖每一瓦经历得比我们要多得多。看过太平盛世老百姓安居乐业，也曾浸染在守城将士的鲜血里，现在它成为历史的一部分，每天接受游客的瞻仰。走在它身边你会觉得它在沉思，也许有什么心事，也许在回忆往事。"

"是啊，如果它会说话，一定有许多传奇可以讲。说不定它还会做梦，夜夜梦到以前保护整座城池的峥嵘岁月，不像现在，反而成了被保护的对象，虽是重要却再没有实际的用处了。"悦然走得更近一点，细细查看凹凸不平的墙面。突然她指着一处地方，惊喜地对陈羽寒说："快来看，这里好像刻录过文字，齐齐整整的一排呢。"

陈羽寒上前看了看说："是哦，像是很繁复的字迹，没准真是古人刻的。"

"你猜会是什么内容？"

"称述君王功德之类的吧。"

"没劲，我猜啊，是一个男孩约一个女孩在这里见面，想对她表达爱慕之心，可是临阵怯场了，于是把想说的话刻在了墙上，自己却先走了。"

陈羽寒调皮，捏细嗓子耍了句京腔："哎呀呀，可我已有意中人，本是旧时相识。"

听者有心，沉默片刻，悦然若有所思地说："刚才你说这城墙在沉思在回忆，你就那么确定它的想法？也许此刻它正感到不安呢？"

"不安？"陈羽寒不解。

"也许它怕身旁的美好不能长久，它怕一切欢愉靠近而后远去。陈羽寒，东西是旧的好，人也是旧时相识的好吗？"

陈羽寒听出了话里的意思，他揽过悦然，凝视着她的眼睛："悦然，城墙作证。"悦然心软，还想说什么，已被陈羽寒不由分说地压住嘴唇。这一吻轻柔，缓慢，完全掠过那晚的回忆，不带一丝情欲。这一吻像是回到最初，纤尘不染。陈羽寒的嘴唇还留着一点芒果布丁的甜味，温温柔柔地试探着，触碰着悦然。就像一只示好的小动物，那样纯粹地表达着他对她的喜欢，如果说那一晚悦然看见的是他作为男人的激情，那么今晚她看见的是他的心。她不再徘徊犹豫，她决定义无反顾地去爱！

她相信他。

回去的路上，悦然紧紧挽着陈羽寒的胳膊，陈羽寒笑："放心，我不会跑的。"悦然噘嘴："我这叫小鸟依人。"

快到公寓时路过一个家纺店，橱窗里的展示床上铺着一套玫瑰红的被单，在夜晚和灯光的烘托下那一片红色是那么浓郁热烈，明艳袭人。悦然从未见过这么好看的红，一时看入了神。

陈羽寒停下车径直走进店，问："门口的这套床品多少钱？"店员见临关门还有生意，格外热情："小帅哥你眼光真好，这是我们今年春季的主打款，今天可巧是换季打折第一天，算下来不到七百，很合适的，原价一千多呢。"

悦然跟进去还没来得及阻止，陈羽寒已经干脆地说："包起来吧，我要了。"年轻的店员一边高兴地开票，一边用羡慕的语气对悦然说："你男朋友真贴心，你看中什么就给你买什么，我家那位要是能有这悟性就好啦。"

走出店门，悦然责怪陈羽寒："这么贵的东西你怎么说买就买呢？"

"今天拿到的钱除了吃饭，刚好够买下这套床品，我不觉得还有什么比这更值得买了。别说你喜欢，我也喜欢。这红，纯粹，热情，像你，也像摇滚乐。两者都让我血脉偾张，你说值不值得？"一番话说得悦然心里甜甜的，她不由感慨道："今天好圆满啊。"陈羽寒却说：

"不，还不够。"

回到公寓，悦然迫不及待地把床单铺上，美美地躺在床上看着天花板，原本雪白的墙面似乎也被映照成红色。柔软细腻的棉布摩挲着肌肤，无比舒适安逸。陈羽寒回屋拿了一张专辑过来，边放进笔记本光驱边说："重头戏来了，这可是我的私人珍藏，小野丽莎的《左岸香颂》，花大价钱买的正版哦。一共十二首歌，悦然你选一首。"

"嗯，倒数第二首。"

"正应景，《玫瑰人生》。"当婉转深情的歌声响起，两人也正如躺在玫瑰花丛中一般。

悦然枕着陈羽寒的胳膊问："歌词在唱什么呢？"

"歌词像一首诗，想听吗？"

"嗯。"

"他的双唇吻我的眼，嘴边掠过他的笑影，这就是他最初的形象，这个男人，我属于他，当他拥我入怀，低声对我说话，我看见玫瑰色的人生。"

"你可真坏。"

"什么呀，这是你自己选的歌。要不你再选一首。"

"第五首。"

"我想想啊，第五首是《天生一对》。"悦然钻进陈羽寒怀里："陈羽寒，这整张专辑就是你的阴谋。"

陈羽寒紧紧抱住悦然："如果让我选，我选第十二首《如此美好》。此时此刻，如此美好。"

"悦然。"

"嗯。"

"今天圆满了。"

"悦然。"

"嗯。"

"我想和你在一起。"

悦然的脑袋停止运转了几秒钟，她抬起身看着陈羽寒："那你的女朋友怎么办？"

"我会好好和她说的。"

"陈羽寒，你真的确定？也许你这么说是因为她不在你身边。"

"不，我很清楚的，不一样。我和她从没这么亲热过，也从没有人能让我这么失去理智。这感觉对我来说是全新的。你，不愿意吗？"

"我愿意，只是一切来得太快太突然，我害怕。"

陈羽寒把悦然重新揽入怀中："傻瓜。"

玫瑰色的旋律潜入梦境。悦然提着一篮玫瑰花的种子走出树荫，走进阳光照耀的高地。种子触碰到阳光的一刹那，毕剥毕剥发了芽，袅袅长出玫瑰花。俄而花瓣扇动，变成蝴蝶的翅膀，漫天飞舞，连成一片红云。

Chapter **12**

我把他
还给你

如果我们做任何事情
都可以率性而为，
不用顾及别人的感受该多好。
那样就不会有人伤心，
也不会有人哭泣。
可惜现实里没有这种好事。

第二天悦然去自习室复习课本，虽然还剩《新闻学概论》这最后一门，却是很难啃的一块骨头，处处是抽象的理论和拗口的名词。正默背着重点，童彤不知从什么地方冒出来，凑到悦然身边小声说："你恋爱那么忙，怎么有空来自习室啊？"

"去去去。"

"再说你不是租了房子吗？在家吹着空调翻翻书多自在，干吗跑这儿来，又闷又热的。"

"老在家待着才腻呢，而且看这么枯燥的书，得找个有气氛的地儿。"

童彤细看了下悦然，不由啧啧感慨："爱情真伟大，你看你皮肤吹弹可破，眼里的桃花都要飞出来了，没少滋润吧？"

悦然又羞又恼："你要不是因为这张嘴，早就找到男朋友了。"

手机传来短信声，童彤眼尖，小声念出来："我这里有刚买的五芳斋肉粽，很好吃，要不要给你送点去？哇，好体贴啊。"悦然懒得理她，一看发件人，是陆洋。这个家伙，除了期末考试还得准备托福，有好些天没联系了。悦然回道："不用了，谢谢。"不一会儿，铃声又响起，"我和陈羽寒，你喜欢谁？"

悦然愣住，这一问太让她意外了。她想或许这是个机会，向陆洋挑明她和陈羽寒之间的关系。可是斟酌片刻，却回了一条："我觉得你们两个人都很好啊。"她实在不知道该怎么说。五分钟后陆洋发来新短信："如果我没猜错，你喜欢陈羽寒，陈羽寒也喜欢你，对吗？"

悦然心乱如麻，起身收拾书包走出教室，童彤还以为她是生自己气了，压着嗓子喊："悦然，我是开玩笑啦。"开玩笑，悦然多希望陆洋是在开玩笑，她没再回，也许在陆洋看来是默认。过了一会儿，陆洋发来最后一条："我想以好朋友的身份提醒你，你有没有想过会伤害到其他人，最后也会伤害你自己。"

来电铃声骤然响起，悦然惊得差点把手机扔到地上。是姑妈打来的。"悦然啊，你就要放暑假了吧？上回你说暑期想去实习，我就问了我在电视台的同学，人家答应啦，但是不发工资的。我想不发就不发吧，能学到东西最重要，而且现在电视台即使不发工资也很难进的……"

"姑妈，我在复习，这事儿回头再说。"此刻悦然哪有心情。她搞不懂陆洋怎么会在几天没联系后突然跟她说这些。陈羽寒约她晚上一起吃饭，悦然也在心烦意乱中找个理由推托了。

虽然她和陈羽寒的女友杨洁素未谋面，可对方一直是横亘在她心头的一道阴影。尽管情到浓处时她几乎快要忘记这个人的存在，但理智又时不时地提醒着她。她感到自己像个小偷，不管她与陈羽寒感情多么好，多么前所未有，始终少了一点光明正大。陈羽寒许诺过他会处理好，他真的能快刀斩乱麻吗，话到嘴边会不会不舍？杨洁如果伤心，他会不会心软？悦然从未想到自己的初恋会开始得这样仓促，这样状况百出。一开始便伴随着忠诚与背叛，在道德的重压下，悦然内心备受煎熬。

隔天一整天陈羽寒都没有和悦然联系，悦然有些奇怪，几次拿起手机，想想他也许学校有事，就又放下了。不想晚上出去买吃的回来的时候，却在电梯里碰到了他，同行的还有陆洋和一个陌生女孩子。她似乎认识悦然，盯着悦然看了一会儿后硬生生问了句："你也住在这里？"态度不算友好。

悦然完全云里雾里，求助地看着陈羽寒。她的陈羽寒此刻却回避着她的目光，低头不语。陆洋上前揽住悦然的肩，笑着说："我约悦然来的，我们说好去这附近的一家店吃甜点。你们一起来吗？"女孩摇头，没再说什么。电梯在无比尴尬的沉默中缓缓上升。

悦然用余光悄悄打量着这个女孩子，个子娇小，皮肤微黑而有光泽，看样子是户外运动的时候晒成的颜色。五官生得小巧伶俐，一头长发绑成马尾，浑身上下充满活力。她的身边放着一个行李箱。看这情形悦然心中已明白了八九分，她极力克制情绪，表现得若无其事。

电梯在12层停下，陆洋打圆场打到底："你们先回，我有话和我们家悦然说。"直到陈羽寒和女孩走进房间关上门，陆洋扶住快要哭出来的悦然安慰道："别着急，我们找个地儿说话。你先去徐记甜品等我，我和他们打声招呼就来。"悦然点头，转身走进电梯时把晚餐扔进垃圾筒。

陆洋坐定："我先问你一个问题，你和陈羽寒已经在一起了，是吗？"悦然点头。"我想也是的，不然你看见杨洁不会是那种反应。其实前几天我来找过你，远远看到你和陈羽寒有说有笑地走在一起，虽然我是个男人，很多事都粗心，但也看得出来那样的笑是恋人之间才有的。今天看到你我就更确定了。"

"那个女孩是杨洁？"

"嗯，今天本来我约了陈羽寒抄笔记。中午他接了一个电话，然后说要去车站接人。我看他恍恍惚惚的怕出什么事儿就跟着他一块儿去了。路上我问他接的是谁，他说是杨洁，她们学校期末考结束得早，她考完就过来了。"

"还有两周陈羽寒不就回北京了吗？她这时候着急来做什么？"

"嗨，她在陈羽寒的空间里看见了我们聚会的照片，就是幼琪走之前的那次。你身上穿的陈羽寒的T恤碰巧是她送的。这趟来啊，我看是兴师问罪的意思，虽然有点小题大做，但也怪陈羽寒太大意了。两地恋爱本来就辛苦，细节不注意产生误会在所难免，何况这也不算是误会了。"

"谢谢你今天帮我掩饰。"

"举手之劳，我受不了那么尴尬的气氛。虽然我表现得和你很亲密，但杨洁未必相信。女人的第六感很准的。我说悦然要不你回头是岸做我女朋友吧，这样不是皆大欢喜？我一定好好照顾你，而且我也不比陈羽寒差吧？你说呢，悦然？"

陆洋一抬头，只见悦然直愣愣盯着眼前的芒果班戟，眼泪顺着脸颊不断滴落。过了许久，她泪眼蒙眬地看着陆洋，一字一句地说："陈羽寒会和她说清楚的，他想和我在一起。"

等待。房间里安静极了。安静得令悦然想到村上春树笔下的世界尽头与冷酷仙境，真像被尘世抛弃一般，那样清冷空旷。她蜷缩在沙发里，笔记本放在面前播着一部电影。悦然只看见画面闪烁，对情节如何全然不知。娜塔莉·波特曼娇美的脸孔直面镜头，眼神悲伤，能伤她如此的除了爱情还有什么呢？

此刻虽然情绪低落，但悦然是相信陈羽寒的。她不时想，也许现在他们正在谈这件事，陈羽寒虽然语气温和但态度坚决。也许今晚，也许明天他就会来找她。公寓的隔音很好，几乎听不见隔壁的动静，偶尔隐约传来一声椅子碰撞地面的声响都会让悦然神经紧绷。

透过窗户的光线从黑到亮，又从亮到黑，悦然期待的敲门声始终没有响起。甚至连短信、电话也没有一个。她的信心随着时间流逝而渐渐瓦解。耐心耗尽之前她拿起手机，觉得说什么都不妥，只发了一个问号。半小时后陈羽寒回复了，"顶楼露台见。"

悦然满腹委屈，可当她看到陈羽寒，一触即发的愤怒与质问瞬间化为乌有。才两三天时间，陈羽寒整整瘦了一圈，一脸疲倦，眼窝深陷。他看着悦然也是满眼疼惜。良久，他低下头说："对不起，悦然，我做不到。"悦然听见什么破碎的声音，她深吸口气，忍住快要决堤的泪水，"慢……慢慢来，我等你。"

"杨洁没有做错什么，我不知道我对她说这些会给她造成多大的伤害。我不能这么做。"

"至少她应该知道实情，她有选择的权利。事已至此，你瞒着她才是最大的伤害。难道你可以当作一切都没有发生过吗？"陈羽寒低下头，声音哽咽："是我太自私了，悦然，对不起。"

悦然第一次看到陈羽寒的眼泪，她清楚他的优柔是因为善良，可此刻她宁愿他决绝一些，无论是对杨洁还是对她。陈羽寒上前紧紧抱住悦然，像抱一件稀世珍宝，所有的爱、抱歉、不舍都付诸无言，都在这一个拥抱里，悦然几乎不能呼吸。片刻，陈羽寒转身离开，留下悦然独自一人在露台一动不动从黄昏一直站到月亮升起。

从此一墙之隔变成彻头彻尾的折磨。任何声响仍牵动着悦然的神经，却不再和她有任何关系。她忍不住会想他们也会手牵手去买水果吗？她也会用他"天赋"味道的沐浴露，也会穿他的T恤吗？他们睡在一张床上吗？会亲吻会做爱吗？她注意到陈羽寒练鼓的频率高了不少，时不时就会传来鼓槌敲击在哑鼓上低沉的节奏。她怕出门怕遇到他们，要买吃的总是很早或很晚出去。她像一只安静的动物悄无声息地住在陈羽寒的隔壁，对他的感情从爱到困惑到怨恨。

彻底爆发是在一个黄昏，悦然无意间打开笔记本光驱，里面的光盘正是小野丽莎的《左岸香颂》，她也不知道为什么，顺手就播放了倒数第二首《玫瑰人生》，"当他拥我入怀，低声对我说话，我看见玫瑰色的人生。"所有情绪在那一瞬间汹涌袭来。悦然拿出光盘掰成两半，冲出房间，把碎片狠狠砸在1203的门上。

"陈羽寒，你这个胆小鬼！你不敢说就让我替你说吧！你说过的话呢？你的承诺呢？全都不算数是吗？你这样算什么？你要逃避一辈子吗？为什么不敢拿出一点勇气告诉我也告诉她你到底爱谁？还是你最爱的根本就是你自己！"

悦然一路跑去陆洋的公寓，陆洋刚开门，悦然便扑在他怀里放声大哭："陈羽寒他是个混蛋，他是懦夫，他禽兽不如。"陆洋静静站着，任凭悦然的泪水湿透衬衣的前襟。他轻拍着她的背，直到她慢慢平息下来。

扶悦然坐到沙发上时，他看见她手上大概是被光盘碎片割到的伤口，不禁叹了口气："如果我们做任何事情都可以率性而为，不用顾及别人的感受该多好。那样就不会有人伤心，也不会有人哭泣。可惜现实里没有这种好事。本来你爱谁或不爱谁都是你的自由，事实呢，却会伤害到别人。我也搞不懂这个道理，所以不知道怎么劝你，唯一能说的就是别伤害自己。我去给你拿纱布。"

晚上陆洋给悦然熬了一碗甜粥，悦然捧着喝了一大口，眼睛还肿肿的，却歪着脑袋说："真甜。""吃点甜的会比较容易开心。"停了停，陆洋像是自言自语地说："多可爱的姑娘啊，换作是我可舍不得这么欺负。虽然陈羽寒是我好哥们儿，可今天看你哭得那么伤心，真有揍他的冲动。"

"你有好到哪里去吗？三心二意，我也没见你对哪个姑娘从一而终啊。"

"可至少我坦诚，喜欢就是喜欢，不喜欢了也没必要勉为其难地在一起。如果伤害在所难免，我选择开诚布公。说来也怪，我倒真没让哪个女孩子哭成这样过。难道是还没遇到真爱？"

悦然扑哧笑了，陆洋松了口气。"你总算是笑了，所有难过就像雨季一样，难以忍受，却总是会过去的。过去了，就是艳阳天啦。"

悦然说："你都快成哲学家了。陆洋，我想在你这里住两天，可以吗？"

"同床共枕吗？求之不得。""去你的。我是实在受不了住在他们隔壁了。等考完最后一门我就回家。"

"没问题。你是风儿我是沙，你睡沙发我睡床。"

当晚悦然就在陆洋家凑合了一个晚上，第二天她回公寓拿课本和换洗衣服。一路上不免内心忐忑，也不知道昨天那一场大闹会给陈羽寒和杨洁带去什么后果。

到家没一会儿，传来一阵敲门声，悦然愣住。她怀着种种猜测去开门，猜谁也没有猜到是杨洁。杨洁一身淡粉色的棉布长裙，黑色长发直直地披下来。她手里拿着两瓶红星二锅头，径直走进屋。

悦然想，她这是要和自己把话说开吗？谁知杨洁"啪"地把一瓶酒放在桌上，冷冷地看了悦然一眼，拧开另一瓶，仰起脖子咕咚咕咚灌下去，随即倒在地上不省人事。悦然被这戏剧性的一幕惊得不知所措，愣愣地站在一边不知道该先去叫陈羽寒还是先叫救护车。

陈羽寒听到动静匆匆赶来，看见杨洁躺在地上一下就急了，抱起她就往外冲。跑过悦然身旁时他看了悦然一眼，那眼神里竟是几分责怪。难道他以为是她的错？

悦然眼泪夺眶而出，立刻收拾好所有行李锁上门离开公寓。她不记得接下来的几天是怎么度过的，也不记得是怎么走进考场写完考卷的，她脑子里全是陈羽寒看她的那一眼和杨洁被抱起时长裙下晃动的纤细的脚踝。

当所有考试结束临回家前，悦然决定去趟医院，距离学校不远就有一家全市最好的医院，杨洁应该在那里不会错。悦然在花店挑来挑去，最终选了一大捧香气四溢的黄百合。她一路走去医院，在住院部的护士站找到杨洁的名字。

走进病房时杨洁正在熟睡，黑色长发凌乱地散落在枕头上，衬得脸庞更加苍白憔悴。陈羽寒也许去打饭了，也许去拿药了，并不在她身边。这正是悦然最希望的。她轻手轻脚地把花放在床头便转身离开，临走忍不住又看了杨洁一眼，上前替她拉好被角，盖住纤细的脚踝。

她快步走在过道上，浓烈的药水味呛得她快要流泪，走出医院那一刹那，盛夏的烈烈阳光倾泻而下，晃得悦然一阵晕眩。她扶住一根电线杆站定喘气，心口传来阵阵钝痛。

花束里附着一张白色卡片，上面写着：对不起，我把他还给你。

多年以后，悦然在纽约街头偶然遇到杨洁，那时她已嫁为人妻，一头黑发高高盘起。她们坐在街边的咖啡馆，聊起这段往事。杨洁说："当我看到卡片的那一刻我就明白你比我更爱陈羽寒。因为真正的爱是不让对方为难，是放手。而陈羽寒，我也从没见他那个样子，连着几天都没有说过一句话，一直在打游戏。我知道他心里肯定很痛苦，很想念你。我即使跟他在一起又有什么意思呢？爱，真的是没办法的事，当你遇到对的人那是什么也挡不住的。不过啊，从那一次起，我的酒量可是突然变得很好，现在来半斤二锅头绝对没问题。"悦然笑，杨洁也笑个不停，她起身招招手让在一边玩耍的儿子过来，和悦然道别。

Chapter **13**

没有你
的日子

黑暗中我想到落于海面的雨——
浩瀚无边的大海上无声无息地、
不为任何人知晓地降落的雨。
雨安安静静地叩击海面，
鱼儿们甚至都浑然不觉。
我一直在想这样的大海，
直到有人走来把手
轻轻放在我的背上。

　　暑假在家百无聊赖，不管是看电视剧、看书还是朋友聚会，反正做什么都索然无味。时不时冒出的记忆碎片也让悦然烦心。

　　过了一个星期，悦然忍无可忍，拨通姑妈的电话："姑妈，上回您跟我说可以去电视台实习的事情，我想去锻炼锻炼。是哪里的电视台呢？"

　　"我就知道你啊肯上进，在北京，节目是做谈话的，都是名人。"

　　"北京？"悦然心里咯噔一下。

　　"你不用担心，我的这个同学特别热心肠，她主动跟我说你可以住在她家。你来回的车票姑妈包了，你爸妈的事情我管不了，反正我永远认你这个侄女儿。就这么定了，我买好车票给你打电话。"

　　挂了电话，悦然有点迟疑，想了会儿一咬牙：去北京就去北京，难不成还得一辈子躲着陈羽寒，再说北京那么大，只要不想，碰上的可能性微乎其微。

悦然拖出箱子开始收拾行李，虽然是实习，可毕竟是第一次接触工作啊，对电视台的种种想象使悦然有些兴奋。妈妈知道这件事后更是激动得不行，先是带悦然去买了几身成熟点的连衣裙，换下箱子里充满童趣的T恤和蓬蓬裙，又买了双高跟鞋，还想买化妆品，被悦然拦住了。

"妈，去实习而已啦，没必要搞得这么隆重。"

"实习也是上班，这是你第一次走进社会，悦然你长大啦，妈妈真为你高兴。"

悦然调皮地抱住妈妈："妈，我一定努力，等你老了我养你。"

姑妈的同学，悦然叫她李阿姨，特意安排了半天时间去车站接悦然。待行李放进后备箱，悦然坐上车，李阿姨给姑妈打电话："你闺女我接上啦，你就一千一万个放心吧。"听得悦然心里暖暖的。

李阿姨问悦然："来过北京吗？"

"小时候妈妈带我来过，对天安门还有印象，别的已经不记得了。"

"北京啊，就是路傻宽傻宽的，楼傻高傻高的，车傻多傻多的。"几句话让悦然乐了半天。她望着窗外穿梭不息的车流和疾驰而过的气派的建筑，一切都是那么新奇。

"这两天正是大暑，热得很。等过几天凉快点了，让你兰兰姐带你去故宫啊、颐和园玩一玩，来北京不能不去这些地方。"

"嗯，谢谢李阿姨。如果可以，能带我去胡同逛一逛吗？"

李阿姨一下乐了："哎呀，小姑娘，还说你没来过北京，只有最懂北京奥妙的人哪，才懂胡同的乐趣。北京的胡同上千条，长的、短的、宽的、窄的、直的、弯的、姿态各异，随便怎么逛没有重样的，你走在里面看见的，是几百年的烟火气。只可惜现在拆了旧城盖新城，不剩下多少了。有空你们一定要去逛个痛快。"

回到家，李阿姨把悦然安顿在一间温馨的小书房里，吃晚饭时，为她介绍其他家庭成员：李阿姨的先生在部队工作，以前是飞行员，现在依然身板笔直，目光炯炯。他不大说话，偶尔问悦然一两句，语气很温和。他们有一个独生女儿，比悦然大六岁，正是在悦然最向往的××电影学院里当助教，悦然叫她兰兰姐。悦然羡慕这个家庭的完整与美满，她很乐意在实习期间充当一名临时家庭成员。

第二天悦然就跟着李阿姨去了台里。李阿姨是栏目制片人，并不负责具体节目制作，她把悦然领到一位编导面前说："老钟，我给你找了个小跟班，是个好苗子，你可要用心带人家啊。"

被叫作老钟的编导其实一点也不老，最多三十出头的样子。他看看悦然，一脸严肃，说出的话却让人忍俊不禁："放心吧，头儿，我一定把看家绝活儿都使出来，不能让人后生看轻了咱。"

李阿姨对悦然眨眨眼睛，说："钟老师可是北大毕业的高才生，一直屈就在我们台里，你有不懂的尽管问他，他要是不懂我们台里就没人懂了。"

悦然忍住笑，一弯腰："钟老师好。"

钟老师忙起身，"别、别，你们这么轮番抬举我，我可真接不住。"

钟老师很快带着悦然进入工作状态，他教悦然的方式简单有效——先看十期以往节目，然后按同样的标准和要求寻找同类选题，也就是找适合节目的嘉宾。学了几年的理论终于有了实践的机会，悦然立刻投入十二分的热情和精力。

这档栏目的名字叫《榜样》，是一档青年励志的节目，采访嘉宾多是各行各业的青年领袖，或是有不平凡的奋斗经历的年轻人。通过讲述他们的经历来激励年轻的观众。

悦然看了几期节目后感叹："好热血啊。"

钟老师转过头说："热血就对了，只有做节目的人感到热血，观众才能感到热血。我心灰意冷的时候常把节目翻出来看，看着看着就觉得睥睨天下，成功仅仅一步之遥。"悦然无语。

不止节目令悦然热血，电视台的一切对她都是新鲜的。以往在电视上才能看到的主持人，现在每天就在眼前衣着光鲜地进出演播室，悦然总是忍不住多看几眼，默默感慨女主持人盈盈一握的纤细身材和精致的面容。演播室也是她最感兴趣的地方之一，长长的摄像机摇臂升降之间，配合璀璨的灯光营造出多彩的光影世界。即使是别的栏目录制节目，只要有机会悦然也会进去看看，还有好几次充当了观众。

这天吃完午饭，钟老师递给悦然一个"可爱多"，说："祝贺。"悦然一头雾水。

"你那个女企业家的选题通过了，好好做啊。"

悦然点点头，起身去洗手间，见四下无人，攥着拳头蹦了几下，心脏怦怦跳个不停。这真是一个振奋人心的好消息。悦然恨不得立刻给妈妈打电话，想了一会儿还是按捺住了。这只是选题通过，到节目制作播出还有很多挑战等着悦然呢，要沉住气。她用冷水洗了洗脸，压住因为兴奋而涨红的脸颊，若无其事地回到座位上。

晚上吃完饭，洗完澡，悦然穿着棉布睡裙舒舒服服地倚在床上，打开随身带的小说——《国境以南，太阳以西》。这是她第二次读这本书。虽然已知道情节，但曼妙的文字和纯美伤感的意境还是吸引着她逐字逐句地读下去。当岛本与初君过完如梦如幻的最后一夜，再次也是最后一次无声无息地消失，悦然看着失魂落魄的初君，心里也不免惆怅。小说的最后写道：

"黑暗中我想到落于海面的雨——浩瀚无边的大海上无声无息地、不为任何人知晓地降落的雨。雨安安静静地叩击海面，鱼儿们甚至都浑然不觉。我一直在想这样的大海，直到有人走来把手轻轻放在我的背上。"

悦然想象着那黑暗中的孤独，心里阵阵钝痛，她拿起手机拨那个熟悉的号码，没等接通又决然挂断。索性关上灯躺下睡觉，可翻来覆去哪里睡得着。她起身走到兰兰姐的房间门口轻轻敲门。

"请进。"

悦然把门打开一条小缝，轻声问："我能进来和你说会儿话吗？"

兰兰姐笑着拍拍身边的空地儿说："来，躺到我旁边说。"

"兰兰姐，你有男朋友吗？"

"有啊。"

"那刚开始的时候是你先喜欢他，还是他先喜欢你呢？"

"嗯……是我先喜欢他，不过我一直没有让他看出来。那时候我们都还是电影学院的学生，他呀，是全校最帅的男生，虽然在动画学院，可是比很多表演系的男生都帅。"

"兰兰姐，你是情人眼里出西施吧？"

"不止我觉得他帅，好多女生都迷他呢。他长得很干净又很man，笑容温暖得绝对有让你依靠一辈子的冲动。念书也很好，作品常常获奖。当时有一门选修课我们是在一起上的，我坐在离他不远的位子上，但是从来没有看过他一眼。三个月后他就开始追我了，可他不知道，那个座位是我精心挑选的，因为从那个角度他看到的我最好看。就连那门选修课也是我悄悄打听到他的课程表后选的。"

"哇，心机重哦。"

兰兰姐好看地一笑，说："对这样优秀的男孩子不花点心思怎么行呢？谁让男生的天性就是喜欢主动追求而不是被动接受，往往越难追的女生越能激发他们的斗志。我就只好很傲气的样子咯，其实心里在意着他的一举一动。等他开始追我的时候我就绷不住啦，很快就缴械投降了，女生最后总是会为一个男生放下矜持的。"

悦然叹了口气说："我倒是放下矜持了，他却怯场了。不过也没什么啦，我们已经没关系了。"

"听你的语气可不像已经放下的样子。男生总说女孩的心思难猜，我看他们才是最奇怪的生物。追女生时很勇敢，可真的当一份很认真的感情放在面前的时候往往又会胆怯。你如果真的喜欢他，不如多给他一点时间和耐心。"

悦然拉过被单蒙住头："兰兰姐，人家已经死心啦。"

兰兰姐隔着被单敲悦然的脑袋，"小丫头，你今年才几岁啊，就敢在我面前装沧桑？"

两个女孩像姐妹一样玩闹起来。虽然兰兰平常看起来知性、沉稳，骨子里还是至情至性的，和悦然一拍即合，很快成了无话不谈的好姐妹。

夜深人静，一片月光漏过窗帘的缝隙流泻在窗前的地板上，悦然伸出手去触碰那银白色的光束。她想陈羽寒会回来找她吗？如果回来她还会答应他吗？虽然她恨他的优柔，可是如果他真的站在面前恳请她和他在一起，悦然想自己还是无法拒绝的。只是她要守着最后这点自尊，即使再痛，再思念，也不会再去主动联系他。

钟老师交代给悦然的后续工作依然简明扼要，一是设法联系上那位女企业家，二是撰写采访提纲。至于提纲怎么写，钟老师引导悦然："假设你是观众，看到这期节目和嘉宾，想象一下你会对什么话题感兴趣，就大胆地去问什么。"

联系对方费了一点周折，到底还是联系上了，接电话的是对方的助理，耐心听悦然介绍节目及提出采访请求。问了大概的时间后，助理请悦然等几分钟。悦然的心又怦怦跳起来，她怕自己刚才表达得不清楚，又怕对方抽不出时间。结果是她白担心了：女企业家欣然答应接受采访。

中午吃完饭悦然买了盒冰激凌，去四楼茶水厅找了个僻静角落坐下来，享受片刻宁静的时光。不一会儿耳边传来同事的说话声。

"下了班去逛街吗？旁边新时代夏装开始打折了。"

"不去。"

"你这是怎么了，昨天起就闷闷不乐的？"

"还不是因为选题没有过？害我白白浪费两天时间。我来这儿一年多了，做了多少期节目，找选题早就得心应手，这次还不是因为那个新来的抢了我的名额？领导有没搞错啊，她只是个实习生。"

"我听说她是咱们制片的人，你就别有怨言啦，谁让你不是皇亲国戚呢？"

"难怪，我说怎么会一来就让钟老师带她，等着请钟老师指点的新编导排队都排到大街上了，她凭什么呀？"

"算了算了，别说了，反正她做完这一期也该走了。你跟她生气犯不着。"

悦然直感到气血上涌，她用力攥住拳头克制着站起来的冲动。她对自己说"冷静、冷静"，这时候去和她们理论不但没有用，还会让别人看笑话，让李阿姨难堪。只有努力做好这期节目才是最有力的证明。待同事离开，悦然把冰激凌扔进垃圾桶，跑回办公室，她一分一秒也不想浪费。

好的采访要建立在了解对方的基础上。悦然尽可能多地在网上搜集嘉宾的资料，从企业官方网站，到嘉宾以往接受的采访，每一条新闻，每一张照片，每一段介绍，她都细细浏览。渐渐地，这位名叫杜丽的女企业家的轮廓渐渐清晰起来，悦然了解到她不仅是康奈尔大学毕业的高材生，热爱慈善事业，还是高尔夫球爱好者，并且在去年本市举办的高尔夫俱乐部比赛中获得冠军的成绩。

悦然根据这些信息列了一份详细的采访提纲。钟老师看后频频点头，做了一些修改，又把关于高尔夫的话题放到开头，他对悦然说："先聊嘉宾最感兴趣、最擅长的话题，对方入戏会比较快，在兴奋的状态下也更容易分享内心深处的东西。"

节目需要在演播室录制，在正式录制之前，悦然还要跟着钟老师一起去和嘉宾见见面，按照提纲先把问题问一遍，也叫预采访。悦然和对方约好时间，一切按程序正常进行着。

到了约好的这一天，悦然穿上职业的连衣裙，换下运动鞋穿上高跟鞋。又借兰兰姐的唇彩淡淡地抹了一层。当她"哒哒哒"走进一楼大厅时，引来好几个同事侧目。悦然在钟老师面前站定，挥挥手里的采访稿说："钟老师，我们出发吧。"

钟老师抬头看她一眼，淡淡地说："哦，明天播的片子临时有几个地方要改，上午我要去后期那边。杜丽那儿你自己去一趟，带好录音笔，打车的票留好回来报销。别怕，你自己搞得定的。"说完一阵清风地走了。

悦然留在原地，脑袋里嗡嗡响。她怎么也没想到钟老师会在这么关键的时候放她鸽子。千头万绪，悦然一跺脚，血液里的冒险精神和勇敢迅速膨胀。怕什么，凡事都有第一次，对她一个小小实习生来说，与其说这是难题，不如说是一次绝佳的锻炼机会。万一搞砸了，大不了丢人。要想成功就不能怕丢人。悦然昂首走出电视台大门的时候，突然想起"风萧萧兮易水寒"那首诗，心情颇为悲壮。

杜丽的助理是个文质彬彬的英俊青年，他很有礼貌地把悦然领到会客厅，桌上已放好企业的介绍材料，秘书同时端上咖啡。坐了片刻，杜丽一身宽松的亚麻白裙笑盈盈地走进来，她直接叫出悦然的名字，上前和她握手。悦然也尽量表现得从容大方，心里暗自赞叹对方待人接物的游刃有余。她拿出采访稿，打开录音笔说："杜总，感谢您百忙中抽出时间接受采访，那我们就开始吧。"

刚开始悦然心里还是很紧张，只是很机械地照着纸上的问题念，还好几次打了磕巴。杜丽看出悦然的生涩，一直报以鼓励的微笑，每一个问题也都回答得清晰生动，还时不时说段有趣的经历，逗得悦然直乐。渐渐地悦然的心情放松下来，她的注意力完全被杜丽那些惊心动魄的经历吸引，当杜丽说到创业之初曾为了谈下一个客户连续约对方打了两年球，悦然很自然地问："为什么不放弃呢？"

杜丽沉吟了一会儿说："这个问题也是当时我问过自己百遍千遍的，也许我天生就是这样的性格吧，认定一个目标后往往不计成本和代价，每每坚持不下去的时候总能找到新的理由鼓励自己。后来再约客户的时候我自己反倒是很轻松的，有时打满一场球都没谈跟业务相关的话题，后来突然有一天对方提出合作，这一合作，就合作到了今天。"

"守得云开见月明。"

"对，坚持。"

提纲上的问题问完后，悦然关上录音笔说："杜总，除了这些节目要求的问题外，我自己有个问题想问您可以吗？准确地说是我想请教您。"杜丽微笑着点点头。

"对一个女人来说，什么是成功？"

"小姑娘，你可真是问倒我了。这个问题我要好好想一想，下次见面的时候我回答你好不好？"

"一言为定。"

走出集团宽敞明亮的大楼，悦然望着无限宽广的蓝天小声念道："天高任鸟飞，海阔凭鱼跃。"又走了几步才感觉到两只脚火辣辣地痛，她找了一处台阶坐下脱下高跟鞋，只见好几处都被磨破了皮，实在痛不可耐。

悦然四下看看，犯了难。起码还得走上几百米才能到大路上打车。她索性站起来拎着鞋，光着脚小心翼翼地往前走。突然她被一个声音叫住："前面挨着工地，路上都是碎石子儿，你光着脚会被扎伤的。"悦然一抬头，只见说话的是一个瘦瘦高高的男生，穿着黑色T恤，牛仔裤，正倚在墙边抽烟。悦然低头看看双脚，又红又肿，是无论如何也塞不回鞋子里了。

她用求助的眼神看着男生："那能麻烦你到路上帮我打辆车开过来吗？"

"我在等人，走不开。"

悦然喃喃自语："那可怎么是好？"

"只有一小段路，要不我抱你过去？"

"不行。"

"背你？"

"不行。"

男生耸耸肩："那就爱莫能助了。"

悦然暗自思忖，过了一会儿小声说："要不还是麻烦你背我过去吧。"

男生一笑："你可真矫情。"他扔掉烟头，用脚尖踩灭，走过来背对着悦然蹲下。悦然心一横，闭着眼睛趴上去，直到到达安全的彼岸。她道了谢便转身赶紧离开。

回到台里，钟老师听完录音只说了句："我去帮你约演播室和主持人的时间。"悦然便知道他是满意了。

接下来的周末悦然一身轻松，无忧无虑，周六晚上她又穿着睡裙举着冰棍去找兰兰姐时，只见房间里光线昏暗，只有兰兰姐面前的电脑屏幕上闪烁着光影。这是一部名叫《美国往事》的电影，此刻展现在悦然眼前的正是少年时的"面条"透过墙壁的砖缝偷看黛博拉跳舞的情节。少女黛博拉明眸皓齿，神情高傲，举手投足间流露出略带稚气的优雅，一袭白裙如百合花翩翩起舞，美轮美奂。

悦然立刻被吸引住，搬了张椅子坐下来，接下来的三个多小时眼睛一刻也没有离开屏幕。电影结束，两个女孩依然在黑暗中静静坐着，好一会儿兰兰姐回头问悦然："怎么样？"悦然的眼睛亮得像星星，只说了声："哇哦。"

三个多小时的电影像史诗一般将上世纪60年代的美国连同"面条"的一生缓缓铺陈。兄弟情、爱情，交织着善与恶、忠诚与背叛，上演了一个血腥凶残的黑帮故事，讲述了一段失之交臂的爱情，也道尽了人生百味。排箫反反复复吹奏着同样的旋律，营造出一种略带伤感的怀旧气氛，引人入胜。

兰兰姐起身打开灯，悦然这才回到现实里，她羡慕地说："你的工作可以天天看电影，真幸福。"

"什么呀？也就是今天看到一部难得一遇的好片儿，平常大部分电影都很沉闷的。你也喜欢电影啊？"

"是啊，喜欢。兰兰姐，以后能经常带电影回来看吗？我也能跟着蹭蹭。"

"今天因为要赶讲义，教授才特批我把光盘带回家的。平常只能在资料室看。"兰兰姐看着悦然越发楚楚的眼神警惕地说："你可别妄想啊，被发现我就死定了。"

悦然开始软磨硬泡："兰兰姐，你就带我去吧，什么条件我都答应你。"

兰兰姐眼睛一转："这话当真？"

"当然，赴汤蹈火在所不辞。"

"那好，下周四我要和男朋友出去露营，晚上不回来，你得帮我顶着。"

"你都这么大人了，李阿姨不会管的。"

"你不懂，我妈看着热情开放，实际上保守得很，在我出嫁之前夜不归宿都是绝对的禁忌。"

"这个……"

"你帮还是不帮？"

悦然一咬牙："成交！"

第二天两个女孩出现在学校资料室的门口，刚要往里走，一旁的管理员说："刘老师真辛苦，周日还来学校啊。这位是？"

"这是我的学生，布置的影评作业总是完不成，这不趁着周末有时间带她再来看一遍电影，补补课。"

"学生证请出示一下。"兰兰姐冲悦然挤挤眼睛，突然厉声问："你学生证呢？不是告诉你今天要来资料室吗？你说就你这样的态度能完成作业才奇怪，我看你心思根本没在电影课上……"

兰兰姐边数落着悦然边拉着她往里走。再回头时管理员早不见踪影了。悦然感叹："在电影学院受过熏陶就是不一样，演技信手拈来啊。"

"当初要是我报了表演系，现在就没徐静蕾什么事儿啦。"兰兰姐走进库房，"既然好不容易来了，不能白来。看光盘没劲，今天给你看场真正的电影。"说话间抱着一卷胶片出来，装到放映机上。"我来电影学院上的第一堂课，老师说的第一句话就是'电影是梦，看一场电影就像做一场梦。'小姑娘，准备好进入梦境了吗？"

灯光熄灭，小小的放映厅里只有悦然和兰兰姐并排坐着，放映机缓缓转动，从那个神秘的盒子里投射出亦真亦幻的光影。这种短暂的脱离现实的感觉让悦然迷恋。现实世界是有限的，但电影却可以带着我们的想象无限延伸，进入到更广阔的年代，也体味到更精彩的人生。电影名叫《日瓦戈医生》，又一部不会被时间磨灭的经典之作。悦然心满意足。

Chapter 14

分手不是
因为我

她想起刚来北京的那晚，
半夜里被一辆交错而过的
火车惊醒的情景，
突然感到昨日的自己已离她远去。
这段时间发生的一切是那么陌生、
新鲜、复杂、特别，一点微小的
变动都强烈摇撼着她的身心。
她就像是被谁推了一下，
打了个趔趄，
然后一头跌进了成年人的世界。

正式录播前一天，悦然接到杜丽助理的电话，杜丽因为连日劳累，一个不小心得了重感冒，又迅速转成支气管炎，现在嗓子哑得话都说不出来，正住院治疗。明天的采访只能延期了。悦然如同被泼了一盆冷水，真是一波三折，节外生枝啊。她不得不赔着小心，一番好言好语取消了演播室和主持人的预约，少不得听几句抱怨和同事的冷言冷语。钟老师倒是一如既往地鼓励她："没什么，有突发情况是常有的事，太过顺利反而让人担心。别灰心，找下一个选题吧。"可是眼看实习期还有两个星期就结束了，再从头开始找选题到节目制作完成播出是无论如何也来不及的。难道这个暑期实习就这么泡汤了？悦然不甘心，可又毫无办法，她只能在心里默默祈祷杜丽可以快点好起来。

她问了对方助理医院的名称和位置，这天下班自己花钱买了两斤枇杷前去探望。悦然在走廊把枇杷交给助理就走了——她只想表达祝福，不想打扰杜丽，也不想让她感觉到压力。第二天也是如此，接连着送了七天的枇杷后，这天杜丽的助理对她说："悦然，你不用再送了。杜总已经好多了，她答应明天去录节目。"

此刻悦然的心情不是高兴而是感激，她依然把水果递到对方手上说："今天的送给你吃。谢谢你。""悦然，咱们见过这么多次，你一直叫我总助，恐怕还不知道我的名字吧。我叫沈维锋，很高兴认识你。你真的……令人印象深刻，虽然节目还没有播出，我先提前祝贺你。"沈维锋依然彬彬有礼，看着悦然的眼神充满欣赏。

杜丽并没有痊愈，面容有些憔悴，声音沙哑。但是节目的录制效果却是出乎意料的好。也许人在病中更敏感，心也更沉静。杜丽在述说往事时饱含感情，几度说到动情处声音哽咽。当她说到公司成立慈善基金，开着大篷车去偏远山区为孩子们表演节目，离开时孩子们追着车跑了几公里时，主持人、观众、在场的工作人员无不为之动容。细心的钟老师特意准备了高尔夫球杆，请杜丽在现场教大家挥杆，气氛又变得轻松活跃起来。

当杜丽回答完主持人最后一个问题，她微笑着继续说道："前些天有个小姑娘突然问了我一个问题，她问我对一个女人来说什么是成功。我想现在是回答这个问题最好的机会。

"首先我不得不说这个社会对于女人是残酷的，因为她们要扮演各种各样的角色，她们是女儿，是妻子，是妈妈，是员工，无论哪个角色扮演得不好似乎距离'成功'这个词就差了那么一点。一个男人拥有事业和财富或许你就可以说他很成功。但是一个没有家庭的女企业家却会被人议论甚至被怜悯。也许女人会觉得不公平，可反过来看，上天赋予我们的多重角色也带来了更多获得快乐的途径。比如购物是快乐的，看着丈夫、孩子品尝自己亲手做的美食是快乐的，孕育生命的喜悦也是只有女人才能享受。

"衡量一个女人是否成功的标准太多，而在我看来，一个成功的女人首先应当是幸福的，她所拥有的不管是人或事都是她爱的、她想要的。其次是她不依附于任何人并且有能力去追寻她的梦想，她的心是自由独立的，所以一个女人的成功不在于包围她的物质而在于她的心。"

观众席响起掌声。主持人说："她拥有的，是她所爱；她的梦想她有能力去追求，说得真好。那么你认为自己是成功的吗？"杜丽莞尔一笑："我只能说现在的我是幸福的，是否成功还得由别人来评判。"

节目录制完，悦然马不停蹄地熬了两天两夜赶制后期。令她感动的是钟老师全程陪着她，对每一个细节都耐心指导，加字幕时还不忘打上"编导：悦然（实习）"的字样。

节目播出当晚的收视率好过悦然的预期，她本想着不要垫底才好，没想到收视率竟是近几期节目里最高的。节目播完，悦然的实习也进入尾声，这次实践算是大获全胜。再碰到背后议论她的同事时，悦然昂着头走了过去，心里别提多痛快了。

在台里的最后一天，钟老师请悦然吃午饭，并且给她买了一盒最贵的哈根达斯表示鼓励。写完实习评估，钟老师对悦然说："那天上午其实我没事，看见你踏着小跟鞋雄赳赳气昂昂走过来的模样，我就知道你一定能搞得定。"悦然一时百感交集，一鞠躬："谢谢钟老师。"

"别别，接不住。"

晚上悦然一连接到几个电话，第一个是妈妈打来的，从小到大，每当她取得一点进步，最高兴的人总是妈妈，这次也不例外。妈妈的声音有些激动，说她看了首播又看了两遍重播，还把节目录下来了。倒是悦然"没什么没什么"地劝了半天。

接着悦然很意外地接到了爸爸的电话。不知从什么时候起她和爸爸已变得疏远，从他开始忙于事业无暇顾及悦然的学习和生活时，悦然渐渐不再那么依赖他；当他开始留恋外面的花花草草，对妈妈的感情三心二意时，悦然从心底有些看轻他。每次看见妈妈躲在房间低声哭泣，悦然对爸爸的怨就会多一分。也许爸妈的感情是她无力干涉的事情，但眼看最疼爱自己的妈妈受伤害，悦然不能无动于衷。他们离婚悦然是赞成的，她觉得那对妈妈是一种解脱。

悦然勉强叫了声"爸爸"后便再无话可说。气氛尴尬了一会儿。爸爸缓缓说道："你实习的事情你姑姑告诉我了，你做的节目爸爸看了，很不错，真的为你高兴……悦然，我知道有些事情你怪我，但我始终是你爸爸，今后遇到任何困难随时来找我。"悦然心里一阵酸，她仍没有说话，直到爸爸挂断电话。

不一会儿手机铃声又响起，是陆洋："孟大美人，别来无恙啊？"

"无恙无恙，你呢，还好吗？"

"嗨，别提了，第一次托福成绩不是很理想，这儿正狂做题呢，没有你的陪伴真是很苦闷啊。你在北京还好吗，陈羽寒有找你吗？他刚和杨洁分手了……"

悦然脑袋嗡嗡的，妈妈的声音、爸爸的声音、陆洋的声音在耳边嗡嗡响，脑袋乱成一团麻。她甩甩头，决定什么也不想，放空脑袋先收拾行李。

兰兰姐过来说："还有两天你就回去啦，你不是一直想逛逛北京的胡同？明天我没课，我带你去吧。"

悦然点点头。

第二天悦然和兰兰姐在一条宽阔、安静的路上下了车，悦然问："这是哪里啊？"

"景山。"

悦然看着金灿灿的太阳下，那静谧而又处处透露着皇家气派的景致，心想这不正是羽寒最爱的画面，她不禁四处看看却没能看见那个身影。悦然叹口气："兰兰姐，要不我们还是去别处转转吧。"

在回家的火车上，悦然一夜无眠，她想起刚来北京的那晚，半夜里被一辆交错而过的火车惊醒的情景，突然感到昨日的自己已离她远去。这段时间发生的一切是那么陌生、新鲜、复杂、特别，一点微小的变动都强烈摇撼着她的身心。她就像是被谁推了一下，打了个趔趄，然后一头跌进成年人的世界，手忙脚乱地应付着一切。

每一次迎难而上都使她褪去些许稚气，更加沉稳、冷静。懵懂间悦然感受到征服和奋斗的快乐，生出一点去改变、去创造什么的野心。她似乎已触碰到成人世界的边缘，并很快就要参与到游戏之中，这令她兴奋不已。

可唯有对陈羽寒的感情是她无法把控的，为什么分开这么多天，对他的想念却有增无减。陆洋说他已经和杨洁分手是怎么回事呢？会不会与她有关？想到这里，悦然不安的同时心里萌生出一点希望，或者说是一点妄念。

妈妈做了满满一桌菜为悦然接风，悦然又在家里舒服地窝了几天后便到了开学的日期。

悦然放下行李的第一件事就是去"白玉兰"公寓。开门的是一个个头娇小的女孩子，一口粤式普通话："请问找哪位？"

悦然想她应该是幼琪的香港学妹，"幼琪来了吗？我是她好朋友。"

"没有耶，幼琪姐前几天打电话给我说她的房间不续租了，托我转租出去。"

"什么？她不回来了？她的电话是多少？"

"不知道，她是用公共电话打的。"

"地址呢？地址你有吗？"学妹摇摇头。

悦然走进去看着幼琪空荡荡的房间，墙上还贴着她和子杰的大头照，心情糟糕极了。

回去的路上她发消息给陆洋："回学校了吗？一起晚饭？"

“求之不得。”

两人约在一家山西面馆，陆洋一改往日光鲜形象，T恤、短裤，胡子也忘记刮了，看来真是被出国考试折磨得不轻。

“我今天去找幼琪了，她没有回来。”

“是啊，QQ也很久都没上线了。她走的时候什么联系方式也没留下，人间蒸发了一样。”

“可别这么说，这么说好像真的再也见不到她了似的。我想她是遇到了不快乐的事情，不然不会失去联系这么久。她就是这样，遇到难过的事情总选择自己默默承担。”

“幼琪是个乐观坚强的姑娘，她只是需要一点时间，别担心，她很快会回来的。”

“那……你在电话里和我说的事？”

陆洋心领神会：“我也只是知道个大概。他们分手我并不奇怪，分分合合本来就是常有的事情，奇怪的是告诉我这件事的人不是陈羽寒，而是杨洁。”

“杨洁？”悦然睁大眼睛。

“是的，我和她也只是打过照面，并不算熟识，可她特意打电话来告诉我她和陈羽寒分手的事。她说她的父母在国外有生意，前些年已经办好了移民，一直希望她也能过去。她考虑再三决定出国和父母团聚。这样一来和陈羽寒分手就是早晚的事了，隔着太平洋恋爱毕竟不现实，与其拖拖拉拉两个人都辛苦，倒不如早一些断了好。他们已经分手必定属实无疑，至于杨洁为什么会打这个电话，我能想到的唯一原因就是她希望你知道。”

“那陈羽寒呢？他是怎么说的？”

“他压根就没和我提这事儿，我也不能追着问‘你和杨洁怎么回事’吧。”

悦然不再说话，她难以掩饰心中的失望。分手并非陈羽寒的意愿，更不是为了她。接下来陆洋再说什么，悦然心不在焉地应付着。

电梯缓缓上升，悦然心情复杂。本以为陈羽寒恢复单身，虽然不免难过，可总算有了和她光明正大在一起的可能。但现在这种可能又变得渺茫了。

走廊的顶灯不知怎么闪个不停。悦然一边想着回头让物业的电工上来修一下，一边快步穿过。1205依然温馨、静谧，曾经发生在这里的一切历历在目，只是陈羽寒自始至终的沉默使他的爱变得愈发稀薄，悦然甚至不记得他有说过爱她这样的话。她问自己曾发生在这里的难道都是美梦一场吗？隔壁隐约传来的鼓声让悦然心里一紧。她心爱的人离她如此之近，又像是隔着数光年之远。悦然宁愿忍得胸口阵阵钝痛也不愿去找他。她守着这最后一点矜持，不愿被陈羽寒看轻。

Chapter 15

为了
忘却

擦身而过时，天花板上的顶灯
闪了几下突然熄灭，
黏稠的黑暗紧紧将他们包裹。
黑暗中陈羽寒将她
紧紧抱在怀里。
这感觉是如此令人战栗。
当陈羽寒温柔地抱起
在黑暗中受到惊吓的她，
当他在玫瑰色的旋律中
柔情蜜意地拥她入怀……

第二天一早，悦然匆匆赶去学校。操场上整齐地排列着正在军训的新生，一张张稚气的脸被太阳晒得通红。时光荏苒，军训时哭鼻子的情景就像昨天发生的一样，转眼已是大四学长，眼看着就要毕业。悦然心里难免一阵淡淡的伤感。

她走进宿舍，迎面碰上小鱼。小鱼吃惊不小，绕着悦然转了一圈，啧啧感叹："几月不见，变化真不小，成熟了，干练了，有女人味了。"

悦然笑："你什么时候能有点女人味啊？"

小鱼一脸不屑："对了，你怎么跑到宿舍来啦？"

"我想搬回来。"

"怎么？在外面住不好吗？"

"好是好，可我想你们啊。"

"少来虚情假意了。不过你还不知道吗？学校安排上半学期让大家出去实习。新闻专业嘛，实践出真知，毕业后也好找工作。校内网已经发了通知了，下午大家去班上集合，老大会具体说明的。我准备回家乡的一家报社实习，也快搬出去了。"

全班同学很难得地齐聚一堂，班主任笑盈盈地走上讲台。"同学们，新闻不是一门关起门来读书的专业，是时候让你们去广阔天地施展拳脚了。只有冲在第一线，去接触大量的新闻事实，只有当你们的稿子在报纸期刊上发表，你们拍摄的片子在电视上播出的那一刻，你们才更加接近新闻的真谛。

"我知道很多同学已利用暑假的机会去各个新闻单位实习，我相信你们已经前进了一大步，而这一次，学校不仅安排了更充分的时间，也提供了更多支持。我们在本市的电视台、电台、报社等都为大家申请了一定的实习名额，希望大家踊跃报名，已经找到目标单位的同学别忘了找系主任开推荐信。同学们，用你们的眼睛、双手、智慧去实现新闻人的梦想，半年后用作品向我汇报。"

晚餐悦然去麦当劳点了一份套餐，拿起汉堡咬一口却是什么滋味也没有。她走出餐厅，漫无目的地走在街头，斑斓的灯火和来来往往的人群似乎都与她毫无关系。不知不觉，悦然来到运河边，坐上石台，眼前的夜色无限温柔、宁静。她看着悄无声息的运河不知要载着船舶流去哪里，生平第一次对未来感到茫然。

想当初高考填报志愿时悦然满脑袋只有试题，懵懵懂懂，完全对大学专业一无所知。当时是父母查了大量资料，听取了很多建议帮她报的新闻专业。大学这几年她确实学到了很多专业知识，前不久的实习经历更是令她获益匪浅，可是要问自己是一个有新闻理想的人吗？毕业后愿意当一名记者或一名编导吗？悦然不知道，真的不知道。

其实爱幻想的悦然从小时候看到第一部电影时起就一直有个电影梦，她喜欢编故事，再看着那故事被活灵活现地表演出来。她的梦想是当一名编剧。在兰兰姐把她带进那一间光线昏暗、有些神秘的放映室之前，她始终觉得那只是一个梦想，和现实不沾边的。可是当实实在在触摸着放映机冰凉的金属外壳，当听兰兰姐描述一部电影是如何拍成的时，她觉得梦想并非那么遥不可及。

悦然拨通兰兰姐的电话，把自己的想法和学校的安排都告诉了她。兰兰姐想了一会儿，很认真地说："如果你有这个愿望，可以考虑报考电影学院的编剧研究生，虽然跨了专业，不过好好努力半年也不是没有可能。我可以帮你向教授申请旁听，多听一些专业课程对考试会有帮助。这些是我的建议，供你参考，反正不管是实习还是读研，我都希望你能来北京发展，北京机会多，而且谁让我少一个妹妹呢。"

挂上电话，悦然一时难以选择，何去何从，还得认真考虑才是。她心事重重地往回走，在走廊上和陈羽寒碰了个正着。陈羽寒正要出去，穿着一件休闲的格子衬衫迎面走过来。两个人都愣住没有动，随即悦然避开陈羽寒的目光，低头继续往前走。她的脑子里一片空白，双手不自觉地攥紧，手心汗津津的。一阵阵热潮涨得脸颊发烫，双腿好像不是自己的一般沉重、僵硬。

擦身而过时，天花板上的顶灯闪了几下突然熄灭，黏稠的黑暗紧紧将他们包裹。长长的沉默，等悦然意识到时，她已在陈羽寒的怀中，黑暗中陈羽寒将她紧紧抱在怀里。这感觉是如此令人战栗。当陈羽寒温柔地抱起在黑暗中受到惊吓的她，当他在玫瑰色的旋律中柔情蜜意地拥她入怀……

悦然的眼泪扑簌簌掉落，她像害怕再次失去他一般紧紧抱着他，仰起脸问："为什么？"她紧贴他的胸口，感受到他身体的颤动，感受到他加速的心跳，她确认无疑他和自己一样疯狂地想念着对方，既然这样，为什么不来找她？

"悦然，我已经伤害了你一次。现在因为杨洁和我分手我就又回来找你，我把你当成什么了？"

"可我只想和你在一起,我不在乎那么多。"

黑暗中陈羽寒默默摇头,他更加用力地抱紧悦然,旋即无声地离开。

灯光再亮起时,只有悦然泪眼蒙眬地站在原地,陈羽寒的气息、体温伴随着她感情的灰烬飘浮在四周。连日来悦然心底那仅存的一点希望、一点期待依然落了空,她感到自己摇摇欲坠,感到身体只剩下空壳,随时都会分崩离析。她笑爱情可笑,笑自己傻得冒泡,如果要决裂,我们就彻底决裂吧。

陆洋从未见过这样的悦然,她热烈地看着他,柔声问:"陆洋,你不是说你喜欢我,你还喜欢我吗?"悦然主动上前勾住陆洋的脖子,嘴唇落在对方的唇上。陆洋抵挡不住这突如其来的诱惑,身体立刻有了反应,他亦开始热烈地回吻悦然。

两个人很快纠缠在一起,呼吸急促地扯掉对方身上的衣服。待陆洋一个激灵清醒过来的时候两人身上已经不剩什么了,他往外推悦然:"悦然,别,别这样,不好。"悦然哪里肯作罢,依然纠缠不休。

陆洋一着急,抱着她进了浴室,打开蓬头,冰凉的冷水立刻浇下来。悦然被激得大口喘气,眼里的火苗渐渐熄灭,她一言不发,低下头抱住自己瑟瑟发抖。

陆洋关了开关,拿来浴巾包在悦然身上。他叹了口气:"你这是何必?"

悦然还是那句话:"你不是说你喜欢我?"

"我如果不是喜欢你,现在就办了你。你这算什么?报复陈羽寒,还是放弃自己?"

悦然沉默,陆洋满眼心疼地看着她,走过去捧起她的脸,凝视着她姣好的面容,低头给了她一吻。这一吻极有分寸,表明了他的立场。他是喜欢她，同时也知道这喜欢无望。他同时面对着陈羽寒和她，只能做一个旁观者。这一吻是冷静的，轻轻浅浅，落在她的唇上，不带情欲，而是一种安慰，更是这份喜欢的归属。

　　悦然快步走在电影学院的林荫路上，初秋怡人的气息令她脚步轻盈。她身着一件蓝白条纹海魂衫，腰间系一条明黄色百褶短裙，青春洋溢，惹得迎面而过的几个男生不怀好意地冲她吹口哨。

　　悦然径自走过，看都没看他们一眼。罗杰从身后气喘吁吁地追上来："悦然，你怎么说走就走啦，一起吃午饭吧。"

　　"不啦，我和兰兰姐约好了。"

　　"哦，这样啊，要不我请你和兰兰一块儿吧。"罗杰还不甘心。

　　悦然冲他嫣然一笑："下次吧。"

　　"那好吧，下次我提前约你。"罗杰的语气里有淡淡的失望。

　　悦然到了约定的地点"巴黎梦西餐厅"，兰兰姐正舒舒服服地坐在沙发椅里翻着杂志，难得地化了淡妆，脸色也比夏天时更明媚。姐妹俩亲亲热热地打招呼，毫不见外地点了分量相当充足的大餐准备大快朵颐。

　　兰兰姐边把餐巾别在领口边说："在我们家住着不是挺好的，干吗非要自己租房子？一个人在外面又冷清又孤单的。"

　　"我想离学校近一点。"

　　"我知道你是怕给我们添麻烦，其实哪有的事？我没有兄弟姐妹，好容易来一个妹妹作伴不知道有多热闹。你要是在外面住得不开心随时搬回来，还有啊，缺什么东西我给你送过去。"

　　"知道啦，我们这不是三天两头都能见到吗？你就别为我操心了。"

　　"这么说你是不准备去电视台了，打定主意考研了？"

"我本来是想先听几堂课再做决定的，谁知道刚听了一节课就舍不得离开这儿了。你知道有一天我遇到多有趣的事吗？我们在课堂上赏析一部电影，里面有个精神病人演得特别出彩。等中午吃饭时我就在食堂里碰到了这个精神病人。我当时惊得差点没把饭盒扣在他头上。幸亏罗杰拉我坐下来，告诉我这是院里的老师，也是一名优秀的演员。"

"哈哈，这算什么呀。我们学院里好玩的事情多着呢，往后你就知道了。对了，我拜托罗杰照顾你，他还尽职吧？"

"嗯，他对我很好，给我补了不少课，还借我专业书，推荐好电影。只是……"悦然喝了一大口橙汁说，"我觉得他好像有点热情过头了。"

兰兰姐一下乐了："什么热情过头，明摆着他喜欢你。他可是我学弟里面人最帅、性格最好的，家境也不错。如果人家真心实意，你也可以考虑啊。"

悦然摇头："我有好多事要做，暂时不考虑感情。"

"我看你是还对哪个男生念念不忘吧，每次说到感情的事你都打蔫，我真想看看到底是哪个家伙这么有魔力。"

悦然不说话，埋头吃她的香草烤鸡胸。两个人静静吃了会儿东西，兰兰姐突然说："悦然。"

"嗯？"

"我要结婚了，国庆节。"

"啊？"悦然并不意外，只是觉得有些突然。她原以为从恋爱到结婚要一路翻山越岭、披荆斩棘，没想到兰兰姐进展得这样顺利。"难怪兰兰姐面若桃花，眼睛里都是幸福呢。请柬呢？"

"我想请你当伴娘。"

"我酒量不好，不合适。"

"喝酒交给伴郎，你陪着我就好。不过到时候我得给你找一条朴素点的裙子，妆也要淡淡的，免得你太招摇。"

"兰兰姐你高估我的杀伤力了，这么辛苦当伴娘，有什么福利吗？"

"有啊，给你找个特别帅的伴郎，帅到让你忘记心里的那一位。"

"又来了，一个罗杰已经让我头痛了。"

"姑娘，青春宝贵，不要荒废。"

下午还有两节电影艺术赏析课，吃完饭悦然匆匆赶回学校。一朵乌云飘到上空，原本晴好的天气开始沥沥丢起雨点。悦然一路小跑，踩着上课铃走进教室。过了七八分钟，教授才夹着讲义姗姗来迟，头发和衣服都被淋得透湿，松松垮垮耷拉在头上和身上。教授平时就不修边幅，不过胜在身材颀长、气质出众，即使是眼前这副模样，依然散发出强烈的、忘我而颓废的艺术气息。

教授什么话也没说，甚至看都没看一眼下面的学生，径自坐下趴在桌上。不一会儿传来了鼾声。这所电影院校的教授里奇葩比比皆是，常有匪夷所思的举动，学生们也就见怪不怪了，大家看教授睡得忘情，也不忍心打扰他，该看漫画看漫画，该聊天聊天，该发短信发短信，教室里一派和谐气氛。来听了一段时间课，悦然也已经习惯种种无厘头，她打开随身带的书，有一搭没一搭地翻看着。

下课铃、上课铃对教授全无影响，他依然睡得全情投入，待到第二节课快下课，他准时醒了，伸了个懒腰，旁若无人地走到窗边，盯着打到玻璃上的丝丝雨痕，眼神里有情绪涌动，似乎在酝酿什么。大家放下手头的事情，期待地看着教授。又过了七八分钟，他缓缓说道："电影是雨。"然后夹着讲义，轻飘飘地走了。下课铃响起。

悦然起身背好包，出了教室，走在长长的檐廊上。雨还在下，雨势不大，雨点却粗笨，懵懵懂懂地打在树叶，打在水泥地上。这景象有几分像南方的雨季，却又不大像，到底哪里不像，悦然也说不好。

几座教学楼围着的一片空地上，有一座装修得很别致的玻璃房，被用作咖啡厅，到了晚上，也供应一点酒水。咖啡厅布置得与整个学校的环境融为一体，刚进门就能看见一台大大的古董放映机放在大厅正中的玻璃罩里。墙上挂了不少放着经典电影海报的镜框，墙边的书架上放满与电影有关的书籍，就连咖啡厅的名字也是用电影名《红磨坊》来命名的。

悦然走到吧台，里面只有一个穿着红白格围裙的女孩在忙碌。

"小朵。"

"嗨，是你呀。"

"上次我跟你说的事情怎么样啦？"

"我正想找你呢，小齐说这学期课多忙不过来，不做了，现在就我、Linda跟阿伟三个人黑白倒班，没看我忙得团团转？昨天老板过来，我跟他说了你想过来帮忙，他说我觉得合适就可以，反正都是学生来的，只要人踏实、勤快点就行。早十点到晚十点，每人每天三小时，一小时二十块，每月月底结一次。你OK的话明天我把他们两个一起叫过来排时间表。"悦然好不开心，她打了个响指说："就这么定啦，来两杯拿铁，我请你。"

因为下雨，天色暗得比往常早，雨下得稀稀落落，已经有了收尾的意思。悦然没有回避，慢慢往公寓踱去。公寓离学校走路只要二十分钟，是一座商住两用的大厦，因为租作办公室的商户较多，所以到了晚上十分安静，甚至有点冷清。

但悦然就是喜欢这份清静。她之所以坚持从李阿姨家搬出来，一方面是半年的时间太长，实在很给对方添麻烦，另一方面，悦然还是很享受独处的时光的，在自己的小世界里她尽可以随心所欲，可以哭，可以笑，可以看电影到深夜，可以在浴缸里睡着，或者放着音乐，静静地发会儿呆，让思绪飘得很远。她不用在长辈面前打乖乖牌，也不用时刻在意自己的一举一动。为了这份自由，忍受偶尔的孤独也是值得的。公寓的租金不菲，悦然很感激妈妈的支持，现在可以利用闲暇时间打点工，自己分担一部分，心里感到轻松不少。

建筑也是有各自的性格和气质的，现在的这间公寓虽然宽敞明亮，设施完备，装修也自成风格，却和这座大楼一样冷冰冰，一副对什么都漠不关心的样子。远不如L市的那间公寓温馨可人，有一种随时欢迎主人回来的亲切感。有的房间你会对它产生依赖，即使离开也念念不忘。有的你知道自己只是它的过客，只求一个热水澡、一场安稳觉。悦然住进来后从未留心过隔壁住着谁，似乎这里不存在"邻居"这个词。她想即使住着一头穿高跟鞋的大象也与她无关，即使在走廊遇到她也必定视而不见地走过去。

晚上悦然看了会儿书，洗了澡便早早睡了。睡到半夜，朦胧中听到门锁响动，接着门打开了，一个黑影走进来。悦然又惊恐又纳闷：明明睡觉前还特意确认过门是锁好的，会是什么人呢？她紧盯着那黑影，房间光线太暗，看不清对方的脸，她想伸手去开灯，想大声呼救，身体却被冻住一般动弹不了，也发不出声音。悦然害怕极了，心跳剧烈到胸口隐隐作痛。那黑影似乎很熟悉房间的布局，没有丝毫犹豫地快步走到悦然床边，悦然依然看不清他的脸，却能清楚地感觉到对方的视线，正目不转睛地盯着自己。站了一会儿黑影缓缓俯下身，似乎想更仔细地看清悦然的脸。悦然紧闭双眼，使出全身力气大叫出来。

醒来时心跳依然剧烈，身上的睡衣已经湿透了。好可怕的梦魇！虽知道是梦，那情景却真真切切。悦然赶紧下床打开所有灯，确认门好好地锁着。又把窗也关上。她爬到床上缩成一团，环顾四周，一切都是那么陌生、狰狞。衣橱、浴室、床下，窗外深不可测的黑夜，都令她恐惧。

悦然抓起手机拨通陆洋的电话。电话很快就接通了，陆洋充满阳光的声音瞬间扫除阴霾："孟大美人，你是不是在深夜特别想念我？"他并不计较那一次悦然的失态。

"我……我做噩梦了，特别可怕。"

"难道我没有出现，英雄救美？"

"没有人来救我，真的很可怕。"电话那头没有回话，接着传来一阵嘈杂和隐约的说话声。

"喂，喂，陆洋？你还在吗？"

"我在，我在，我给你唱首歌吧，唱完保证你不怕了。我的宝贝宝贝，给你一点甜甜，让你今夜都好眠，我的小鬼小鬼，捏捏你的小脸，让你喜欢整个世界，啦啦啦啦……我的宝贝，倦的时候有个人陪，哎呀呀呀呀呀，我的宝贝，让你知道你最美……"一首温情脉脉的歌让陆洋唱得南腔北调，滑稽可笑。

悦然"咯咯"笑起来，也跟着放松了，她问："这么晚还没睡吗？在看英语？"

"没有，我在陈羽寒这儿P实况呢。刚才那歌就是他逼我唱的，你说你要是还在隔壁多好，我就过去给你当面唱。啦啦啦啦，我的宝贝……对了，你要和陈羽寒说话吗？你俩不会就这样老死不相往来吧？"悦然愣住，没有说话，电话那头也静静的。她感觉到陈羽寒局促的呼吸，又等了一会儿，悦然轻轻挂断电话。

她从冰箱拿出橙汁倒了一杯喝下，然后冲了个澡换上干净睡衣。觉得房间里安静得有些压抑，就从网上搜了《宝贝》的原唱来听。这是悦然听过的最温柔的一首歌，像是摇篮曲，像是喃喃细语，歌者怀着无限的宠爱，轻哄着被唤作宝贝的那个可人儿。听着听着，悦然不自觉地扬起嘴角，随即又涌起一点心酸。

关上音乐，看看窗外，天已微明，时间是凌晨四点五十分。悦然此时睡意全无，索性找了一部一直想看的王家卫导演的电影——《堕落天使》。摇晃的镜头和梦呓般的自白讲述了一个杀手和暗恋他的女搭档、一个不说话的街头混混和父亲之间的故事。黎明、李嘉欣、金城武、莫文蔚、杨采妮，游荡在香港烟火氤氲的街头，一个个那么颓废寂寞，一个个在暗夜里散发着尖锐、惊艳的光芒。李嘉欣和黎明饰演的杀手从不见面，却处处默契，她常常趁杀手外出时去他的住处打扫房间，有一场戏她穿着紧身皮裙和黑色网袜，躺在杀手的床上自慰，双腿扭动，一只手始终夹着燃烧的香烟摇晃，发出痛苦而快乐的呻吟。然后她坐起身，吸一口烟，脸上露出一点落寞、一点满足、一点似笑非笑的表情，真是无与伦比的美艳。

看完电影，悦然下楼去买早点。迎面一阵微风，裸露的胳膊和腿顿时感觉到凉意。她想夏天就这么一夜之间过去了。她抱紧自己，不禁哼唱起电影里的歌《忘记他》："忘记他，等于忘记了一切，等于将方和向抛掉，遗失了自己……"

可是忘记，哪有那么容易。

Chapter 16

玫瑰
花蕾

我总以为我就快忘记你了，
却本能地寻找一切
和你有关的事物。
我以为我已经不再等你，
却在一首歌的幻想里捕捉你
日渐稀薄的气息，
迟迟舍不得放手。
我骄傲地不去找你，
心却早已卑微。

　　兰兰姐结婚的那一天，是一个晴好到耀眼的怡人秋日。树叶和建筑物都在阳光照射下闪烁着金色的光芒。婚礼租下了四季大酒店一楼的整层餐厅，以及接连到室外的整片草坪和一个人工湖。草地上用鲜花和白纱搭建了几个宫殿式的凉棚，处处是百合、玫瑰花，随处可见的小圆桌上放满香槟酒和精致的小甜点。一个四人组成的小型乐队在树荫下演奏克莱斯勒的《爱的欢乐》。宾客在草地和餐厅间穿梭，三五成群地交谈，不时传出阵阵笑声。

　　楼上的套房内，悦然帮新娘穿上定制的白色缎面鱼尾婚纱，婚纱胸前缀满手工缝制的珍珠，拖尾足足三米长，悦然吃力地拉上拉锁，兰兰姐夸张地呼吸："好紧好紧，我快喘不上来气了。"

　　悦然没好气地说："谁让你硬把腰围改小一公分？自作自受了吧。"她的身上穿着一件过于可爱的粉色蓬蓬纱裙。

　　"还为我挑的伴娘裙生气呢？你都不知道你有多可爱。"

"可爱？你看我像伴娘吗？明明就和楼下跑来跑去的花童一个样。"

"把你打扮成小孩子才能彻底解除杀伤力。别翻白眼别嘟嘴啦，我保证等你结婚的时候把你打扮成世界上最美的新娘。"

"我可不要这么大排场，太奢靡了。"

"你不懂，婚礼越隆重才越能体现我对他的珍贵。"悦然嗤之以鼻，不过一会儿她就改变看法了：新郎看到雍容华贵的兰兰姐，幸福得都快哭了。

宾客们见到新娘，纷纷鼓起掌，兰兰姐矜持地微笑着，婀娜多姿地走到父亲身边。按照西式婚礼的要求，一会儿将由父亲把她亲手交给新郎，这意味着希望对方能像自己一样疼爱女儿。这是一份只属于父亲的殊荣。

庄重的仪式结束，乐队开始演奏巴赫的《小步舞曲》，气氛立刻欢快起来。小孩子们终于摆脱大人的约束，嬉笑着在草地上追逐。兰兰姐亲昵地挽着英俊的新郎，拖着长长的裙尾穿梭在亲朋好友间，接受大家的祝福，珍珠耳环散发着柔和华贵的光泽，悦然觉得她好像一条美丽的鱼。她见没自己的什么事儿了，便拿了杯橙汁走到一片树荫下，心想着什么时候能把这身可笑的礼服换下来。

一个穿着黑色礼服的男子走过来和悦然打招呼，悦然抬头看看他轮廓分明的脸，觉得很眼熟。仔细一想，他就是那天在扬帆集团门口背她走过石子路的男子。再看他的这身行头，想必是今天婚礼的伴郎无疑了。悦然试着忘记那一天的窘态，大方地点点头："你好。"

男子调侃地指指自己的衣服说："没想到会以这种方式再次遇到，今天就借这个景算作正式认识吧。我叫陈放，请问姑娘芳名。"

"悦然。"

"你好。"

"你好。"

陈放指指远处的湖提议："秋高气爽，不如去湖边散散步。"悦然点点头。两人踏着柔软的草坪向湖边慢慢踱去。

"悦然你毕业了吗？上次遇到你的地儿是你上班的公司吗？"

"那次是在电视台实习时去做采访，明年毕业。我准备考研。"

"能接着读书尽量读书吧，校园里的时光是最美好的。"

"我也这么想，你呢？现在做什么？你是兰兰姐和她先生的同学吗？"

"不是，我是徐凯（新郎名）从小玩到大的哥们儿，在酒吧上班。"

"调酒师？"

"算是吧。"

"你的酒量一定很好。"

"恰恰相反，我不喝酒。"

"不喝酒的调酒师？那你怎么知道调出来的酒味道如何呢？"

"就像好的大厨不尝自己做的菜一样，我也不尝自己调的酒。靠的是技巧。"

"好一对璧人，看着真般配，聊什么呢，这么投机？看来不需要我做介绍啦。"美丽的鱼挽着新郎娉娉婷婷地游到跟前。新郎则置身事外，笑而不语。"我们就不打扰你们了，陈放，好好照顾我妹妹啊。"说完兰兰姐对悦然眨眨眼睛，优雅地游走了。

这个小插曲令原本轻松的谈话变得有些尴尬。陈放说："别紧张，我更喜欢成熟的姑娘，你还是个小丫头。"悦然松口气，开始感谢这件粉色蓬蓬裙。她接上刚才的话题："有空上你那儿喝一杯，我还没喝过鸡尾酒呢，尝尝滋味。"

"小丫头喝什么酒？那里的音乐倒是值得你去听一听。每到周末都有高水平的爵士演奏，日本一流的鼓手伊藤良可是我们的驻场嘉宾。"

悦然抬头："有鼓手现场演奏？那我一定会去听一听。"

秋意渐浓，又刮了几次风，下了几场雨，就连厚外套也抵挡不住寒意了。悦然不情愿地换上薄棉衣，不管是L市还是北京的冬天她都不喜欢。萧瑟、苍凉，令人更加向往温暖。她日复一日地听课，一部接一部看电影，闲暇便在"红磨坊"打零工。日子既充实、平静，却又似乎飘在空中，没着没落。悦然时常感到自己像在海上奋力划一艘小船，不知道方向，也不知道会到达哪里。

有天回到公寓时间尚早，做什么都提不起兴致，一想正好是周六，悦然便下楼拦了辆出租车，去了陈放给她的酒吧地址。酒吧在地安门附近，由一栋旧时木结构的二层小楼改建而成，旖旎的霓虹灯闪着"ROSE BAR"，如果老板有意，也许是取"rosebud"（玫瑰花蕾）的谐音。

踩着吱吱作响的木楼梯上到二楼，侍者撩开深红色天鹅绒门帘微微俯身请她进去，慵懒的爵士乐隐约从里面传出，一切像是回到了上世纪30年代的上海。也许时间还早，错落的小圆桌旁只有几位客人，有的静静喝酒，有的小声交谈。陈放独自坐在吧台边，正在吃一盘意大利肉酱面，见悦然来，并不惊讶，微笑着招呼她过去。

"还没吃饭吧？我去帮你盛一盘面，就知道你今天会来，特意多煮了一份。"

悦然乐了："那一会儿给我算一卦呗，赛神仙。"

"真没骗你，做这行久了，什么时候什么样的客人会来自然心里有数。如果不忙，我会直接调好客人偏爱的酒等他们。不谦虚地说，不少客人都是冲着这个来的。"

"有猜不准的时候吗？"

"也有，但……嗨，不说了，面的味道怎么样？"

"虽然我没去过意大利，也没吃过那里的肉酱面，不过想来应该就是这种味道吧。"

"谢谢，我就当作是夸奖接着了。"

"今晚不是有演出？"

"九点开始，所以先得空吃点东西，一会儿客人多起来就忙了。"

悦然吃完面说："能看看酒单吗？说好来尝尝你调的酒。"

"看在你这么有诚意的分上，说什么也要为你特别制作一款专属鸡尾酒。"

不一会儿，一杯插着小伞的粉红色液体推到悦然面前，悦然满怀期待地喝了一口，皱起眉头："嘿，你是欺负我没有喝过草莓牛奶么？干吗拿饮料糊弄我？"

"给独自前来的女孩提供酒精有违我的原则。"

悦然还要说什么，却被一阵技艺高超的鼓声打断。演出正式开始了，爵士鼓、贝司、钢琴以及萨克斯共同登台，演奏出精巧美妙的爵士乐。那旋律令人想到温柔的夜色，摇曳的烛火，穿过星光的浮云，纸醉金迷的欢场。不少客人随着节奏放松地摇摆身体，沉醉在酒精和音乐带来的迷幻感觉中。每一首曲目演奏完，酒吧内都会响起久久的、诚挚的掌声。

上半场演出结束后，伊藤良过来吧台和陈放打招呼，要了一杯柠檬水。他是一个瘦削、白皙的青年，手指纤长秀气，似乎专为爵士而生，年纪和陈放相仿，虽是日本人，中文却说得很流利。陈放介绍悦然和他相互认识，悦然称赞了伊藤良的演奏技巧，伊藤良称赞了悦然的美貌。

悦然问："请问你会演奏《闷》这首歌曲吗？"

"是王菲的那首《闷》吗？"

"是的，真没想到你知道。"

"我是爵士鼓手，一般不演奏流行音乐，可是美丽的悦然小姐的请求我不能拒绝，如果悦然小姐肯唱这首歌，我愿意为你演奏。"

演出结束后，客人渐渐散去。悦然和伊藤良登上舞台，伊藤良大声说："陈放君，我们还需要一个贝司手。"陈放很配合地拎了把贝斯走上台。临时乐队组好，明快的节奏响起，悦然闭上眼睛，捧起麦克风："谁说爱上一个不回家的人，唯一结局就是无止境的等，是不是不管爱上什么人，也要天长地久求一个安稳，哦……我真想有那么的单纯……"

我总以为我就快忘记你了，却本能地寻找一切和你有关的事物。我以为我已经不再等你，却在一首歌的幻想里捕捉你日渐稀薄的气息，迟迟舍不得放手。我骄傲地不去找你，心却早已卑微。陈羽寒，请不要击碎我最后的矜持。

一曲终了，虽然没有掌声，三人也心满意足。伊藤良高举鼓槌兴奋地说："我们可以每周来一个流行音乐之夜，肯定能吸引很多客人。"

陈放笑笑，把外套扔给悦然说："走，送你回家。"

下楼走出酒吧，陈放指指远处说，车停在马路对面了。悦然一看路边赫然停着一辆黑色保时捷SUV，顿时对陈放刮目相看："看起来蛮低调，原来是富人啊。"

"就知道你会歧视富人，所以我绝不开这么高调的车。保时捷把我的车挡住了，你往后走。"只见一辆银白色小奥拓，有些局促地停在保时捷的阴影中，新旧程度与报废一线之隔。

"我是不在乎坐什么车啦，可是你确定安全？"

"没问题，这车想上一百迈都费劲，绝对安全。"

悦然战战兢兢坐上副驾驶，系上安全带。好在夜已深，路上没什么车，偶尔一两辆车从身边疾驰而过。她放下心来，转头问陈放："你觉得我唱歌怎么样？有组乐团的潜质吗？"

"幸好已经没有客人了，不然以后都没生意做了。"

"没那么差吧，伊藤良还说唱得不错呢。"

"他那是看你漂亮想泡你，一个人在中国待得寂寞，这你也信。"

"我看你才是心理阴暗。"又过了一会儿，"陈放。"

"嗯？"

"刚才有一辆马车从我们旁边跑过去了。"

"不能够吧，北京的路上怎么会有马车？不过也有可能，夜里没有管制，也许是农民进城赶早市，有次我在长安街上也看到过马车。"

"陈放，请注意重点。不是路上怎么会有马车，而是我们被一辆马车超越了。"

"我说姑娘，你可真难伺候，有车送你觉得不安全，安全了又嫌速度不够。放心，天亮前准到。"

悦然不再说话，等回到公寓，困得直接倒床就睡，连梦也没做一个。

这天下了课，悦然和往常一样去"红磨坊"接班，随着天气变冷，来这里喝热饮的学生越来越多。特别是上周开始推出热巧克力后，即使白天店里也是满座，还有不少学生打包带走。悦然系上围裙，立刻熟练地忙碌起来。她心想如果自己能有这么一间小小的咖啡店，忙时招呼客人，闲时看看书，听熟客说说心事，晚上把卖剩的甜点都吃完，也蛮有意思的。这么想着，嘴角泛出一丝笑意，她走到收银机前甜甜地说："你好，请问想喝点什么？"

"来杯红茶，悦然。"是罗杰。

悦然一笑："是你啊，找个位子坐吧。有刚出炉的布朗尼蛋糕，配红茶很好吃哦。"

罗杰摇摇头，接过红茶并没有离开。他有些不安地小声说："我听老林说你在这儿打工就找来了，还有三个多月就考研了，只要你用心复习肯定没问题，可是现在还打工很浪费时间的。如果……如果是经济上的问题，我可以……"

"罗杰，谢谢你的好意。放心吧，我能应付得来。"悦然招呼罗杰身后的客人，"你好，想喝点什么？热巧克力很不错的。"

罗杰讪讪地离开了，悦然看着他的背影，心里有一点感动。

到了快换班的时候，突然收到阿伟的短信："今天晚上有点事，拜托帮我顶一下。多谢多谢。"悦然想想晚上也没什么安排，就很爽快地答应了。一直忙到晚上八点钟，店里渐渐没人了。悦然开始清理工作台准备打烊。

这时一个女孩推门走进来。即使在电影学院这样美女云集的地方，她的相貌也算得上是数一数二的。一张娇小白皙的脸，五官端庄精致自是不必说，粉嘟嘟的嘴唇微微噘着，几分傲气几分撒娇，小扇子一样的睫毛上下扑打得慵懒而风情万种。真是亦妖亦萌的一张脸。一头长发染成棕栗色，打着卷散落在质地精良的乳白色羊绒大衣上，纤纤玉腕挂着一只Dior的黑色小羊皮手袋。一身奢华高级的装扮衬得女孩雍容华贵。

她进来时已微醉，眼神迷蒙，踩着高跟鞋的步子也有点乱。找了张角落的椅子坐下来，一言不发。长长的头发垂下来，遮住脸庞。过了一会儿，悦然见女孩肩膀颤动，传来低低的呜咽声。她有些不知所措，想了想，泡了一杯热茶走过去放到女孩面前。"喝杯茶吧，外面那么冷。"女孩一愣，抬起脸来看看悦然，哽咽着说了声谢谢，又低下头哭泣。她连哭起来的样子也那么楚楚动人。

悦然走也不是，这么杵着也不是，索性在桌旁坐下来。这么晚了，谁也不能放着一个喝醉又伤心的漂亮姑娘一个人不管吧。悦然想等她哭够了，问问她住哪间宿舍把她送回去就是。

过了半个小时，女孩还没有要停的意思，包里的手机一直响个不停，她也不接。悦然的耐心快被耗尽，无奈她拿出手机替女孩接听。

"喂，莎莎，姑奶奶，你可终于接电话了。"

"我不是莎莎，她在我旁边。"

"哦，我现在在她学校门口，能麻烦你把她送过来吗？"

"行，我这就送她过去。"悦然穿上外套，扶起这个叫莎莎的姑娘，莎莎一路嘟囔着："我不去，我哪儿都不去。"却也没有反抗。

悦然扶着她踉踉跄跄走到学校门口，只见一辆很气派的黑色大奔停在前面，车里坐着一个五十岁左右的男子，约莫是莎莎的父亲。司机赶紧下来拉开车门，莎莎有些不情愿却也还是上了车。男子对悦然点头一笑，说："谢谢你了，小同学，我们家莎莎有些任性，见笑了。"

"没关系，小事儿。"

悦然看着大奔远去，自言自语道："原来是富家小姐闹脾气啊。"心放下来，冷风一吹，悦然顿时感到饥肠辘辘，一想忙得还没来得及吃晚饭呢。此时此刻真是好想吃一盘热气腾腾的意大利肉酱面，不得不承认陈放的手艺令肠胃想念。

她招手拦下一辆出租车，顺便看看陈放是不是真有那么神，会做好面等着她。走进酒吧，悦然径直奔向吧台："陈放，我的意大利肉酱面呢？"

陈放却心不在焉："什么面？"

"哈，就说你上回是蒙我吧，说什么能预测哪个客人来。"

陈放默不作声，伊藤良把悦然拉到一边，他今天没有演出，估计是来找陈放聊天的，也好顺便喝点小酒。他在悦然耳边说："陈放的心上人来了，他现在失魂落魄，超能力也统统消失了。"

"哇，人在哪儿呢？"悦然顺着伊藤良的眼色看去，只见落地窗边静静坐着一位身材瘦削的女子，二十五六的样子，打扮得非常素净，长发简单地用黑发圈扎成马尾，面容清秀，不施粉黛，眉眼间有些忧郁。她默默坐着，不时端起酒杯抿一口。看样子是独自前来的，不像是赴约或是在等待谁。

悦然见陈放一副丢了魂的样子也懒得再提面条的事儿，直接找别的侍应生要了三明治，和伊藤良边聊边吃。

"真没想到，陈放喜欢这一款的。那这个女孩知道吗？"

"不知道，陈放君连话也没有对她说过。相比这个很忧伤的女孩，我更喜欢悦然小姐这样活泼可爱的。"

"别，我可不吃这一套。"

"请问悦然小姐吃哪一套？"

悦然哭笑不得，白了他一眼，看了看女孩，有些羡慕地说："不过她可真瘦啊。"

"是啊，单薄得像一片树叶。还是悦然小姐更圆润一点的好看。"

"那我像什么？"

"像，像……"

终于难倒了油嘴滑舌的伊藤良，悦然笑得开心又得意。

大约十一点的时候，小树叶起身离开，从头到尾也没往陈放所在的吧台看一眼。陈放像被解除魔咒般呼吸顺畅起来，调酒的动作都更滑溜了，他看看悦然，好像刚意识到她的存在一样："你来啦，想喝点什么？"

"姑娘已经吃饱喝足准备回家。"

陈放尴尬地笑了笑："哦，那我送你。"

悦然盯着映照在车窗上纷呈交错的灯光看了一会儿，问道："为什么你不对她说呢？你不说她有可能永远都不会知道。"

陈放没有接话，奥拓沉默地行驶，慢得就像被浓浓夜色拖拽着。又过了一会儿，陈放打开车窗点了根烟，深深吸了两口，缓缓呼出，然后开口了：

"她第一次来是去年春末的一天晚上，她进门时除了觉得她长相清秀外并没有什么特别。后来侍应生告诉我她点了一杯黑方，再见她自始至终都是一个人坐着，我就不免有了兴趣。做我们这行的，喜欢看人，把人研究透了才做得好生意。

"一般来说独自来喝酒的女孩不外乎两种，一种是在哪儿受了委屈，被上司性骚扰丢了工作，或者被男朋友甩了，过来宣泄一通，喝他个天翻地覆一醉方休。还有一种就是打扮得花枝招展、妩媚妖娆来勾搭男人的。

"这两种女孩一看便知。像你这种天真蒙昧、不谙世事、误打误撞来的算是小概率事件，本店自开张以来还是头一回，毕竟我们是机缘巧合场外认识的。她看起来两者都不是，即便她是想以清纯孤傲形象吸引人，但怎么也不至于点一杯烈酒。

"从那以后，她就时不时地出现在酒吧，每次都是一个人，每次都点一杯黑方，频率没有规律，有时连着两周都来，有时几个月也见不到她。来了便靠窗坐着，从不和任何人交流，也似乎对爵士乐没什么热情，那神情就像是带着自己的世界来的。我倒是见过几个男人前去搭讪，她都是淡淡一笑，转脸看着窗外，弄得人家讨个没趣。所以说好奇心害死猫呢，一好奇，就会去琢磨，想多了就成了念想。后来不知不觉就着了她的道了。我唯一不能猜到的来客就是她，大概是因为很期望她来，所以常常落空。

"我当然不能直接上前去说我喜欢她，相识是需要机缘的，第一次搞砸了往后就机会渺茫了，我一直在等一天，她能一直待到深夜，酒吧里一个客人也没有，她喝醉了放松了警惕，然后我用这辆奥拓送她回家，一路上听她把心事说给我，告诉我为什么总是一个人来，遇到了什么化解不开的难事。最好借我肩膀哭一场。我呢，就不动声色，摆出一副见过世面的沉稳样，送她到家也决不没出息地跟上楼。你说她看着我的小车绝尘而去，会不会有一点好感？"

　　"只怕人家上了楼，撩开窗帘一看你的车还没离开视线，以为你磨磨蹭蹭舍不得走呢。"两个人都笑起来。车里的气氛却在笑声里渐渐伤感，每一个人遇到爱的人都心有余悸。

Chapter 17

危险的诱惑

她一个人，衣服单薄地
站在高架桥上，
站在十一月的寒夜中，
冷风一阵阵吹透悦然的衣服，
汽车一辆一辆从她身边
冷漠地疾驰而过。
她站在这个霓虹闪烁、高楼林立的
城市里突然不知身在何处，
她感到陌生无助，
积压在心底的委屈终于喷薄而出。

几天后的一个下午，莎莎穿着饰有狐狸皮草的小踝靴蹬蹬蹬走进"红磨坊"，引得人人侧目，她香气四溢地走到吧台冲着悦然妩媚一笑，递过来一盒系着咖啡色缎带的曲奇饼干："那天晚上真是谢谢你了。"

"小事，不用这么客气。"

"比起你帮的忙，我的谢礼才是微不足道，你收下我才心安。"

悦然为难，莎莎轻咬朱唇，想了想说："要不这样，你几点下班，我们就在这儿喝点东西，把点心做下午茶怎么样？"

悦然点头同意了。待小朵来换了班，她解下围裙，和莎莎要了两杯热巧克力坐下来。

莎莎一边用涂着深蓝色指甲油的纤纤玉指解开缎带一边说："我是表演系的，今年大四，你呢？"

"我不是电影学院的学生，准备考编剧系的研究生，现在利用实习时间来旁听。"

"真可惜，你这么漂亮干吗不学表演，偏去做那个吃力挣钱少的行当。"

"人各有志吧。"

"不过说到这个我倒是可以帮你，我认识几个电影圈的朋友，做过不少卖座的电影，回头一起吃个饭我把他们介绍给你，一定能学到不少经验。"

悦然乐了："你才是帮了我大忙。"

莎莎能张罗，三下两下攒好了饭局。这天下午，司机开车来接两个打扮停当的女孩。车上莎莎嫌悦然的妆不够浓要给她补口红，悦然一边躲一边说："别别，咱俩走的不是一个路线，别让人家以为我也是表演系的。"

莎莎翻她白眼："是女人就得漂亮，你得从一帮灰头土脸的编剧里脱颖而出。"说罢掏出香奈儿"COCO小姐"喷了两下，呛得悦然直咳嗽。

大奔穿过繁华的商圈，突然一转弯拐进一条安静的胡同，开进一座古色古香的四合院。身着唐装的服务员弯腰引着她们穿过前院，跨进垂花门又是一个庭院，走过长长的游廊，最后走进庭院深处一间较为隐秘的厢房，悦然心想这应该是从前哪个大户人家的宅邸吧，寻常百姓住的四合院哪有这样的排场。

包厢内装饰得复古华贵，木质地板，红木餐桌餐椅，窗下一缸金鱼，旁边一张光滑如缎的金丝楠木小茶儿。墙壁上几幅墨宝，悦然不懂来历，只觉得字如行云，大气好看。

这边刚落座，屋外就响起几个男人洪亮的笑声，大约是莎莎的朋友们到了。一碰面，悦然愣了一下，其中一个就是那天晚上来接莎莎的男人。

莎莎上前亲热地挽住他的胳膊，嗲声嗲气地说："你们怎么刚来啊？一点诚意也没有，让我们两个女孩好等。"

她扭头冲悦然说："要不是那天你劝我，我可就再也不理他了，你说是不是该好好谢你？悦然，我来介绍你认识，这是老姜，你见过的，我男朋友。这位是周总，可是明盛地产的周总哦，投资过好几部电影呢。我说咱们都别站着了，开席吧，肚子早就咕咕叫了。"

被称作老姜的男人对悦然点头一笑，算是打过招呼，随即笑眯眯地揽住莎莎坐了下来。周总则邀请悦然坐在身边。一落座，悦然才发现，虽然来了不少人，可真正吃饭的只有他们四个，其他人都到门外站着了，看样子是助理或是保镖。悦然心里一阵发毛，直觉感到这个饭局没那么单纯。她稳住神坐下来，对方没有挑明意图，她就先静观其变，一边在心里盘算着怎么尽快脱身。

老姜点罢菜，请周总点酒，周总很礼貌地问悦然，悦然说："我不会喝酒。"

"无酒不成席，这样吧，既然小姑娘不会喝酒，今天我们不来白的不来红的，也不来洋酒，喝点香槟总可以吧，甜甜的像汽水，也不醉人。服务员，两瓶酩悦。"

服务员开始走马灯地上菜，悦然起身："我去趟洗手间。"刚想往外走，服务员打开包厢角落一扇雕花木门说："小姐，这边请。"

悦然掩饰着落空的沮丧，走进洗手间关上门。她打开水龙头用冷水拍了拍脸，对自己说："要冷静，还是想办法自然地离开比较妥当。对方这么多人，地方又这么偏僻，太强硬撕破了脸弄不好自己要吃亏。"

打定主意，她想了想，掏出手机给陈放发了条消息：十分钟后给我打电话，一定要打，十万火急。悦然擦干脸上和手上的水迹，走出门回到座位上。

菜已上齐，老姜挥挥手示意服务员出去。门一关，静静只剩下四个人。周总夹了一块菜放到悦然的碗里，“刚烤出来的鹿肉，悦然小姐尝尝味道怎么样。”还没等悦然举起筷子，又夹了一块过来：“玫瑰蒸乳鸽，专为悦然小姐点的。吃了更漂亮。”接着他像够不着悦然的餐盘似的把椅子挪得近了一点。

莎莎在一旁娇情地噘嘴：“老姜你看周总多会照顾人啊，怎么没人给我夹菜呢？”老姜呵呵笑，一边给她夹海参，一边低声说着什么，哄得莎莎一阵娇滴滴地笑，两只胳膊一勾老姜脖子，顺势坐到对方腿上。悦然心里直作呕，勉强应付着。

劝完菜，周总开始劝酒，悦然每次举杯都是象征性地碰碰嘴唇，老姜时不时帮衬一下周总，无非是吹嘘他实力雄厚，出手大方，捧红过不少明星等等。悦然听出话里有话，心里冷笑，到底是跟电影一点关系也没有。

周总喝了两杯后没了开始的礼貌和拘谨，他问了悦然一句什么然后生怕她听不清似的把耳朵凑到悦然嘴边，手也搭上她的膝头。悦然忍无可忍，正要把一杯酒迎面泼过去，手机及时响起来。

悦然一下跳起来抓起手机往外走，说道：“稍等，我接个电话。喂喂，是你呀，什么事儿找我啊？”她视而不见地走过几个随从身边，穿过游廊，一离开他们视线便飞奔起来，一直跑出四合院大门，跑到街道上，大口大口地喘气。出来时为了不让对方疑心，除了手机，外套和包都没拿。悦然拦下一辆出租车，不管那么多，先去陈放那里，这个时候也只有找他最合适。“师傅，地安门外大街。”

车行驶起来，悦然长长舒了口气，总算是脱身了，从小到大还是第一次遇到这么惊险的事情。她有些疲倦，靠在椅背上，微微闭上眼睛。待休息一会儿睁开眼睛，感觉有些不对，车已经行驶到三环路上。

悦然一下坐起身问：“去地安门外大街走二环就行，怎么走三环路？”

司机冷冷说了句："就是这么走。"

"你这不是明摆着绕路吗？欺负我不认路还是怎么着？你要这么走我不会付车费的。"

没想到司机唰地一打方向盘，在路边维修区停下："不乐意，你现在下车。"

下车就下车，悦然使劲甩上车门，冲着绝尘而去的出租车挥挥拳头："别以为我好欺负！"

然后只剩她一个人，衣服单薄地站在高架桥上，站在十一月的寒夜中，冷风一阵阵吹透悦然的衣服，汽车一辆一辆从她身边冷漠地疾驰而过。她站在这个霓虹闪烁、高楼林立的城市里突然不知身在何处，她感到陌生、无助，积压在心底的委屈终于喷薄而出。

悦然放声大哭，她想到她曾对这座城市的向往和憧憬，她想到那些绮丽炫目的、散发着香甜气息的梦想，她想到那灰飞烟灭的爱恋。沾满泪水的脸被风一吹，更加刺痛难忍，她的声音因为寒冷而越来越颤抖，最后力气用尽只剩啜泣。悦然拿出手机哆嗦着拨陈放的号码："陈放，我在三环路上，你，你快来救我吧……"

悦然披着陈放的外套，一言不发地坐在吧台，手里摆弄着一只空玻璃杯。过了一会儿陈放从厨房钻出来，把一碗姜汤和一块提拉米苏放到她面前。悦然叹了口气，把事情始末原原本本地告诉了陈放。谁知陈放听完一笑，轻描淡写地说："这下知道世上有坏人了吧，是谁说我内心阴暗来着？"

悦然瞪他："你怎么一点儿都不当回事啊？你都不知道当时多惊险，差点就羊入虎口了。"

"不是我不当回事，而是你以前的生活环境太单纯，不了解社会的复杂。我敢说就你们学校这样的饭局就不少，我有次周末下午路过校门口，那可胜过车展啊，马路两边齐刷刷的都是豪车，排着队等着接未来的女明星。没准在其他学生眼里这都见怪不怪了。不过你第一次遇到这事儿能这么沉着冷静地脱身，处理得挺不错。智勇双全。"

"听你的意思这才刚开始？"

"那可不？你这么水灵的姑娘，遇到这种事情在所难免，何况你踏足的还是恶名昭著的影视圈。"

"可当编剧是我的梦想。"

"你了解编剧这个行业吗？体验过编剧的工作生活是个什么状况吗？"

悦然摇头。

"那确实还停留在梦的阶段。有梦想是应该的，但要基于了解现实的基础上，梦想才有实现的可能，不然就是空想。一个人的一生也许需要通过很多次尝试判断才能最终找到自己擅长做什么，这样的梦想才是牢靠的。"

"我说陈放，你是哲学系毕业的吧？"

"不敢当，仗着大你几岁，说教一下晚辈而已。"

"那你的梦想是什么？说来听听，我也好借鉴一下。"

"我不像你，我没什么梦想，随遇而安的俗人一个。"

"我猜啊，小树叶是你的梦想。"

"嗨，哪壶不开提哪壶。走，送你回家。"

透过咖啡店的玻璃窗，悦然看见莎莎远远走过来。她装作没有看见，低下头继续干活，直到莎莎走到她面前。

莎莎的语气不大友好，还带着些许责怪："你怎么招呼也不打一个就走了？弄得我很没面子，赔着笑跟周总解释半天。"

"哦，那天我有急事。"莎莎叹口气，把一个纸袋递给悦然，"算了算了，这是你的包和外套，我给你带回来了。另外……"莎莎从随身的小包里拿出一个精致的小盒子，"周总说他对你印象不错，这是见面礼，那天还没来得及送给你，你要是有意我可以再帮你们约，不过你可不能再放我鸽子。"

莎莎直接把盒子打开，放到悦然面前，印着"Tiffany"字样的蓝色天鹅绒盒子里，一对银色羽毛形状的耳环熠熠生辉。这是每个女孩都会心动的礼物，它本该在生日或情人节的晚上，由男朋友深情款款地打开，伴随着柔情蜜意、山盟海誓。可现在这是什么？一笔交易的定金吗？悦然即使再单纯也知道这些富有的中年男人想从她身上得到什么。

莎莎见她对着耳环发愣，嘴角露出一丝轻蔑的微笑："这可是蒂凡尼的圣诞限量款款，即使北京旗舰店也不会超过三对。价格更不会少于五位数。第一次见面就送这么贵重的礼物，要我说周总真是又有品位出手又大方。"

悦然冷笑："看你这么费心张罗，我要是和周总成了你能收多少佣金啊？"

莎莎脸色一变："悦然你可别不知好歹，我这是拿你当朋友在帮你。你去周围问问，问问那些女孩的男朋友都是什么来头？我们这个圈子没有朋友帮你，谁知道你是哪根葱哪根草，台面都上不了。你现实点吧。"

悦然把盒子推到莎莎面前，淡淡地说："我是需要帮助，可我没打算卖了自己。你的好意请收回，另外我们还是当作不认识的好，免得我说出什么更难听的弄得大家都不好看。"

莎莎气急败坏，转身就走，狠狠丢下一句话："装什么清高、纯情，走着瞧。"

悦然决心全力投入考研冲刺当中，她背着枯燥的世界电影史，嚼着抽象的单词，温习已经生疏的"马列毛"，只是她每一次从成堆的课本里抬起头就感到更加困惑，诚然她对电影的兴趣未减分毫，可是对实现做编剧的梦想她却有些不确定了。

陈放的话其实不无道理，仅凭对一个行业的热情和幻想，却对现实情况一无所知，为此就要放弃学了四年的本科专业和实习经历，是否值得？隆冬的夜晚，陪伴悦然的只有写字台上一盏小小的台灯，屋外呼啸着凄厉的寒风，她内心的嘈杂却比风声还大。

悦然心烦意乱，打开音乐，起身去热杯牛奶。走过窗边的时候感到阵阵凉风，打开窗帘一检查，原来是玻璃的一角有些松动漏风。她想这么晚了物业肯定早已下班，今晚只能先用胶带对付一下。

粘好玻璃，悦然怔怔地盯着窗外的黑夜看了一会儿。这一天的夜黑得就像没有梦的深眠，别说没有月亮、星星，就连远处楼宇的灯光也似乎无法穿透厚重的黑暗，支离缥缈地停在半途。这样无情肃杀的寒夜和回忆里那些或安详或欢乐或情意缠绵的夜有如天地之别，两世相隔。好遥远，真的好遥远，而伸出手去触碰到的，是冰一样凉的玻璃。

风势渐渐减弱，夜空中开始飘落银白色的碎片，翻滚着打着卷勾勒出风的轮廓，直到越来越密，簌簌而落，照亮了夜空。今年冬天的第一场雪，就这样不期而来。

"……我曾经想过在寂寞的夜里，你终于在意在我的房间里，你闭上眼睛亲吻了我，不说一句紧紧抱我在你的怀里……"王菲喃喃自语般，在耳边轻声描绘着孤独的幻想，天籁般的声音里有一点骄傲、一点伤感，还有一点执着。

"我是爱你的，我爱你到底，生平第一次我放下矜持，任凭自己幻想一切关于我和你，你是爱我的，你爱我到底，生平第一次我放下矜持，相信自己真的可以深深去爱你……"悦然走过去把这首《矜持》设置成循环，就那么伴着大雪，听王菲哼唱了一夜。

早晨七点多钟，悦然穿上羽绒服，戴好围巾、帽子、手套，蹬上UGG，全副武装地下了楼。她从小生长在南方，见惯了温和的雨雪，北方冬天这么气势磅礴的大雪生平还是第一次见。她要赶在行人车辆制造出痕迹之前好好感受一下完美的雪景。

走下最后一级台阶，踏进雪地，积雪立刻没过脚面，那感觉就像踩进一块巨大的芝士蛋糕，悦然一边慢慢往前走，体味着脚下沁凉绵软的触感，一边环顾四周被冰雪包裹的崭新世界。深吸一口气，空气就像是刚从雪山附近运过来的，那么纯净明澈。大雪掩盖住地面上一切人为的规划，分不出哪里是街道哪里是草坪，它温柔地包裹住汽车上的钢板和建筑物灰蒙蒙的坚硬的屋顶，它使一座钢筋混凝土的城市在一夜之间变成一座大森林。身旁不见步履匆匆的行人，远处两三辆行驶的汽车，也慢得像电影的特写镜头。时间变得缓慢，时代的踪迹模糊不清，大自然偶尔施展一下魔法，暂时遮盖住文明的痕迹，好让大家停下来喘口气。

悦然慢慢走到附近的一家早餐店，喝下一大杯热气腾腾的豆浆，然后问了下电脑城的位置，一脚深一脚浅地走过去。时间还早，电脑城还没开门，悦然在雪地上边压脚印边等了半个小时，鼻子都快冻掉了。

等到开门，她进去找了家卖电脑配件的店铺说："老板，给我一张空白的DVD光盘。"

"就一张？"

"就一张。"

买完光盘，悦然又一脚深一脚浅地走回公寓，把光盘放进电脑，下载好《矜持》这首歌，接着按下刻录键。

接下来她把光盘包好，走去邮局。在EMS单收件人一栏写上：L市学院路65号公寓1203室陈羽寒收。天寒地冻，平常十分钟能走到的路这一天得走半个小时，而且跋山涉水般，走得无比吃力，这让悦然感到她的一举一动都意义深刻，整个过程就像一个神圣的仪式。

看到包裹安安静静躺在柜台后面的发件处，悦然舒了口气。回去的路上，她掏出手机给兰兰姐打电话："兰兰姐，我想请你帮个忙，我报考的是编剧系赵老师的研究生，如果可以，能帮忙引见吗？我想请教他一些问题。"

"嗯，我也正有这个想法，和导师见一面，谈一谈，一来看看合不合眼缘，二来有导师点拨，复习起来更有方向感。既然近水楼台，何不好好利用这个机会？"

早晨时天空还是一片阴霾，现在已逐渐放晴。阳光穿透云雾照亮冰雪，天地间骤然明亮耀眼，悦然觉得这个景象似曾相识，强烈的光线晃得她有点晕眩，她微微眯起眼睛，想起来再过几天就是自己二十一岁的生日了。

过二十岁生日的时候，悦然心里充满了恐慌，她一点准备也没有。过了二十岁，就没有任何理由再做小孩了，一份不可推卸的对人生的责任沉甸甸地压上肩头。那天她没告诉任何人，自己也当作什么都没发生，没有吃蛋糕，没有吃面条，按时上课、自习、睡觉，自欺欺人地度过去了，妈妈给她打电话祝贺她生日快乐的时候，她只想快点挂电话。可是现在二十一岁的生日快来了，她再也无处可逃，只能打起精神面对现实。

从前她偶尔想象过二十多岁的人生，脑海里出现的画面正和眼前的景象吻合，一个崭新、璀璨的世界，一切都是那么晶莹剔透，闪闪发光，同时又是那么缥缈易碎，充满不安。而当这梦境成为现实的时候，她看到的只有白色的苍茫。

悦然弯腰抓了一把积雪，在手里攒成雪球，她心里涌起阵阵冲动，想去痛痛快快地做点什么，可实际上却无处可去。想了一会儿只好作罢，悦然轻叹口气，强迫自己回去公寓看书。

两天后兰兰姐领她去了一个电影编剧的高峰论坛，论坛结束的冷餐会上，兰兰带着她走到一位中年男子跟前。"赵教授您好，每次听您发言都受益匪浅，讲义借我拿回去学习一下呗。"

"兰兰，你就别跟我调皮了，我的课你还没听够啊？"

"听不够听不够，这不我把妹妹也带来听您的课了。她叫孟悦然，准备今年考您的研究生。您要是能不吝赐教指导一下，一准能考上。悦然，这就是你一直敬仰的赵教授，有什么问题尽管问吧。我去给你们拿点甜点。"说完兰兰冲悦然做了个鬼脸，一溜烟地跑开了。

赵教授头发花白，衣着朴素，额头、眼角已有不少深邃的纹路，一双眼睛却是年轻活泼的，充满热情，又似乎能洞察一切。此刻他笑眯眯地看着悦然，等待她的问题。

"赵老师您好，我想问考试的时候电影分析应该从……从哪几个角度……"在这样的眼神下，悦然没法不说实话，她叹了口气，说出了心底的疑惑，"赵老师，其实我是不确定自己能不能做一个好编剧。"

赵教授点点头："你的疑惑我完全能理解。我的学生里，有一部分没有坚持到毕业，毕了业的也已经有一半以上转行做了别的工作，真正叫得响名字、成了腕儿的更是凤毛麟角，可见编剧这个行当不容易。当然没有哪个行业是轻松的，能一蹴而就的。但是做编剧尤其需要持续的创造力、激情、扎实的知识储备，所以也就要付出更加艰辛的努力。至于你适不适合这个行业，这是需要自己去体悟的。有的人是做一行爱一行，有的人是爱一行做一行。当初我就是误打误撞入了这一行，中途很艰难的时候也想过放弃，所幸最后坚持了下来，才能体会到个中滋味，这里面的酸甜苦辣，现在对我来说都是乐趣。

"如果你要问在我这里可以学到什么，我的回答是我可以教你写作的技巧和方法，但是不能教你人生经验和感悟；我不能保证通过两年的学习实践你会成为一个出色的编剧，但我可以告诉你一个出色的编剧是什么样的。哈哈，为学生解惑也是我的乐趣，希望我说的这些对你有帮助。"

兰兰走过来，递了一小盘草莓布丁给悦然，问："怎么样，有没有套到什么考试秘诀？"

悦然摇头："没有啦，只是讨论了一下专业。兰兰姐，你当时为什么决定考研啊？"

"我么，很简单啊，我就是想一直待在学校，学校的环境单纯，与世无争，这一点深得我心。我说悦然，我看你一直犹犹豫豫的，你不会到这个时候又改主意了吧？"悦然摆弄着手里的餐叉，叹了口气："我真的不知道……"

Chapter 18

共同的
二十一岁

她咯咯笑起来，
一仰脸，刚好看见空中
悬着一轮冰盘似的大月亮。
她索性躺在冰面上，
静静面对着静谧安详的月亮。
寒意透过厚厚的羽绒服浸润全身，
直到后背有些刺痛。

　　低迷的情绪一直持续到悦然生日当天。做了一夜荒杂无序的梦后，醒来二十一岁生日已如期而至。悦然洗漱完毕，看看镜中的自己和昨天并没有明显变化，她决定收拾心情，好好迎接二十一岁的自己。第一件事呢，今晚要请陈放为她调制一杯生日鸡尾酒，要有酒精的，而不是什么甜味饮料。第二件事要为自己选一件小礼物。主意打定，她给陈放打电话，陈放慵懒外加鼻音浓重的声音令她有不祥的预感："悦然，我挂了，突然重感冒，八成是伊藤良那个禽兽传染的。"

　　悦然言不由衷地问："有人照顾你吗？要不我去给你做点吃的？"

　　"你快别假惺惺了，该干吗干吗去。"

　　悦然挂了电话自语道："真是知己啊。"失望之余她安慰自己，好歹还有第二件事，于是收拾利落向附近最大的购物中心进发。

　　没有女孩不爱购物的，虽然悦然平常衣着简单，可是看到满眼的品牌logo，款式成百上千的时装，还是抑制不住的兴奋，一路逛过去试过去，反倒挑花了眼。正苦恼着该买什么，手机响起来，是陆洋打来的。

"悦然，你是不是快过生日了？"

悦然顿时热泪盈眶："对，就是今天。你怎么知道的？"

"那看来我这电话打得正是时候啊，以前我们不是说过各自的生日吗？陈羽寒是春天，幼琪是夏天，我是秋天，你在冬天，四个人刚好占了一年四季，所以印象特别深。我寻思着你的生日应该快到了，没想到这么巧。"

"陆洋，你真是太让我感动了。"

"还有更感动的呢，我在北京。你在哪儿？今天必须一起吃饭。"

"你，你怎么会在北京？"

"说起来一把辛酸泪，我来了都十天了。第一次GRE成绩惨不忍睹，我妈帮我报了新东方的寒假特训班，全封闭的。一帮人关起来同吃同睡同受虐，暗无天日的十天啊。今天刚放出来，这才有机会找你叙叙旧。不废话了，说下你的方位，我现在过去。"

陆洋比夏天果然消瘦了不少，嘴上还有未刮尽的胡须，不过也因此更有男人味了。他见悦然正在逛街，立刻拉她去化妆品专柜买了一只纪梵希的唇膏，送给她作为生日礼物。陆洋说："你清水芙蓉的样子最美，所以要伪装一下，轻易别让人看见你最美的样子。"

悦然眼眶又要湿，陆洋话锋一转："现在离吃饭还早，带我去你们学校转转。"

"这大冷天的，去我们学校做什么？"

"看美女。这点福利不能都不给吧？没准还能有场艳遇，滋润一下我干涸的心。对了，你来了好几个月，有认识特别正的妹吗？给我介绍下。"

"我说陆洋，这才是你来找我的真实目的吧。"

"嘿嘿，都不耽误，再说你要是中意我，我也不用费劲找了。"悦然差点把唇膏丢过去。

陆洋兴致勃勃地走在电影学院的校园里，悦然无精打采地跟在后面。转了一大圈后她没好气地问："如何啊，陆大帅哥？"

陆洋摇头："不理想，不理想。好看的不清纯，清纯的没身材，身材了得的又叼着烟。让我如何下手？"

悦然幸灾乐祸："你以为国色天香们夹道欢迎你哪，你也太乐观了。"

"不瞒你说，来之前我真就是这么想的，全中国就数你们学院美女密度最大了。即便不是比比皆是，百步之内也能遇到一个吧，谁承想全军覆没呢。帅哥倒是不少，面前这个就挺帅。"

"哪个？"

"冲我们走过来的这个。"

罗杰走到两个人跟前，和悦然打招呼。悦然很自然地为彼此做介绍，"罗杰，这是我的好朋友陆洋，陆洋，这是，呃，学长罗杰。"罗杰的表情复杂。悦然并不觉得学长这个称谓有什么不妥，也不认为她应该对罗杰的失落负责，她拉着陆洋离开学校。

晚餐悦然提议吃涮羊肉，陆洋举双手赞成。两人来到北京最有名的火锅店东来顺，坐定点菜。菜还没上齐，陆洋已经瞬间干完两盘羊肉。悦然同情地看着他："你去的是集中营吧？"

"差不多，十天要背一千个单词，还尽是抽象拧巴的。你说什么叫反时代主义，什么叫反生产？害我这些天天天做噩梦。伙食也特寒碜，还不如我们学校食堂。成天炒鸡蛋、土豆丝，我再也不想看到这两样菜了。"

悦然又要了两盘羊肉，接着对陆洋说："真佩服你，这么苦也没能撼动你去美国的决心。横看竖看你也不像是爱读书的人啊。"

"嗨，我是到这个份上没退路了。当年我妈一心想出国没出成，就把这个希望寄托在我身上了，我要是这个时候放弃可不得伤透她的心？再说这么多年一直生活在她的期望里，按照她给我规划的人生走到现在，累。现在她想送我出国，对我来说正是求之不得。我一想在大洋彼岸下了飞机，呼吸着自由的空气就幸福得不行。所以拼了命也得去啊。"

悦然默默点头，火锅店里人声鼎沸，雾气缭绕，楼上楼下两层客满，果然不负京城名店的声望。她和陆洋都只穿了一件单衣也还是觉得热。只见四个服务员抬了一口直径将近一米的硕大铜锅朝包厢走去。陆洋感叹："真是气派啊，这么大的锅，得卷起裤脚下去捞吧？"

悦然一阵笑，手一抖，刚夹起的豆腐掉进锅里，连夹了两回也没夹上。她对陆洋说："来来，罚你下去捞。"

陆洋举起漏勺一边找豆腐一边说："到这会儿才见你开笑脸了。是不是被考研的事儿烦的？我们班同学准备考研的一个个都满脸疲倦，忧心忡忡。我看虐心程度绝不输GRE。"

"是啊，我觉得考研这个决定有点盲目。"

"嗨，生活的真相面目狰狞，要是都能看得清清楚楚，谁还有勇气往里跳啊。既然决定了就别多想。"

"我说陆洋，十天特训把你训成哲学家了，说话高深得连我都快听不懂了。"

"学校老师说话都这个调调，不然怎么能哄我们交钱受罪呢？怎么样，有几成把握？"

悦然摆摆手："不提也罢。吃肉吃肉，吃完饭我们去喝酒，今天不醉不归。"

"ROSE BAR"一如往日散发着浓郁的怀旧风情，只是少了陈放和伊藤良这两个男主角，酒吧就像少了灵魂，连缠绵的爵士乐听起来都有些空洞。悦然说："这里怪冷清的，要不我们换个地方？"陆洋说："挺好的，就这儿吧。"悦然没再坚持。他们找了一个离吧台最远的角落坐下。陆洋点了"嘉士伯"，悦然点了"科罗娜"。酒吧里昏暗幽静，和火锅店喧闹明亮的大堂形成鲜明对比。柔软的音乐轻拂心田，唤醒深处最柔软的情思。

"陆洋，你意识到自己已经二十岁的时候是什么感觉？"

"去年生日我忘记了，稀里糊涂就过去了。今年生日那天碰巧要填申请学校的表格，一看日期正是我生日，掐指一算，二十一岁。不是十八不是十九，是二十一。那感觉就像昨天我还是颗苹果树的种子，今天有个人走到跟前说这个苹果已经熟了可以摘了，那一天完全是在惊恐当中度过的。"

"是啊，我也觉得好突然，一觉醒来已经二十出头，总觉得自己还十七八呢。"

"现在我已经接受这个现实了，而且今天等你过完生日，陈羽寒，幼琪，我和你，就都是二十一岁了，四个人一起碾过这个门槛，还蛮有气势，也没什么好怕了。来，为共同的二十一岁干杯！"

悦然闭上眼睛，喝光了一整杯酒，冰凉的液体在喉头滑过，一阵带痛的快感，落进胃袋后开始变热，酒精燃烧的温暖沿着血管扩散到周身，悦然仔细体味了一会儿，放下杯子，问陆洋："后来你有和幼琪联系上吗？"

陆洋摇头："我倒是和子杰通过电话，他，好像有新女朋友了。"

悦然摇摇头，有些伤感："意料中的事，真不知道这个冬天幼琪是怎么度过的，我只希望她能快点回来，完成学业。"悦然又喝下一杯，轻声问："那……"

"你是想问陈羽寒怎么样吧？你都已经有新男友了，还管他做什么？"

悦然惊讶："我哪儿来的新男友？"

"在你们学校逛时，迎面碰上的那一位啊，你没见他看我那眼神吗？表面温和，暗藏杀气。是一般雄性看见竞争对手时的惯用眼神。"

"你想多啦，罗杰是挺照顾我的，但我们不是恋人的关系。"

"按这个情况，那也是预备恋人了。"

悦然有点恼："就算他是我男朋友那又怎么样？我一个适龄单身未婚女青年就没有恋爱的权利吗？我找谁做男朋友什么时候需要你管了？"

陆洋挠挠头，又要了一瓶"嘉士伯"，他盯着窗外在什刹海上溜冰的几个孩子看了一会儿，转过头来认真地看着悦然："我觉得你和陈羽寒还没结束，你心里有他，他心里也有你，只是杨洁的事是个绊儿，一时半会儿过不去。"

"你怎么知道他心里还有我，如果真有我为什么一直不和我联系？这么久了连一句话、一个问候都没有。我们俩已经比陌生人都不如了。"

"别说这么泄气的话，其实作为男生我挺能理解陈羽寒的。换作我是他，恐怕也同样无法面对你。在你和杨洁面前他会觉得自己是个自私鬼，是卑鄙小人。你们都付出了真心，他却三心二意，这份愧疚是他无法承受的。再者，即使现在他很想和你在一起，也是需要极大的勇气的。已经伤你第一次，他害怕再次伤害你。所以正是心里放不下，才不联系你，不然早和你在这儿把酒言欢了。"

悦然陷入沉思，良久，她抬头问："他，好吗？"

"你和幼琪都走了之后，我们也很少聚了，偶尔想起来了一起P个实况，见了面聊聊足球聊聊考试，本来男生之间也不大会谈感情的事。他嘛，感觉话少了，鼓练得猛了点。"

悦然没再说什么，陆洋的话多多少少让她释怀，连着干了几杯酒，更是身心放松。她看见小树叶走进酒吧，心里暗暗替陈放可惜，错过一次见面的机会。小树叶今天外套里面穿了一件粉色羊绒开衫，衬得苍白的脸庞明艳了些。她没有去角落，而是在吧台坐了下来。悦然心里纳闷，静观下文。

过了大约十分钟，一个身着黑色大衣的年轻男子走进酒吧，也在吧台坐下。他们简短交谈了几句，像是偶遇，又像是事先有约。不一会儿，两个人同时起身，小树叶跟着年轻男子一起消失在天鹅绒帘幕后。她离开时有一个瞬间脸正冲着悦然的方向，她脸上的神情悦然是熟悉的，就像一朵随时准备怒放的玫瑰。

悦然喃喃自语道："时间果然是一剂良药，来，陆洋，咱们走一个。"陆洋欣然举起酒杯："时间能打破一切僵局，所以再等等，别放弃。"

"说得好听，你懂这滋味吗？一百年太久，只争朝夕。一天，最多我再等一天。"

一个月后，陈羽寒依然杳无音讯，尽管那天陆洋说了一番振奋人心的话，可悦然并没有抱太大希望，不去祈求就不会落空。对于疼痛和思念的感觉她已经有些麻木，并且渐渐能够安于一个人的日子。复习累了或者夜里睡不着的时候，村上春树是能抚慰心灵的最好的朋友。《挪威的森林》《国境以南，太阳以西》《寻羊冒险记》，这些书每本她都不止看了一遍，每一次看仍能乐趣无穷。她羡慕小说中的主人公，能在长长的独处时光中过得那么惬意安然。为自己做一顿可口的饭菜，听唱片，阅读小说。看来只有内心强大，才能与孤独从容相处。

有的时候她会想，一份感情到底多久会消失呢？她想起陈羽寒的时候已不像过去那么焦灼了，甚至回忆里他的样子也开始变得模糊。她想也许一切会就这么结束，就像日落时分的阳光越来越微弱，最终消失在黑夜，而她会把那些珍贵的镜头刻在回忆的胶片上永远封存。

元旦前夕，悦然接到兰兰姐的电话邀请，她张罗了一个跨年Party，地点就在ROSE BAR。悦然很爽快地答应了，相比不断更换新鲜的地方，她更喜欢去熟悉的环境。新年总是让人兴奋的，那意味着新的开始，不管这一年有多么糟糕，十二点过后一切都是崭新崭新的了。悦然刻意打扮得像是要去一场狂欢。超短裙、镶有亮片的T恤、高跟鞋，她对着镜子仔细涂上陆洋送她的唇膏，纪梵希的禁忌之吻。鲜艳的珊瑚红，热情而温暖。她看看镜子里的自己，那一点点的陌生感让她很满意。

这一晚的爵士吧空前的热闹，兰兰姐、徐凯、陈放、伊藤良都来了，兰兰姐还叫来了罗杰和一群师兄师妹。一一介绍之后，悦然坐下来和大家一起聊天、喝果汁、拍照片。也许是那天陆洋的出现使罗杰有了危机感，今天他对悦然格外殷勤，寸步不离，体贴备至。

酒吧里飘满了五彩的氢气球，每一把椅子后面都系上了红色蝴蝶结，连音乐也换成较为轻快的爵士。节日的欢乐气氛感染着每个人的情绪。坐了一会儿，悦然起身袅袅婷婷走到吧台，娇声说："陈大帅哥，把我的生日鸡尾酒补上呗。"

"孟大美人，没问题，反正今天你有男朋友陪着来的。"

伊藤良还不死心，在一旁贱兮兮地说："悦然小姐，我们仍然可以做朋友的。"

悦然一口饮尽"爱琴海之梦"，转过脸对伊藤良温柔地说："一边儿去。"她举着空杯子继续向陈放讨酒，陈放另拿了一个高脚杯倒了杯香槟递给悦然："麻烦你送给今晚的女主人兰兰。这两杯算我请客。再喝可就得让你的帅男友买单了。"

兰兰接过酒杯，却不喝，她笑眯眯地说："我打算戒一段时间。"悦然不解。兰兰站起来，敲了敲酒杯示意大家安静。

"和徐凯结婚后我一直很没安全感，因为他太帅、太优秀了。我想只靠我是拴不住他的。"兰兰故意停了几秒，大家惊愕的表情似乎让她很满足，"但是我想两个人就可以把他牢牢拴住了。"

大家愣了好一会儿才回味过来，人群里爆发出尖叫和口哨声。悦然又惊又喜地抱住兰兰姐，"真没想到，兰兰姐你都快当妈妈啦。祝贺你！"突如其来的喜讯令现场更加沸腾，邻桌的陌生人也纷纷举起酒杯送来祝福。兰兰姐脸上的甜蜜浓得化不开。

高昂的兴致下，不知是谁提议玩传纸牌，大家立刻响应把椅子排成两排。规则很简单，所有人分成两组，手拉着手，用嘴对嘴的方式传纸牌，哪个队先传完二十张就算赢，输的一队队长要喝下一杯纯伏特加。罗杰默默地紧挨着悦然坐下。男生们抢着坐在女孩身边，如果哪张纸牌没接着，那就是个大福利。游戏开始，隔着一层纸牌，悦然仍能感觉到罗杰滚烫的嘴唇。不知是酒精还是那靠近的一瞬间急促的鼻息，令悦然微醺。

悦然这一组失误率少，动作快，渐渐领先，到了第十八张牌的时候已经占压倒性优势。最后一张牌，组员交换着兴奋的眼神，彼此鼓励，眼看胜利在望。

罗杰做出一个谁也没有想到的举动，他吹掉嘴上的牌，给了悦然结结实实的一个吻。一吻的时间里，对方迅速赶超赢了比赛。罗杰镇定地拿起桌上装满伏特加的杯子一饮而尽，然后满脸通红地对悦然说："做我女朋友吧。"

现场的男生极尽起哄之能事，齐声大呼："yes!yes!yes!"还有一个好事的，开始往两人身上撒爆米花。

悦然脸颊发烫，即将被推进旋涡的一刹那，她听见自己尚存一丝理智的声音："我有点醉了，想出去走走，你们先玩。"

悦然裹上长及脚踝的羽绒服，走下木板楼梯，走进晴朗寒冷的夜色。什刹海沿岸开了不少酒吧，每一家不管从名字还是装修都力求标新立异，意在吸引追求新奇的年轻人。每到夜晚，随着灯箱一个一个亮起来，民谣、流行、摇滚从四面八方汇集，混合着酒精和女郎的红唇大腿，营造出一个纸醉金迷、活色生香的欢场。奇怪的是人们倒是信任这种场所，夜深仍然流连忘返，互诉衷肠。

悦然避开喧嚣，专拣僻静的地方走，不知不觉走到什刹海的冰面上。也许时间已晚，已不见溜冰的人。巨大的冰面泛着蓝莹莹的光，留有冰鞋划过优美的弧形刀痕。悦然小心翼翼往前挪步，无奈冰面太滑，她又穿着跟鞋，没走两步脚下一滑坐倒在冰上滑出去好远。悦然咯咯笑起来，一仰脸，刚好看见空中悬着一轮冰盘似的大月亮。她索性躺在冰面上，静静面对着静谧安详的月亮。寒意透过厚厚的羽绒服浸润全身，直到后背有些刺痛。悦然却觉得十分痛快。

过了一会儿，身边走近一个人，是陈放。他说："兰兰让我出来找你，一会儿大家要一起倒计时。你在这里倒蛮自在。"

"怎么让你来？"

"你那个帅男友已经倒在沙发上不省人事了。看来今天你的单要赊账了。"说话间他也在悦然身边躺下来。

"为我买单的人有的是，陈放，为我买单的人有的是。"

"我相信。所以你不一定非要等那一个。"陈放指指远处说，"看，躺在这里刚好能看到钟楼和酒吧大门。我宣布，如果今天十二点之前小树叶走进这个门，我就对她表白。如果过了十二点她没来，我就忘了她。"

悦然举起一只胳膊，"好，我也宣布，如果今天十二点他不和我联系，我就答应做罗杰的女朋友。"她没有告诉陈放那晚看到的一幕。她想既然时间能让小树叶忘记忧伤，也会让陈放忘记思念。

时间一分一秒地过去，两人有一搭没一搭地聊着天，心里却阵阵抽紧。这是给自己下的一道战书，在失去自己之前必须止步。岸边的灯火越来越亮，几乎要烧到天上，远远传来阵阵欢呼，跨年倒计时开始了。

新年的钟声当当敲响，悦然的手机也像庆贺新年般响起来。这虽是她一直期望的却完全出乎意料，悦然愣愣的不敢接。陈放拿过手机按下接听和免提键。

话筒里静悄悄的，接着传来天籁般的歌声："我曾经想过在寂寞的夜里，你终于在意在我的房间里，你闭上眼睛亲吻了我，不说一句紧紧抱我在你的怀里……我是爱你的，我爱你到底，生平第一次我放下矜持，任凭自己幻想一切关于我和你，你是爱我的，你爱我到底，生平第一次我放下矜持，相信自己真的可以深深去爱你……"

陈放把手机还给悦然："悦然，你的缘分来找你了。"悦然用快要冻僵的手指抓住手机，音乐停了，传来陈羽寒的声音：

"喂，悦然。"

"喂，羽寒。"

"新年快乐！"

"新年快乐！"

Chapter **19**

任性的决定

走出校门后几乎从未提笔，
刚开始写得异常吃力。
唯一给我鼓励的是
菲茨杰拉德那句话：
"如果叙述与人不同的东西，
就要使用与人不同的语言。"
——村上春树

随着考试临近，悦然的睡眠有些易碎不安，这天夜里四点多醒来便没了睡意，她随手拿本书翻看，无意间看到村上春树的创作经历。村上春树29岁才开始写小说，他说在过去七年曾经想写什么却什么也写不出来。《且听风吟》的创作动机源于某日观赏职棒球赛时于外野席喝啤酒，看到养乐多队洋将大卫·希尔顿（John David Hilton）击出一支二垒安打后的所见，这多少让悦然有些意外，之前她一直以为村上春树是天赋型的作家，那些曼妙的语言和奇思妙想一定是与生俱来的，没想到他还有想写什么却什么也写不出来的时候。

英语和政治，因为本来的基础不错，悦然考得比较顺利。影视作品分析，她备考时参考了大量的范文，感觉写得也还行。还剩最后一门影视剧本创作，也是至关重要的一门考试。悦然特意去"红磨坊"，请小朵给她冲了一杯热巧克力，希望这香甜的温暖可以带给她灵感。考卷在面前静静放着，上面只有寥寥几行字"请以'圈套'为题，编写一个原创故事，要求限定现实生活题材，逻辑合理，语言生动，人物形象鲜明，结尾让人意外。篇幅不限。"下面大片的空白就是留给考生发挥的空间了。

悦然看着考卷，脑子里一片空白。她又想到村上春树，"走出校门后几乎从未提笔，刚开始写得异常吃力。唯一给我鼓励的是菲茨杰拉德那句话："如果叙述与人不同的东西，就要使用与人不同的语言。'但毕竟不是件容易事。边写边这样想道：40岁时肯定能写出像样些的东西来。"

她努力回想着身边的人和事，自己看过的文学作品和电影，想从中搜寻出与主题相关的信息。突然间她发现自己的生活是如此单纯有限，除了读书几乎毫无经历。尽管一直有当编剧的梦想，可她并没有真正产生过强烈的创作愿望。备考时写的几篇练习剧作也都是绞尽脑汁，凭借一点想象拼凑出来的。

在这个最不恰当的时候，一个念头却不可遏制地冒上来。悦然克制住，强迫自己专心写作。勉强写了两百多字，终于还是起身放下试卷，走出教室。她低着头，避开监考老师的目光，匆匆穿过走廊，走下楼梯，一直走到远离考场的草坪上才长长松了口气。紧紧抓着包的手，掌心已是汗津津的。

理智强烈地告诉她这么做不明智，她也清楚这一次的任性不可原谅。只是内心的声音清晰坚定，她想当作没听见都不行。草坪上枯黄的草茎混着冰碴在脚下嘎嘎作响，悦然一脚一脚踩下去，仔细倾听碎裂的声音。她两手插在羽绒服的口里，不时抬头看一眼远处作为考场的教学楼，稍稍有些不安。直到开始有学生三三两两从考场走出来，她才松了口气，仿佛这个鲁莽的决定此刻才算尘埃落定。

手机响起，是妈妈打来的。就像从小到大每一场重要考试一样，虽然这次妈妈没有站在考场外，却仍在电话那头默默陪伴她度过整场考试。悦然想着妈妈看着时钟挨过分分秒秒的情景不由鼻子一酸，声音里有了哭腔，妈妈以为她是没考好，安慰道："没事没事，考研肯定比考大学难。想考来年还可以再考啊。"悦然没有多解释，只轻轻地说："可能是太紧张了，这种考题以前没做过。"

她挂上电话，往校门外走去，穿过等活儿的群众演员，经过卖盗版光盘的小贩。身边越喧闹她就觉得越空虚冷清。她漫无目的地往前走着，越走越快。她希望迎面而来的人群中能出现一张熟悉的脸孔，她希望有人能听得懂她。"没有合适的契机所以放弃了考试"这种话怕任是谁都不能理解吧。

悦然自顾自地快步走着，像是要追逐什么或摆脱什么。她穿过五个红绿灯，走过一座天桥，又不知走了多久，停下来的时候已经对四周的街道完全陌生。数九寒冬居然出了一身汗。正踟蹰着不知道去哪儿的时候，远远一家小面馆亮起橘黄色的灯，立刻让她的胃兴奋得咕咕直叫，悦然径自走过去。

路过街边一家唱片店时，门口两个店员正在换灯箱上的广告。画面上的王菲一改往日冷艳高贵的形象，身着一件天蓝色短袖毛衫，娇俏地笑着。悦然走过去问："王菲出新专辑了？"一个店员回答，"精选集，不过很有收藏价值，是LPCD45版的，音质完美无瑕。歌选得也好，每首都是经典。""多少钱一张？""120。"见悦然有些犹豫，店员接着说："如果王菲从此相夫教子隐退歌坛，或许这就是她的最后一张唱片了。"

悦然走进面馆，找了角落的位置坐下来，把专辑放在桌上，仔细看着背面的歌曲目录，《约定》《暧昧》《暗涌》《天空》……果然每首都是不朽之作。她又把专辑反过来看王菲的照片，这应该是一张旧照片，照片上的她很年轻，一头利落的短发，也许那时她还没遇到李亚鹏，也没遇到谢霆锋，潇潇洒洒地行走云端，纵横四海。

悦然突然想起一段关于王菲的传闻。说是她在香港逛金店的时候遇到了谢霆锋的老板杨受成，杨老板很慷慨地说，你想要什么随便挑啊，我送给你。

谁知王菲回了句，"谁要你送啦，我没钱自己买啊。"估计杨老板这辈子都没遭到过此等待遇，想那场景一定尴尬不已。悦然不自觉地笑起来，越笑越大声，周围的客人投来惊奇的目光，她权当看不见。

笑着笑着悦然渐渐释怀，蜷缩着的心开始变得舒展自在，不管怎么样，这毕竟是自己做的决定，是好是坏，她自己来承担就是。今后的人生除了自己做主还能有谁呢。这一碗面悦然吃得酣畅痛快，吃完后她把一张五十的纸币拍在桌子上，很豪情地说："老板！找钱！"

陈羽寒生日那夜过后，悦然终于不再失眠，接着几天都睡得香甜，连梦也是黑黏醇厚的。在历经了等待、焦虑、激烈之后，她感情的天地变得宽广起来，不但自己跳脱、原谅了伤心的回忆，也能停下脚步不再追赶对方索要对等的感情。而就在这时，她期待已久的那颗心终于来敲门了。

这天悦然回到公寓，经过大门时被值班的警卫叫住："那个高个儿的姑娘，你是住在十五楼吗？"悦然点点头，疑惑地站住。

"有位先生送来一个包裹让转交给你。"说着拎过一个沉甸甸的大包裹。悦然呼哧呼哧拎回房间，拆开，是一床毛毯，里面还夹着一张纸条，"离天暖还有一段时间，夜里别冻着。——陈羽寒"。悦然愣住。

晚上洗完澡，她披着毛毯坐到计算机前，看见陈羽寒的头像亮着，便想发一条消息过去道谢。刚要敲回车键却又停住了：为什么不能心安理得享受一点他的温暖？送来一条毛毯就受宠若惊，也太沉不住气了。悦然心里升腾起一股公主的傲娇之气，一个字一个字地把消息删除了。她打开一档娱乐节目视频看着，眼睛却不时有意无意地扫一眼陈羽寒的头像。直到看完三期无聊的节目，悦然准备关机睡觉，陈羽寒的头像突然如醒悟过来般跳动不止。悦然一阵生气：明明知道我在线上，干吗这会儿才出声，不是成心么？但还是不由自主伸出手去点鼠标。

"还没睡？"

"嗯。"

"带我们家兰迪去遛弯儿了刚回来，太早出门这么大狗会吓着老奶奶。"

"哦。"悦然没法再生气了。

"谢谢你请我看演出，还是听现场更过瘾。"

"那你准备拿什么回报本姑娘？"

"前几天去实习，上班下班路过玉渊潭公园，海棠花开得正好，要不约个时间我带你去看吧……"

悦然裹着毛毯冲上床一阵翻滚，极力忍住仰天狂笑的冲动。好不容易待心情平复一点，头发散乱地重新坐到电脑前，美滋滋地敲键盘："听起来还不错，等我有空给你消息。"

晚上躺在床上，悦然脑子里反反复复出现的都是同一句话：他约我了，他约我了，他终于约我了。

你是一树一树的花开，是燕在梁间呢喃。你是爱，是暖，是希望，你是人间的四月天。

悦然撑了两天，终于再也拿不住姿态，她给陈羽寒短信："今天太阳还不错，有空一起去呗。"陈羽寒回："这么快就抽出空了？"悦然咬牙。

这确实是一个难得的好天气，连日来的阴霾一扫而光，初春的阳光普照大地，街上的姑娘们迫不及待地从厚重的羽绒服和棉衣里蹦出来，一个个面如桃花，鲜亮可人。短裙随处可见，隐约间更是翻滚着蕾丝、桑蚕丝这类清凉的材质。

悦然依然是不着痕迹地修饰了一番，站在陈羽寒单位门口等他，不一会儿，远远地见他逆着阳光走过来。悦然笑，她也不知道为什么笑，但就是忍不住一直笑，阳光直射在脸上，晃得她睁不开眼睛，还有点淌眼泪，但她坚持盯着陈羽寒看。她看不清他的脸，但她知道他也在笑。泪光和阳光混合成一片金粉色的朦胧，陈羽寒变成一个模糊的影子，那影子越来越近，越来越大，越来越清晰，直到遮住太阳，站到悦然跟前。

悦然睁大眼睛，一脸笑容满眼泪花地看着他。

陈羽寒问："你笑什么？"

悦然反问："你笑什么？"

"打哈欠会传染，笑也一样会传染。我是被你传染的。"

"我是被你传染的。"

"明明是你先笑的。"

"你先笑的。"

"你先笑的。"

两个人孩子气地争论着，一起走进公园。刚走几步便看见路边成排的海棠花，花朵小巧玲珑，雪白的花瓣上晕染着娇滴滴的粉，娇柔可人。再往里走，花株变得稠密起来，成簇成团，明艳袭人。颜色也变得层次丰富，从极净的白到极艳的红，浓淡有致。微风拂过时摇曳生姿，似彤云涌动，真是无法形容那绰约娇媚的姿态。悦然浸染在这画中才有的美好景色里，有种微醺的惬意，她心中暗自赞叹陈羽寒真是有种骨子里的情调，不经意间就令她终身难忘。

两人找了一棵开得最盛的海棠树，在树下的长椅坐下来。悦然由衷地感叹："以前只看过在花盆里种的小株的海棠，从没见过这么声势浩大的景象。"

"这个公园的海棠很有名，小时候每年春天奶奶都带我来，后来我自己来，上大学后离开北京，还真是怀念，今年总算有机会看到了。不枉这个春天啦。"

"我最喜欢蔷薇的，小时候邻居有户人家，家里有个小院，院门不常开，但是院里种的蔷薇花爬过墙头来一直垂到地面，一到四月末开满深粉色的花，就成了一堵花墙。记得有一年接连下了几天的大雨，我跑去看时一地的花瓣，藤条上已经光溜溜的一朵花也不剩了，我还为这哭了一场呢。我就想着以后要是能有一个二层的小楼，可以在二楼阳台上种蔷薇，一直拖到地面，开花的时候该多好看。"

"那门都被挡上了，一楼的人怎么出来呢？"

"可以修剪出一个门的形状呀。不过今天看到这么漂亮的海棠，觉着种海棠也不错。"

"这么快就移情别恋啦？"

"谁移情别恋了？"悦然有点敏感地转过脸盯着陈羽寒。

陈羽寒低下头说："海棠也属于蔷薇科，算是同类啦。你最喜欢哪个品种？"

悦然扬起脸，指了指远处说："喏，我喜欢那棵名叫垂丝海棠的，颜色粉得恰到好处，多一分则浓，少一分则淡。样子也好看，花朵垂下来，好像小姑娘羞答答地低着头，起风的时候又像风铃。你呢，你喜欢哪种？"

"我喜欢西府海棠，我们身后的这一棵就是。树高、树冠大，开满花后很壮观、很贵气。悦然，你有发觉什么不寻常的事吗？"

悦然四下看看，疑惑地摇摇头："没有啊？"

"我给你点提示啊，你有闻到什么没？"

悦然嗅嗅鼻子，除了空气比园外清新不少外，并没有什么特别的气味，可是这有满园的海棠。悦然惊奇地叫道："海棠花没有香味！"

陈羽寒点点头："这也是我喜欢海棠的原因，虽然美艳但是并不招摇，只在这园子里静静绽放，如果花香四溢，那得引诱多少人来观赏啊。花的香气就像花语一样，好闻的更像是曼妙的歌声，时时提醒你它的存在。而我喜欢海棠的静默。"接着陈羽寒话锋一转："悦然，你静默的样子也很漂亮。"

悦然皱眉："你是嫌我聒噪吗？"

"我不是这个意思，我是说你不说话的样子很娴静。"

"那不就是让我别说话吗？"

"你怎么老爱较劲呢？"两个人又开始争论起来。

一旁给游客拍照的师傅走过来很客气地问："这么好的景致二位合个影吧，我今天都拍了好些对情侣啦，一定把你们拍得好看。"

两个一愣，但是谁也没有拒绝，师傅见有机会做这个生意更热情了："你们就坐那儿就挺好，人面海棠相映红哪，看我这儿，笑。"悦然拿到照片没好意思细看赶紧放进包里，陈羽寒掏出钱包付了钱。

不知不觉太阳西斜，气温也骤然下降了几度。陈羽寒提议："我们去吃点东西吧，我知道这附近有家麦当劳。"悦然点头，乖乖地起身。她已经太心满意足了。

闻着麦当劳餐厅熟悉的奶油味，看着面前一堆食物，悦然说："幼琪离开 L 市的那天我们也是吃的麦当劳，就像在昨天一样，好想她。"

"她走后给我打过一次电话，只简单问候了几句，我让她留那边的电话号码，她说打过去很贵就没留。"

"幼琪一直都是这样，总是为别人想得多。不知道她过得好不好？她一直没有回来真让人担心。"

"放心，她会照顾好自己的，她是个坚强的姑娘。这世上有几个坚强的姑娘啊，都让我碰上了。"

悦然笑了："你怎么知道我坚强？"

“一个人在北京人生地不熟地过这么久，不容易。如果是陆洋肯定天天打电话跟我哭。”

“呵呵，那个家伙怎么样？”

“好得很，生龙活虎，脑子里只有托福，姑娘也不追了，游戏也不打了。偶尔来找我蹭顿饭。”

悦然刚想问“那你这些日子过得好吗？”，陈羽寒接着说：“今天开心吗？算是请我看演出的回请吧。”

悦然噘嘴：“这个公园是免费开放的哎，那场演出花了我八十块呢。我请你花钱的你请我免费的，不公平。”

“哟，算得这么细哪。行，那我也请你看场演出，不亏待你。”

悦然早已喜出望外，她想今天是什么日子啊，上天这样宠爱她，急忙怕陈羽寒反悔了似的拼命点头。

夜里十二点半，悦然仍然兴奋得辗转反侧。她感觉如果不和谁分享一下她会被快乐憋死的。一狠心拨通瑞秋的电话，她相信和瑞秋从小学就建立起来的友谊坚不可摧。电话响了至少十声才传来瑞秋睡意朦胧的“喂”。

“我和陈羽寒约会了。”

“一夜情？”

“不是，一起去公园看海棠了。”

“抱了？亲了？”

“连手都没有牵，你别这么肉欲好不好？”

“拜托了，现在是深更半夜哎，赶紧的说重点。不然我现在就会睡着。”

“瑞秋，你听我说，这是一次真正的约会，我们俩就那么安安静静地坐着，漫天的海棠花，说了会儿话，还吃了顿麦当劳。他夸我不说话的时候很漂亮，我们还约了下次哦。”

"就这些？"

"嗯，就这些。"

"我说陈羽寒到底有什么魔力啊，你怎么一碰到他就失心疯呢？平时挺端庄一姑娘，看个海棠，再夸你两句，至于高兴成这样吗？过去的事儿你全忘了是吗？"

"你知道吗，海棠是没有香味的。"

"我知道这会儿跟你说什么也白说，反正你可别再为了他对着我哭哭啼啼了。"

悦然没有理会瑞秋泼来的凉水，从包里拿出两人的合影仔细端详。照片里的悦然抿着嘴努力忍住笑，陈羽寒一脸的无辜还有些茫然，倒真像是被悦然占了什么大便宜似的。悦然笑着把照片轻覆在脸上，沉沉睡去，接连几晚的梦境都是海棠怒放的盛景。

Chapter 20
不能失
去你

她一时间陷入惊恐，
这感觉太熟悉了，
陈羽寒看似在眼前，
转瞬却失之交臂。
看着窗外一直延伸的黑暗，
悦然一时分不清身在何处，
是梦中还是现实，火车要开向哪里。
她还能回去吗？

春天是真的来了，每一次悦然钻出地铁都感觉阳光更暖了一点。她不知疲倦地一次又一次奔向和陈羽寒的约会地点，一次又一次在沸腾的演出现场声嘶力竭，大汗淋漓。他们来来回回地请已经分不清是谁请谁了。没有人提及过去也没有人谈到未来，两人只在这喧闹的春光里诉说和倾听彼此的心声。

这天听完"痛苦的信仰"，两个人走出"布谷鸟"演艺吧，在附近的小路上溜达。这里离雍和宫不远，空气中传来阵阵香火味。悦然的耳朵还在嗡嗡响，陈羽寒在一旁轻声哼唱："五彩斑斓的世界，流连得已太久，只有我才懂得你珍贵……"唱了一会儿他停下问："我们看了多少场演出了？"悦然说："木马、扭曲的机器、幸福大街、痛仰、二手玫瑰……怎么也有六七场了吧。"

"哦，我突然想起一部电影——《情欲九歌》，说的是男女主角一起听了九场摇滚乐，做了九场爱。"

"没看过，后来呢？""后来，后来他们阴差阳错地分开了吧，不然男主角也不会在一片冰天雪地里回忆这段往事。""喂，请问什么叫作阴差阳错啊？肯定是谁先不想和对方在一起啦。"

悦然的手机响，是罗杰。她几乎快忘记这个人了。

"喂。"

"喂，悦然，考研的分数出来啦，你查了没？"声音里满是期待。

"哦……"悦然连这件事也一起忘记了。她搪塞着："唔，查了，我没过。"

罗杰沉默，过了好一会儿，他极力掩饰着失望说："没关系的，我也是考了两年才过的，明年继续加油。我帮你好好复习。那接下来你打算做什么呢？"

罗杰的问题把悦然拉回到现实，"接下来我打算做什么呢？"她恢复理智，理了理思路，认真地回答："我要回学校准备毕业论文了。"

"那什么时候再回北京呢？"

"定下时间我告诉你好吗？"

挂了电话，陈羽寒问："你要回去了？"

"是啊，毕业论文快开题了。"悦然突然有些不舍，"你呢？你不是也要准备论文？"

陈羽寒说："我来实习前跟导师沟通过了，五月中旬回去。怎么，你不会是舍不得我吧？"

"臭美吧你就。"悦然心想：为什么不是你舍不得我呢？

陈羽寒送悦然回家，地铁到站后陈羽寒先起身下了车，悦然刚要站起来，背包的带子却被卡到座位的缝隙里，低头拔了几下没拔出来，抬头想喊陈羽寒，他却已经被下车的人群挤得不见踪影了。悦然越着急越慌乱，带子死死卡住出不来，她眼睁睁看着地铁关上门，眼睁睁看着玻璃外陈羽寒转身四处寻找她，接着遁入黑夜般的隧道。

悦然掏出手机却没有信号，她一时间陷入惊恐，这感觉太熟悉了，陈羽寒看似在眼前，转瞬却失之交臂。看着窗外一直延伸的黑暗，悦然一时分不清身在何处，是梦中还是现实，火车要开向哪里。她还能回去吗？回去时陈羽寒会在那里等她吗？待地铁停靠站台，悦然飞快地下车，跑到对面，跳上反方向的火车。

当她回到苏州街站的时候，看见陈羽寒安安静静地、若无其事地坐在长椅上。悦然悲喜交加，跑过去一把抱住陈羽寒，声音里带着哭腔："你还在这里，你还在这里，我以为再也见不到你了。"陈羽寒倒淡定，他拍拍悦然的背，说："别害怕，你看，这就叫阴差阳错。如果这是几十年前，没准你就真见不着我了。"

悦然抱得更紧了："什么阴差阳错，我就要你在这里，你哪里也不许去。"陈羽寒脸憋得通红："好，我不走，悦……然，你要勒死我了。"

火车站熙熙攘攘的候车大厅里，悦然手里握着去L市的车票，一边不停地四处张望。陈羽寒拍拍她肩膀说："姑娘别看了，我在这里。"

悦然又惊又喜："你怎么来啦？"

"你把那么详细的车票信息包括站台号、车厢号都发给我了，言下之意不就是希望我来送吗？"

悦然白了他一眼："你可以不来啊。"

"我做人的道德底线太高，没办法。"

悦然无语，虽然嘴上输了，心里还是乐开了花。撒娇一样地把行李箱推到陈羽寒面前："既然你来了，就劳驾啦。正好可以省下请'小红帽'的钱。"

陈羽寒瞪了她一眼："你还真不见外。"

他看看悦然随身带的小包问："带吃的了吗？"

"没有。"

"那怎么行？夜班车要开十个小时呢，现在不饿明天早上也会饿的，火车上的饭又贵又难吃。你在这儿等着，我给你买点面包。"

悦然看着陈羽寒匆匆离开的背影，心里甜丝丝的。他这副模样，倒真像是一个体贴的男朋友呢。

陈羽寒递过来的袋子装得满满当当，有奶油土司、芝士蛋糕、巧克力布朗尼，悦然很开心："哇唔，都是我爱吃的。你也不怕把我吃胖啊？"

"没关系。"陈羽寒很疼爱地说，"反正你已经来不及了。"

悦然狠狠瞪他。广播通知检票口开始检票，候车厅立刻拥挤起来，两个人挟裹在排队的人群中一点点往前挪。陈羽寒腾出一只手抓住悦然的手："别走散了。"一直走到站台人群已经散开，陈羽寒的手仍然没有松开的意思。悦然感觉到他的不舍，一时心里千般滋味，她故作轻松地笑了笑说："一个月很快就过去了，我和陆洋在L市等着你。"

陈羽寒抬起头看着悦然："我只怕阴差阳错。"

悦然怔住了，他眼里久违而熟悉的温柔让悦然心痛。广播再一次催促旅客上车，悦然说了句："保重。"便匆匆转身上车。站台上陈羽寒隔着玻璃寻找悦然，走完一节车厢也没见着她的身影。

悦然站在两节车厢之间，任由泪水滚滚而下，直到火车缓缓启动，她快步走到窗前，泪眼蒙眬中，站台上，陈羽寒怅然若失的身影越来越远……

悦然擦干眼泪，低头避开其他乘客的目光，拖着行李箱，按票上的号码找到她的软卧包厢。包厢里已坐着一对老年夫妇和一位中年大叔。大叔一见悦然立刻满脸堆笑，十分热情地帮她放行李，行李放好似乎还意犹未尽地想聊点什么。悦然道谢，在他开口之前利索地爬到上铺戴上耳机，掏出小说，挡住大叔幽怨的目光。

过了一会儿，列车广播传来温柔的女声提醒乘客即将熄灯。喧闹的车厢随着灯光熄灭渐渐安静下来。列车在寂静寒冷的夜色中朝着目的地疾驰而去。悦然闭着眼睛，却怎么也睡不着，这些天发生的事情像电影情节不断在脑海闪现。她翻了个身趴在床上，撩开窗帘，只见蓝黛色天幕笼罩着广袤的荒野，深深浅浅的黑影勾勒出山野的轮廓，其间偶尔有星星灯火稍纵即逝。悦然用眼睛极力捕捉着那一点亮光，琢磨着它们的来历。

这些天她就像是在梦里一样，她日思夜想的人突然从天而降，他们试探着再次靠近。一切就像回到最初，不，比最初更美好，因为是重拾这段感情，所以两人都小心翼翼，格外珍惜。只是在快乐默契的相处中谁也没有提及往事，他们心照不宣地当作什么也没有发生过。悦然明知不可能忘记却心存侥幸地想，也许他们可以重新开始，从此做一对普通温暖的恋人，没有伤心和泪水，也没有孤独和等待……

悦然在美好的憧憬中沉沉入睡，当她在L市明媚的阳光中醒来时，列车也即将到站。她拖着行李箱往出站口走去，只见来接站的人群里很醒目地竖着一块纸牌，上面用橘红色荧光笔写着"欢迎孟悦然凯旋归来"。举牌子的，除了陆洋还能是谁呢？悦然又好气又好笑地快步走过去，拿过纸牌拍在陆洋身上："你这又是哪一出啊？你怎么知道我今天回来？"

陆洋摸摸被拍中的肩膀，委屈地说："我这不是苦心想营造一点气氛嘛，至于我为什么会在这里你去问陈羽寒，我没猜错的话你俩重修旧好了吧？"

"哪儿有的事。"

"除了让我接站，他还千叮咛万嘱咐让我在接下来的一个月里照顾好你、保护好你，不要让其他男人靠近你。"

"真的？"

"后一句是我加的，不过从你又惊又喜的眼神来看，已经充分印证了我的猜测。"

"不是你想的那样啦。"

"好好，你承不承认都没关系。走，接风洗尘，我带你去吃福源居的包子。"

出租车载着两人向市区驶去，窗外是诗一样的四月天。杨柳依依，春光和煦。悦然脱下厚外套，摇开车窗，贪婪地呼吸着分别了半年的L市的空气。汽车开进一条老街，在挤挤挨挨的人群中慢吞吞地往前挪，最后在一座不起眼的小楼前面停下来。小楼门脸上挂着的牌匾正是"福源居"。店里早已满座，等座的食客们已经从店里排队排到了街上。好在陆洋有预订，服务员领着他们走上逼仄的木质楼梯，在二楼一座屏风旁坐定。

悦然兴奋地说："这种老字号的店看着就好吃。谢谢你陆洋，有心啦。"

"没关系，我不白费心，陈羽寒答应我的毕业论文他负责三千字，我照顾得好一点没准字数还能多点，所以说皆大欢喜，回头别忘记给我好评啊。"

"既然是这样，那我可就心安理得地享受了。"

说话间，两屉热气腾腾的包子端上桌。陆洋夹了一个放到悦然碗里："话说，你怎么现在才回来？研究生考试不是年前就结束了？"

"考试结束没多久，得到J电视台的消息，为迎接明年北京奥运会，要拍摄一组北京各区县的形象宣传片，正招实习生。我就去报名了。一来那段时间感觉空落落的，总想找点事做；二来考得不理想，得为毕业后的工作早做准备。"

"这么说，不管继续上学还是工作，你毕业后都会去北京咯？"

"嗯，我很喜欢那座城市，开阔、大气，身边随时都有传奇发生。"

"陈羽寒如果在西安，没准你觉得西安也挺开阔，也有好多传奇。"

"你干吗总往他身上想？我就不能有自己的人生规划吗？"

"好好，能规划到一起最好，省得你俩这么南征北战的。"

悦然默默吃完两个包子后抬头说："陆洋，我能不能先住你那儿？我可以交房租，或者……干脆咱俩换公寓，你住到碧云阁来。你觉得怎么样？"

陆洋脸上掠过瞬间的惊慌："你这是闹哪样？我明白了，你这是近乡情怯。住两天习惯了就好啦。"

悦然站起来冲他妩媚一笑："就这么说定啦，我吃饱了，咱们现在出发。"

陆洋匆忙结了账，提着行李跟在后面："我说悦然，我那儿又小又乱，我可不忍心占你便宜。真的你住几天习惯就好了，虽然是经历过不少事儿，可是你听过吗，遗忘是一种美德……"

悦然决心已定，优雅地招招手拦了一辆出租车，直奔陆洋的公寓，陆洋一路喋喋不休，她充耳不闻。进了公寓走到房间门口，陆洋磨磨蹭蹭不肯开门，他的反常开始让悦然生疑。"陆洋，不会是有谁在里面吧？""没有，没有谁。其实……""那快开门吧，你要实在不愿意，我坐坐就走。"

这时门锁响了一下，打开一条缝，一个刘海快盖住眼睛的姑娘探出头看看他们，娇娇柔柔地说："你是悦然姐吧，你们别门口站着，快进来。我去里屋换衣服。"说完留着门走开了。悦然很邪恶地想她现在穿的是什么。

陆洋讪讪地站在一边，脸上写着求忽略。悦然很大方地拍拍他肩膀："早说就是了，害我风尘仆仆白跑一趟。我又不是不知道你的本性。好啦，我回去了。"说完拖着行李扬长而去。

一段感情认真与否，看看当事人的表现就知道。如果是正正经经的恋爱，陆洋肯定会大方介绍，现在他一副遮遮掩掩、欲盖弥彰的样子，想必是一段来得快、去得也快的露水情缘。开始之初便未想过长久，两人也未必有多少真心，只是相互靠近的那份温暖足够彼此慰藉度过寒冬。

有了这段插曲悦然倒是脚下轻快不少，少了几分重回故地的顾虑。下了出租车，她站在"碧云阁"前面仰望着这栋安详的小楼，它对她的离开和归来都处之泰然，不悲不喜。这份淡然不是冷漠，而是一种理解的包容。悦然静静看了一会儿，走进公寓。电梯上到12楼，穿过长廊，打开房门。悦然深吸了口气，把行李拖进房间。美美洗了个热水澡然后一头扑到床上，她什么也不要想，先补个觉再说。

床上温暖舒适，柔软的被单轻轻摩挲皮肤，有种说不出的缠绻，困意随之袭来。半梦半醒间，厨房传来碗碟碰撞的声音，接着断断续续听见陈羽寒哼着小曲儿：

"你还记得吗？……喧闹的已成沙哑……"

悦然不高兴地说："轻一点，我睡觉呢。"

陈羽寒没有理会她，反而大声问："我要做西红柿打卤面，还有鸡蛋吗？"

悦然索性用被子蒙住头不理他。

陈羽寒继续问："还有西红柿吗？"又过了会儿他自言自语道："盘子不够大，我还是回去做吧。"说完便径直出去了。悦然不想让他走，却困得睁不开眼睛，想喊，嗓子也发不出声。

安静片刻后陈羽寒在隔壁哼着小曲儿，接着响起碗碟碰撞的声音。隐隐约约还有女孩的嬉笑声。悦然又急又气，不停拍打墙壁，用指甲不断抠下白色的碎片，碎片越来越多，漫天飞扬，落到她的身上、脸上，变成雪花……

悦然睁开眼睛，盯着天花板看了一会儿，突然起身，连外套也没穿，跑到隔壁"啪啪"敲打房门，拍了一气又把耳朵贴上去听。什么动静也没有，她这才确定刚才是做梦。慢吞吞走回房间重新爬到床上躺着。

太阳已经下山，房间昏暗，悦然醒透了，开始感到饥肠辘辘。这时如果真有一碗西红柿打卤面那就美了。手机传来短信声，一看是陆洋的，"晚上我们三人一起吃饭如何？甜甜说她很喜欢你，想一起聊聊天。"明显陆洋是想补救今天早上的尴尬，顺便修正一下他和甜甜在悦然心里的印象。悦然想着他们三人坐在一起的场景就头疼，肯定是各自介绍来历，然后勉强拉扯话题，陆洋呢，忙前忙后地暖场。一顿饭吃下来大家筋疲力尽，何必呢？悦然回复道："今天太累了，我先睡饱再说，改日吧。"

手机还没放下，铃声响起："悦然，路上还好吧，在做什么呢？"北京车站这一别，引得陈羽寒紧赶着追了几步，再和悦然说话，语气亲密了许多。悦然一只胳膊枕在脑后，很惬意地享受着被娇宠的感觉："刚刚睡醒，昨天在火车上没睡好。现在肚子饿，正在想吃什么呢。"

"陆洋呢？我有交代他照顾好你的。"

"拜托，我又不是生活不能自理。再说他忙着养猫呢，我可不想搅和到一起去。"

"那你按时吃东西啊，别饿到自己。悦然，你……你想我没？"

"刚刚做梦梦到你了，梦到你给我做西红柿打卤面，可是做着做着就跑隔壁去了。"

"你要是这么怕我去隔壁，等我回去了你把房子退掉，住到我这边来怎么样？"

悦然心里一蹦，同时想到那个刘海快盖住眼睛的甜甜，她骄矜地说："不行，那算怎么回事啊。"

"要不我退了房子住到你那边去。"陈羽寒还不甘心。

悦然扑哧一声笑了："你这是求我收留啊，被收留的境遇可是很凄凉的，不但要睡地板，还要洗衣做饭拖地。"

"这不是把我当男仆吗？强烈要求提高待遇。"

"不想做男仆，那你想做什么？"

陈羽寒在电话那头愣了两秒，悦然咯咯一笑，挂了电话。

Chapter 21

谁都不说话

我们在房间里默默干着各自的事情。
她坐在沙发上翻杂志，
我去厨房煮面。房间里出奇的静谧。
其实事后去想，
那时她和我一样恐惧，
我们都太害怕了，太怕失去，
太怕面对即将到来的事情，
正因如此，所以不敢轻举妄动，
所以试图用熟悉的日常生活
把一切牢牢按在轨道上。

　　第二天仍是风和日丽的好天气，悦然和导师打电话约好见面时间，洗漱完毕后换上一件鹅黄色毛衣，一条灰色百褶裙，早早出了门。她先去学校小西门的张记要了一根油条、一碗豆腐脑，这一家的早点她可是惦念很久了。大学附近也是美食云集的地方，不起眼的小店甚至流动的摊位上常常会有惊喜。悦然吃得心满意足，踏过一路阳光走进导师办公室。

　　"悦然来啦，你参与拍摄的宣传片我看了，很不错，我尤其喜欢密云水库那一段。画面、解说词和音乐配合得非常默契。假以时日，是块做新闻的材料。你的论文题目方向定了吗？"

　　"嗯，我想既然有纪录片的拍摄经历，我也对这个课题很感兴趣，不如就定这个方向的。暂定的题目是《纪录片的叙事手法》。"

　　"纪录片这个方向是可以的，但是叙事手法这个角度有些空泛。你可以尝试从更具体的角度切入，比如叙事结构、叙事节奏。你回去考虑一下，然后结合经典的纪录片案例，列一个五百字的大纲，我们再来讨论。"

悦然点点头："谢谢白老师。"

走出办公室，悦然往宿舍区走去，她想去看看小鱼和童彤她们。路过"凯旋门"的时候，只见喷泉前面站着一个熟悉的身影，迎着明晃晃的太阳有些模糊不清。悦然停住脚步，眯起眼睛仔细一看。竟然……是幼琪。虽然她背对着悦然，虽然她瘦了一大圈，虽然她剪短了头发，可是悦然绝不会认错。悦然一时说不出话来，努力控制着情绪，她慢慢走过去，轻轻叫了声："幼琪。"待幼琪转过身来，悦然紧紧抱住她："你什么时候回来的？怎么不告诉我一声？"

幼琪笑："悦然，好想你。我刚回来，想安顿好后再给你打电话的。"

"跟我还这么见外，不过回来就好。"悦然拎起幼琪的箱子，"走，先住我那儿吧。"

陆洋得知消息，当晚在"玉玲珑"定了个包间要为幼琪接风洗尘。幼琪一进门，陆洋看到她消瘦的身形愣了愣，随即热情地打招呼："幼琪你可回来了，想死我了。"幼琪笑着走过去给了他一个拥抱："我也很想你们啊，不过……"她看看站在一边的甜甜，"我不在你也过得蛮滋润呢。"甜甜很懂事地一笑："幼琪姐好。"

悦然见陆洋带着甜甜同来有些不悦，对他们这个亲密的小团体来说甜甜无疑是个外人，她还没有做好接受她的准备。幼琪倒不介意，忙着给大家夹菜、递纸巾，一如既往地照顾着身边的人。她对陆洋说："你不打算介绍一下甜甜吗？我现在除了名字还什么都不知道呢。"

陆洋见有机会澄清甜甜不是什么来路不明的女子，顺便纠正之前造成的不良印象，忙放下筷子，拿起餐巾擦擦嘴一本正经地说："甜甜是旅游管理学院的学生，比我们小两届，今年大二。"

悦然不怀好意地问："那你们俩不同届不同学院不同班，怎么就迅猛认识了呢？"

这时甜甜柔柔地开口了："说来真的特别巧，那天我和师哥在同一个教室上自习。当时我正为英语成绩苦恼，面前的阅读理解怎么也看不下去。这时我无意看到师哥正在看托福的书，心想他的英语一定很厉害，于是就过去向他请教。后来我们就约好常常给我补习英语。"甜甜气若游丝地说着，声音缥缥缈缈，仿佛随时都可能喘不过气，悦然很有冲动过去晃晃她的脖子帮她顺利吐出剩下的音节。

甜甜说完，悦然摆出一本正经的样子："其实我也在为很多问题苦恼，师哥你也给我补补呗。"看到陆洋求饶的眼神，悦然这才罢休。幼琪在一边咯咯笑个不停。她的脸庞因为消瘦显得更加清秀，依然云淡风轻，依然清澈透明，只在眼波流转间流露出一瞬的落寞。悦然看着心疼，也只能在心里轻轻叹气。吃完饭大家告别的时候，陆洋拍拍悦然的肩膀，悦然心领神会，是让她照顾好幼琪。

陈羽寒的电话和短信开始变得频繁而热烈，悦然现在明白原来只要一个人心里有你，即使隔着时空也能让你感觉得到。现在她丝毫不怀疑陈羽寒的心意，这份感情趋于稳妥安适，再没有当初的焦灼。陈羽寒仔细地关照起她的一日三餐、穿衣冷暖甚至交通安全，不厌其烦地叮嘱细节。悦然蜷缩在陈羽寒的呵护中，柔声答应着，任由幸福感一朵朵升腾到空中。当然，她没忘记接电话时避开幼琪，也尽量不在脸上流露恋爱的痕迹。

幼琪在悦然的公寓住了一个星期。两人依然嬉嬉闹闹一起做饭、看书、逛街。两人聊村上春树，聊未来，聊美食，聊化妆，可是心照不宣地谁也不提感情的事。

这天晚上幼琪和悦然约在麦当劳吃饭。幼琪点了一堆吃的端到悦然面前："用力吃咯，今天我请客。"

悦然抗议："喂猪哪，再说好好的干吗请客？"

"为了庆祝啊，我的申请学校教务处批复了，准许我延迟一年毕业，前提是修满所有学分。你说是不是值得庆祝，我本来以为拿不到毕业证了呢。还有呢，就是要谢谢你收留我一个星期。明天我就要搬回留学生宿舍啦。"

悦然举起可乐："为那该死的毕业证干杯！不过你可以不用着急搬回宿舍，住在我那里多好。"

"不好意思再给你添麻烦，而且也耽误你和男朋友约会。"

悦然脸一红："乱说，哪儿来的男朋友？"

幼琪看看窗外说："多美的夜啊，不如今晚我们把酒言欢怎么样？"

悦然欣然答应。

回到公寓，悦然打开音乐，幼琪关掉顶灯只留了盏浅黄色壁灯，然后拿出从台湾带回的香烛在墙角点上。房间里立刻有了气氛。两个姑娘换上舒适的睡裙席地而坐，打开顺路买回的冰镇"茉莉花"，对饮起来。没有任何开场白的，幼琪说起了她和子杰的事：

"飞机在松山机场降落，我打了的士直接去子杰的公寓，连饭也没有吃。那天台北下着蒙蒙细雨，路上有点堵车，我又着急又兴奋，想给子杰打电话还是按捺住了。我也说不好是为什么，也许是第六感吧。

"给我开门的是一个身材高挑、化着浓妆的女生。即使隔着五十公分我也能看出她粘了两层假睫毛，两层哦。虽然我心里已经有猜疑，可是事实很鲜活地站在眼前还是不能相信。我想可能子杰搬家了，于是很礼貌地问她子杰是不是住在这里。她不耐烦地点点头，我想也许是着急去参加什么Party吧。

"我在门口静静站了一会儿，被雨淋湿的头发贴在脸上很不舒服，然后我什么也没说，拖着行李箱直接进去了。我说不上当时是什么心情，心好像被冻住了，是木然的，什么感觉也没有。子杰不在屋里，我放好行李，拿出换洗衣服去浴室洗澡，吹头发。那女生大概被我的架势吓到了，也没拦我，站到一边打电话，不用想也知道是打给子杰的。

"我想女生应该知道我的存在，除了对我的突然出现感到意外并没有显得太惊慌。我们在房间里默默干着各自的事情。她坐在沙发上翻杂志，我去厨房煮面。房间里出奇的静谧。其实事后去想，那时她和我一样恐惧，我们都太害怕了，太怕失去，太怕面对即将到来的事情，正因如此，所以不敢轻举妄动，所以试图用熟悉的日常生活把一切牢牢按在轨道上。那一刻我们把命运的主导权都放在了子杰手上。

"可事实上呢？子杰回来看到眼前情景的第一个反应不是愧疚而是想逃。他连看也不敢看我一眼。我觉得他是用尽力气才说服自己留在这个房间里面对我们。然后他也变得安静，什么都不说。

"就这样，我们三个人在一种奇异的平静中一起生活了五天。没有敌意也不亲密的五天。我们在一张餐桌上吃饭，有时还会聚在客厅看一会儿电视，大家轮流去浴室洗漱。晚上他们睡卧室，我睡沙发，可是没有人去关上卧室的门。

"到了第六天的晚上，我洗完澡清理浴室时，从下水口上捡起一团头发，长长短短纠缠在一起，当时心里就像被什么突然击中一样。我举着这团头发跑到他俩面前说我只想清理自己的，你们的自己清理。说着就开始扯这团头发，越扯越乱，怎么也扯不开，我突然就蹲到地上哭起来。所有的伤心委屈一起袭来，那一刻我伤心得天昏地暗。看着我哭，那个女生也跑进卧室哭，子杰走去阳台点了一根烟，不一会儿，他的肩膀开始抖动。就这样，我们三个人哭成一团。好像过去五天才睡醒一样意识到发生了什么事。

"那天晚上子杰跟我说了事情始末。那个女生叫小柔，是一所艺术学院的大三学生。他们遇到的那晚同在一家KTV唱歌，两人都喝得半醉，小柔去洗手间时错进了男生的那一边，碰上了子杰，当时就和子杰看对眼接起吻来，当天晚上子杰就把小柔领回公寓了。两人都以为是一夜情，可是第二天分别时竟有些恋恋不舍，小柔索性又留了一晚，然后两晚，三晚，然后一直到我来。

"子杰和我连声说对不起，小柔也跑来求我原谅，说她是真的喜欢子杰。我默默地收拾好自己的行李，走出门回头对子杰说，我就住在对面的启明星酒店，三天内或者来找我我们和好，或者从此再也不见。"

说到这里，幼琪有些凄然地笑了笑。她问悦然："听我说这些，闷不闷？"悦然说："怎么会？我一直想知道你在台湾的时候发生了什么，可一直联系不到你。为什么不早一点和我说，至少你难过的时候不会是一个人。"

幼琪低下头沉默了一会儿轻声说："可是太痛了，痛得我根本不想睁开眼睛去面对。我不愿想不愿提，只一心想逃走。三天后我喝下半瓶纯伏特加，醉了两天。醒来后又喝完剩下的半瓶，在洗手间吐得天翻地覆，直接躺在地上睡着。醒来时已经全身滚烫，发起高烧。

"那段时间台北常下雨，有时阴雨连绵有时大雨倾盆，灰蒙蒙，湿漉漉，仿佛世界都要坍塌了。我躺在床上不记得吃过什么，不知道是什么时间，也分不清哪里在痛。

"烧退了之后有天我去浴室洗澡，看见镜子里的自己吓了一跳。脸色蜡黄，眼神涣散，锁骨高高凸起。我想我还有爸爸、妈妈、弟弟，我不能死在这个冷冰冰的酒店里。

"我得做点什么，但是一点也不想在那种状态下回学校。于是我租了一小间公寓，在餐馆、在电影院找了好几份兼职，每天工作十几个小时。"

悦然满眼心疼地看着幼琪："你没有回去找子杰吗？"

幼琪摇头："我给了他整整三天时间，他已经做出了选择。或许在更早，在他告诉我他和小柔的事，在他和我说对不起的时候，他就已经做出选择了。我去哭去闹，又能要回什么？我不去打扰他，不让他烦恼是我最后能为他做的。我只是很困惑，那么真实、那么美好的曾经怎么会在一瞬间全都消失了。子杰难道不知道我会痛，我会哭？他当然知道，可是他没有找过我，连一句安慰也没有，那么，那么的冷漠。

"回忆不断涌入，而我极力摆脱它们，好像走进一个死胡同。好多个晚上我在电影院熬通宵看电影，那时候王家卫的《2046》上映，那部电影三个多小时，而我一动不动坐着看了三遍。

"不知过了多久，心渐渐钝了，疼痛不再那么尖锐。就在我辞去工作，收拾好心情准备重返学校的时候，发生了一件事。

"去年圣诞节那天我一个人在公寓没事可做，就登陆上MSN，看到子杰头像亮着，我忍不住点进他的空间。然后我看见了他发布不久的一组照片。看起来像是在一个为小柔庆生的party上，里面的每个人都那么开心，子杰也那么开心，看着小柔的眼神充满温柔。其中有一张照片子杰正为小柔戴上项链，那项链，正是Tiffany的钥匙，和我的一模一样。我盯着看了很久，确定自己没有看错，那一刻我感到快要不能呼吸了。

"大脑空白了十分钟后产生的第一个念头是我要出去透透气。我走出公寓，发动机车，以最快的速度驶上公路。不管红绿灯，避开灯光和人群，只听得见风声，只看得见茫茫的夜。不知道骑了多久，停下来时已经到了观音山附近，索性一加油门驶上山。那晚下很重的露水，山上一片雾气蒙蒙，我感觉到发梢和睫毛渐渐被打湿。然后我停下来，走了一段路，在一棵相思树下摘了项链，把它埋在树下。

"下山时我仍骑得很快，也许是压上了碎石，加上路面湿滑，机车突然向右倾斜，转了几个圈后滑出去很远，我重重摔在地上。一阵巨大的疼痛过去之后我挣扎着试着站起来，左腿却不听使唤，稍微动一下就疼痛入骨。我掏出手机，本能地打电话给子杰。这些年来这已经是个下意识的动作，不管是堵了下水道，卡被取款机吞掉，墙上爬了一只蜘蛛，考试没通过，甚至来例假肚子疼，我第一个想到的都是他，好像他是无所不能的忍者神龟。可是这一次，电话接通的一瞬间，我挂断了。

"我躺在冰冷潮湿的路面上，动弹不了，疼痛难忍，而且正是深夜，四下无人，一片寂静。没有什么比这更无助了。可是我心里却异常平静、坚强，对子杰的依赖感在那一刻不翼而飞，我发现我不再需要他了。我任由眼泪滚滚而下落进泥土，在泪水的洗礼下终于重获自由。

"接着我拨通医院的急救电话，在等救护车来的时间里，我删去了子杰的号码，删去了和他的每一条通话记录、每一条信息，删去手机里他的照片。做完这些我感到非常非常疲倦，不知是在救护车上，还是在医院绑石膏时，就那么沉沉睡着连梦也没有做一个，睡得特别香甜。

"第二天醒来时，阳光暖暖地照在病床上，我看着洁白的被单和左腿上洁白的石膏，觉得心里也是洁白的。所有的痛苦在我看到照片的那一刻到达顶峰，然后又在一夜之间退潮般离我远去。回忆里的画面我把它们小心存放好，却不让它们再打扰我的心。"

说完这些，幼琪冲悦然甜甜一笑："现在没事啦，一切都过去了。毕竟我的人生不能停在这里。"悦然默默陪她饮完剩下的酒。

Chapter 22

离别与
重逢

她想忘了他，可是做不到，
她试着不爱他，可是做不到，
就像此时此刻她想不动容，
可是做不到。
她想他想得
自己都快要支离破碎了。

　　夜里悦然躺在床上却毫无睡意，幼琪的故事沉甸甸压在她心头。虽然她讲述的时候那么平静从容，寥寥数语里却有着千帆过尽的空寂。她一定是伤透了心，流完了眼泪，度过无数不眠之夜，痛到不能再痛，这才懂得了，蜕变了，化茧成蝶。这感觉，悦然是懂得的，她转过头，幼琪背对着她也许已经熟睡，那脖颈依然纤柔白皙，那肩膀单薄如纸，这副娇小的身躯是怎么承担起汹涌而来的背叛的？

　　手机在枕边振动，悦然无心理会，看也没看便挂断了。可是对方依然执着地打来。悦然无奈地按下接听键。小声"喂"了几声对方都没有应答，只听见电话那头有雨声，还有喘气的声音。

　　悦然正准备挂断，那头传来陈羽寒略显紧张的声音："悦然，你离开后的每一天我都很挂念你，我能体会到你在北京独自度过的这段时间有多难过。我知道这都是我造成的，我逃避，不敢面对。现在能不能给我一个弥补的机会。做我女朋友好吗？"

悦然心情复杂地听着这段期盼已久的表白，曾发生在这个房间的一切那么生动地在脑海浮现，那悸动，那甜蜜，那煎熬，那等待，那孤独，还有那痛楚……她曾想象过当陈羽寒明白无误请求她做他女朋友时她会多么幸福，多么兴奋得不能自持。可是此刻她却迟疑了。也许是幼琪的经历使她再次怀疑爱情，也许是那些被刻意隐藏的伤还未痊愈。

悦然轻声说："让我想一想，现在不是说这些的时候。"便挂断电话。这段鼓足勇气才说出口的表白没料到是此种待遇，不知所措地停在半空，悻悻然散了。

第二天，悦然换上宽松的T恤和外套帮幼琪搬家，打扫新宿舍，又去超市采购一趟生活用品。一切安顿好，两人便下楼逛逛，走到篮球场边坐了下来。大喇叭里慵慵懒懒地传来郑钧的《灰姑娘》："怎么会迷上你，我在问自己，我什么都能放弃，居然今天难离去，你并不美丽，但是你可爱至极，哎呀灰姑娘，我的灰姑娘……"

一朵柳絮飘飘停停落在幼琪的头发上，悦然帮她拈下来，说："又到了这个时候，一年过得这么快。"

幼琪点点头："明年这个时候我还在这里，但是不知道你在哪里咯。"

"打住，离毕业还有一个多月，可别这么早说招人伤感的话。小卖部就在旁边，我去买冰激凌。"

悦然走进小店，从冰柜里拿了两盒"八喜"，去柜台结账才发现忘记带钱包了，这时排在后面的一个男生看出她的窘态，主动说："我来帮你结吧。"悦然笑了笑，拒绝了，出门叫幼琪过来。

幼琪付完钱，冲悦然调皮地眨眨眼睛："有帅哥主动帮你买单耶，干吗不要？"

悦然瞥她："那也要看是谁啊，你当我谁买单都接受哪。"

"那就说说谁买你肯接着吧。"

悦然开始扭捏："没有啦，只是随便说说。"

"你就别演啦，赶紧招了男朋友是谁。"

"咦？我什么时候说过有男朋友？"

"恋爱中的人，脸上的幸福是藏不住的。每次你接完电话回来，或者收到简讯时的表情明白无误地写着——本小姐正在恋爱中，我想视而不见都不行。我知道之前你是顾及我的感受，担心我难过。可是现在我已经把事情经过都告诉你了，也不再为那个人伤心，所以你不用再遮遮掩掩啦。说嘛……"

"其实，这件事有点复杂……"悦然犹豫着，想着怎么措辞才能把这一年她和陈羽寒的纠纠缠缠说清楚，让幼琪不要误解她，可现实偏偏不给她这个机会。

罗杰的电话仿佛精心挑准了时机似的打进来，声音藏不住的兴奋："悦然，你猜猜看我现在在哪里？就在L市。我和导师一起来参加电影节，会在这里逗留三天。这会儿刚在酒店安顿好，等我参加完下午的活动就去找你。"

悦然挂上电话叹了口气，她对幼琪说："这件事真的有点复杂，有机会和你说，我先回去了。"

悦然想来想去，这事儿还得找陆洋帮忙，得拉上他，免得罗杰一腔热忱地跑过来直奔主题，弄得她没处可躲。既然罗杰已经把陆洋当成假想敌，就委屈陆洋再当一回挡箭牌吧。

她和陆洋把情况一说，不料陆洋一口回绝："不去，我晚上有约呢。再说人家千里迢迢，一片真心，你就给一个机会呗，不要这么无情。"

悦然反讯："我宁愿无情，也不要滥情，谁都爱等于谁也不爱。"一句话说得陆洋心虚，他立刻举手投降："好好，我有情就有情到底，索性再帮你一回。"

回到公寓，悦然边收拾房间边暗自思忖：如果这次罗杰再向她表白，她可得狠狠心断然拒绝，不给他一点幻想的余地。两个人纠缠久了，就会彼此生出一点类似责任的感觉，伤了对方的心多多少少都会内疚。如果再拖下去，只怕更不好开口。也许最后她和罗杰连朋友也做不成，可是有什么办法，人与人的关系就是这么微妙。

敲门声响起，悦然深呼吸一口，打开门，刚想露出礼貌友好又略有距离感的微笑，表情却瞬间凝固在脸上。来者居然是陈羽寒！陈羽寒风尘仆仆，满眼血丝，精神却很亢奋。他一下抱住悦然："昨晚你说你要想想，我就很没把握，一颗心悬着怎么也睡不着。干脆定了今天最早的飞机回来。悦然，做我女朋友好吗？"

悦然在懵懵的状态中听见叮咚一声响，她转过脸一看，罗杰捧着一大束香槟玫瑰走出电梯，刚走了两步便停住了，站在远处愣愣地看着他们。

紧接着过了一分钟，陆洋穿着他那件骚包的粉红衬衫也出现了。悦然看着蜂拥而至的男人们第一个念头就是逃走，她本能地推开陈羽寒的拥抱，慢慢往房间里挪去。陆洋看出悦然的意图，三步两步走到她跟前抵住房门，低声说："你想把他们两个扔给我也太不厚道了吧？"

悦然脸上僵硬地微笑着，小声哀求："陆洋，快点帮帮我。"

陆洋也是同样僵硬的表情，从牙缝里艰难地挤出音节："怎么帮？这局面太复杂了。"

"拉走一个。"

"哪一个？"

"随便……"

陆洋深吸口气，调整了下状态，随即灿烂一笑，拍拍陈羽寒肩膀："回来怎么也不说一声，走走，接风洗尘，先去吃饭。"那声音热情得，就像他和陈羽寒已经十年没见似的。陆洋连拖带拽地拉着陈羽寒进了电梯，从罗杰身旁经过的时候权当作他不存在。

　　走廊里静悄悄的，只剩下悦然和罗杰两个人。悦然已经从刚才的慌乱中回过神来，她想想事情经过，越发觉得荒唐可笑。命运在本该正经严肃的时候偏偏插进这么一幕荒诞的剧情，该怎么收场才好，如果因此失去陈羽寒，那也算是一种阴差阳错吧。

　　悦然摇摇头，无奈地笑了笑，事已至此，她反而在一笑之间释然了。这么久以来面对感情的事她都太较劲太认真，结果患得患失，疲惫不堪。有时候奋不顾身去紧紧抓住，未必不会落空。索性这回不挣扎，不解释，愿留在她身边的自然会留下，愿意离开的也不强求。

　　悦然冲着罗杰嫣然一笑，大方地走过去接过他手中的玫瑰："好漂亮的花，谢谢，进来坐坐吗？"罗杰点点头，默默地跟着悦然回到房间。坐定了，却不知道说什么。悦然起身给罗杰倒了一杯热茶，两个人有一搭没一搭地聊着电影节的事，却是谁都心不在焉。又坐了一会儿，罗杰起身道别，关于刚才的事他几次欲言又止，终于还是什么也没说。

　　天色已晚，悦然感到又乏又饿，懒得出去吃饭，便打电话订了麦当劳。她换上舒服的睡裙，打开音乐，啃着香喷喷的麦辣鸡翅，好不惬意。敲门声响起的时候她有些不快，想一个人好好吃顿饭也不得清静。悦然问了两句"谁啊"都没有人应，只得懒洋洋去开门。

　　门外站着陈羽寒，他一言不发地走进来，眼睛始终没有离开悦然。悦然刚想说什么，陈羽寒的嘴唇便狠狠压在她的唇上。摄魂夺魄的一吻，再说什么都是多余。她想忘了他，可是做不到，她试着不爱他，可是做不到，就像此时此刻她想不动容，可是做不到。她想他想得自己都快要支离破碎了。而这一吻如此强悍，不容分说，让她心安。他是懂她的。所有的等待、隔阂都在这一吻里倏然冰释。两行清泪沿着悦然的眼角落下，陈羽寒立刻心痛地去吮吸，可是自己的泪也簌簌掉落下来。

　　他们哭着、亲吻着、拥抱着，打败一切阻碍、一切心头的阴霾，在泪水、时间、思念的洗礼中重新成为一对普通的、光明正大的、纯洁的、热烈的恋人。

陈羽寒还不甘心，停下来不依不饶地问："悦然，做我女朋友好吗？"悦然点点头，陈羽寒再次给她绵久深情的一吻。"悦然，我要你，就现在。"说完抱着悦然噔噔噔上了楼，把她放到床上时，陈羽寒惊讶地说："咦，你手上怎么还抓着鸡翅？"悦然一下乐了，她咯咯笑着翻滚到床上，把鸡翅往陈羽寒丢去。陈羽寒身子一闪躲过袭击，接着就张牙舞爪地要去捉悦然，两个人嬉笑着闹成一团。

闹了一气，悦然停下来，喘息未定。她掀起床单一角蒙在陈羽寒眼睛上问："你看到什么了？""红色，我看到你是红色的。"

"还有呢？"

陈羽寒伸出手去抓住悦然的手："你的血是热乎乎的。"

悦然笑着躺在陈羽寒身边，突然把手指放在嘴边："嘘，别说话，你听见什么了？"

"歌呀，《华丽的冒险》。"

"还有呢？"陈羽寒仔细听了一会儿，"还有你的呼吸。"

悦然闭上眼睛，用心捕捉着那美妙的音节："你听外面沙沙的雨声，羽寒，雨季来了。"

陈羽寒静默了一会儿说："真的是雨，原来下雨的声音这么好听，让人觉得整个世界都很宁静。"他再次拉过床单蒙住脸，"今年的雨季也是红色的。"

"羽寒，你还走吗？"

"不走了。"

"羽寒，别离开我了。"

"嗯。"

伴随雨季一起到来的，还有"六一"节。刚刚陷入热恋的陈羽寒自然不肯放过任何一个制造情调的机会，这天一大早他啪啪敲开悦然的房门，径自捧着笔记本上了楼。

悦然睡眼惺忪地站在门口说："陈羽寒，这个时间干什么都早了点儿吧。"

陈羽寒自顾自地接上电脑电源，"不早不早，每到'六一'看一遍《阳光灿烂的日子》是我从高中坚持到现在的保留节目。我打算一直看到八十岁。"

悦然依然懵懂："真有那么好看的电影？"

"不，我是喜欢这种阳光永远灿烂的感觉。"

陈羽寒放好电脑，又下楼来抱起半睡眠状态的悦然，"让我想想你八十岁的样子，估计那时早上起来第一件事是帮你装上假牙。"

悦然温顺地靠在羽寒怀里："谁知道那时候陪在你旁边的是谁呢？"

"你不离我不弃。"

悦然咪了他一声，撑着下巴强打精神盯住电脑画面，可是看了不到五分钟便睡意全无。待冯小刚扮演的老师出场，转身看见堆满煤球的帽子，气急败坏地拍着讲台，大声质问："这是谁干的？是谁？这是什么意思？"悦然和羽寒乐不可支，按了暂停键痛痛快快笑了一气。陈羽寒仰面躺着，悦然定定地看着他。

"羽寒，好久没看见你这么笑了，原来你笑起来还有个浅浅的酒窝。"

"是啊，我也不记得上回这样笑是什么时候了。悦然，我真的以为已经失去你了，这种失而复得真让人幸福。"

悦然轻轻摩挲着他小臂上薄薄的绒毛，问他："如果我没有约你看那场演出，是不是你永远也不会来找我了？"

陈羽寒叹一口气，将悦然揽在怀里："其实今年我刚回北京不久，就碰上我奶奶心梗住院，赶到医院的时候她已经在手术室抢救。那一刻我觉得奶奶就这么离开了。后来医生及时做了心脏搭桥手术，奶奶才转危为安。可在那漫长的四个小时里，我明白了失去一个人是什么滋味，原来我有那么多话想对你说，那么多事想和你一起做，我不能就这样错过你。回到家我就打开电脑，看着你的头像一时却不知道说什么好，看到你的头像突然跳起来时，那天我激动得吃了一整个比萨。"

"陈羽寒，这样对我很不公平哎，明明我是女生，是应该矜持的那一个，每次却要拉下脸来先往前迈一步。"

"悦然，我心里的挣扎一点也不会比你少，只是，只是……真要面对时，我确实缺少你的勇气。"

"那你保证从今往后你要做主动的那一个。主动给我发消息，打电话，主动来找我，主动和我约会，吵架了主动求我原谅。"

"听起来挺复杂，不过我保证。"

说话间悦然拿起手机，"班长群发的消息，下午两点在图书馆前面的草坪上拍毕业集体照，统一穿印有学校logo的T恤。"悦然迷惑地看着陈羽寒，"我们真的就要毕业了？"陈羽寒默然地点点头，"就要离开学校，离开所有同学和老师，离开这座城市了？"陈羽寒还是点点头。

悦然叹了口气，不无伤感地说："我还记得我们拿到T恤那天一个劲地吐槽衣服难看，没想到这恐怕是最后一次穿了。好久没见那T恤了，我得好好找找，希望没有拿它做了抹布。"

下午，悦然心情忐忑地向校园快步走去，身上的T恤已经微微发黄，皱巴巴的，独自在衣橱角落度过了四个梅雨季节，袖口已经布上一些黑色小霉点。重新洗熨已经来不及，悦然只好默默祈祷大家别看见。不过当她和同学们一照面，顾虑立刻烟消云散，T恤干净整洁的几乎一个也没有，男生更是惨不忍睹，简直像穿着这身衣服打了场群架似的。吴鹏的衣服找不着了，跟别的班借了一件，匆匆忙忙也没顾得上看尺寸，结果衣服紧紧绷在身上，跟选健美先生似的，正沦为大家取笑的对象。班主任看到这景象直叹气，那表情像是在说，这群孩子什么时候才能长大，就这样走上社会真叫人担心。

大家嘻嘻闹闹着在镜头前排好队，悦然心想要用最美的样子为这四年做纪念，于是快门按动的时候，她露出四年来最最朝气蓬勃、最最灿烂的笑容。照片刚拍完，女生们便把PS这门课拿了最高分的王宏跃围了个水泄不通。"王宏跃，把我衣服P白一点。""把我P瘦一点。""帮我P个刘海行吗？显脸小。"叽叽喳喳的声音几乎淹没了班主任的叮嘱："请同学们认真准备下周的论文答辩，给大学四年画一个完美的句号。"

气氛并不像想象中那样充满离愁别绪，这让悦然舒了口气。这一年她已经深深尝过离的滋味，如果可以选择，她希望人生里只有相遇和重逢。悦然穿过熟悉的林荫路，绕过花坛，走进教学楼主楼。这栋建筑年代久远，楼梯还是木质的，悦然很喜欢听鞋跟踏在上面发出的声响，充满古典的韵味。三楼靠南有一间她最喜爱的教室，坐在窗边校园的景色尽收眼底。有多少节课，悦然都是手撑下巴，听着窗外鸟儿啼啭，打着瞌睡度过的。

如今四年过去，除了时间，悦然也说不清那是什么渐渐远离了自己。这份难以形容的感觉使毕业的滋味变得复杂。她走进教室，惊讶地发现小鱼、童彤和庄静也在这里，正安静地上自习。悦然找了个位置坐下，打开随身带着的笔记本电脑整理论文。女孩子们谁也没有说话，在一种静谧的默契中度过在这里所剩无多的时光。

傍晚时分又下起雨，悦然一路小跑回到公寓。敲敲1203的门却没有应答，估计陈羽寒是找陆洋玩去了吧。悦然回到自己的房间，打电话叫了一份外卖。吃罢晚饭，她打开音乐，窝在沙发里重读《寻羊冒险记》。合上书的时候一看时间已经十点。她又走到隔壁敲敲门，陈羽寒还没有回来。悦然拿起手机，想想作罢了，陈羽寒又不是小孩子，她没必要像妈妈一样乱操心。

睡到半夜，悦然被一阵敲门声吵醒，她不快地问"谁啊"，除了陈羽寒和陆洋这对活宝还能有谁？悦然迷迷糊糊地下楼开门。只见两人不但被雨浇了个透湿，而且一身泥泞。冲鼻的酒气扑面而来，更不可思议的是两个人都哭红了眼睛。见到悦然两人精神一振，开始放声齐唱："我们都在不停赶路忘记了出路，在失望中追求偶尔的满足。我们都在梦中解脱清醒的苦，流浪在灯火阑珊处……"

赶在邻居出来抗议前，悦然把他俩拉进屋。看到他们依然勾肩搭背不肯撒手，悦然不解："你们不是天天见面吗？怎么今天这么惺惺相惜，难分难舍？"

陆洋不屑地看了悦然一眼，"兄弟，这就是兄弟。本来说好跟宿舍几个哥们儿一起喝到天亮，可是陈羽寒这个家伙重色轻友非要跑来看你。我是他兄弟，只好陪他一块儿。你以为我们怎么来的，我们是翻越了高山、蹚过了小河才到了这里。"

悦然好气又好笑："要不你俩先去隔壁洗个澡，陈羽寒屋有干净衣服，我去泡点果茶给你们。"

谁知陆洋摆摆手："没人，刚才路过敲过门了，没人开门。"

一向稳重的陈羽寒这时也红着脸，傻乎乎地笑着："我们来的时候宿舍已经锁门了，看门大爷说什么也不放我们出来。我们是从……很高……我想想有多高……从三楼阳台爬下来的。然后走着走着，宿舍大院的铁门也锁了，我们又翻过了那道铁门。不信你去看监控录像，绝……绝对拍下来了，永恒的纪念。"

陆洋拍手，"拍了拍了。"接着从衣服兜里掏出手机，"我先跳下来的，回头一看陈羽寒挂在铁门上的姿势，那帅得，跟越狱一样，我就拍了。"悦然一看，手机湿乎乎的屏幕上果然有个模糊的人影。陆洋又两眼泪汪汪地唱起来："人生不轻言放弃，来生还要做兄弟，义字当头友情怎么会分离……"拉起陈羽寒的手，一起往浴室走去。

Chapter 23

永久
向前

那晚他们一直在河堤上
坐到深夜仍迟迟不愿回去，
喝空的酒瓶被狠狠砸碎在
坚硬的水泥地上，溅起晶莹的"烟花"。
他们都不记得说了什么，
只记得话怎么都说不完。
他们不记得哭了多少回，
拥抱了多少次，
对着月亮许了多少憧憬和愿望。

这天夜里，悦然给他们拿来干净衣服换上，好说歹说劝着喝了茶，又安顿两人睡下，已是疲惫不堪。刚在沙发上迷糊起来，却听见陆洋哼哼唧唧的声音，悦然叹口气，走到他身边。陆洋一把抓住悦然的胳膊，悦然一惊，好烫。再摸摸他额头，果然是发烧了，悦然心说，又醉酒又淋雨不生病才怪。看看一旁的陈羽寒，睡得却香甜。

悦然要去拿药，陆洋拉着不让她走。他迷迷蒙蒙地看着悦然问："我是不是病了？"悦然点头。"我，我有个请求。能不能请一个人来照顾我？"悦然哭笑不得，"您这位公子好大的阵势啊。好好，我这就给你的小甜甜打电话。""不，不是她。是幼琪。"悦然愣住。

隔天到了中午，悦然正窝在沙发里，猫似的酣睡，楼上一阵吵闹冲击着她的耳膜。"你怎么在我的床上？""你怎么在我的床上？""别吵啦，这是本小姐的床。"话音未落，只听咕咚一声，接着传来陆洋的呻吟。悦然跑到楼上指着两个孩子似的男人，没好气地说："昨晚不是还搂搂抱抱哥俩好的吗？这么快就翻脸了？陈羽寒你也真是，陆洋病着呢，干吗把他端下床？"陈羽寒倒委屈："我纯属条件反射，从小到大没跟男人同过床，刚才伸手一摸一条毛乎乎的腿正压我身上，太吓人了。"

悦然边扶起陆洋边说："一会儿我得去图书馆接着整论文，羽寒你帮忙照顾下陆洋。"陈羽寒为难："我今天也得写论文呢，时间紧迫。"

陆洋回到床上躺好，双手拉着被头，显得更加虚弱："陈羽寒，你曾答应过。"

"我知道，我帮你搞定三千字。"

"本来是三千字，可是你这一脚，我起码十天起不来。再加五千字吧。你放心，论文答辩我一定亲自去，绝不劳烦你。"

陈羽寒瞪他："白日做梦。"

"你写不写？"

"只写三千。"

陆洋哆哆嗦嗦掏出手机："你要是不写，我就把你半夜翻铁门的照片发到校园网上，多少学妹要伤透心，你忍心吗？"

"陆洋！"

"要不……"悦然想起陆洋半夜的请求，幼琪倒是没有论文的压力，她略略思忖还是作罢了，谁知道陆洋说的是醉话还是梦话。"陈羽寒，要不我们就在家里写吧，方便照顾陆洋。缺什么资料先记下，回头再去图书馆查。"

陆洋心满意足地闭上眼睛以抵御陈羽寒寒光凛凛的目光："赞成，我绝对不出声。"

悦然为陆洋熬了粥，给自己和陈羽寒叫了外卖。吃罢饭便和陈羽寒围着桌子坐下来，一时间房间里只有噼噼啪啪敲击键盘的声音。从窗外飘进的气息是湿润而咸的，也许是昨夜大雨的味道，也许是因为毕业而分手的恋人们，他们眼泪的味道。悦然庆幸毕业后目标已定，不必担忧和陈羽寒的分别。想到这里，她温柔地看了陈羽寒一眼，刚好四目相对。陈羽寒凝视着她，无声地靠过来，悦然微微闭上眼睛，等待他的一吻。

楼上栏杆突然伸出陆洋的脑袋，"我口渴，想喝水。"陈羽寒抄起手边的一本书丢过去。陆洋应声倒下。

一连几天陆洋都如幽灵般盘踞在楼上，弄得悦然和陈羽寒一点私密空间也没有，只能望穿秋水地对一对眼神，或者桌子底下拉拉手。一天，陈羽寒趁陆洋心情不错和颜悦色地哄他："你还是回去躺着，毕竟自己的地儿，更自在不是？再或者去我屋也行，我保证一日三餐准时送到，酸奶水果敞开供应。"陆洋从鼻子里哼了一声："就你俩现在这好得忘乎所以，只嫌黑夜不够长的状态，我只要有一秒不在你俩视线范围内绝对就被忘得一干二净，最后落个惨死在公寓好几天才被发现的下场，冤不冤？不走。"

绝望之际，救兵从天而降。幼琪带了两斤新上市的草莓送给悦然，陈羽寒激动得恨不得抱住她："幼琪你带来了比草莓更宝贵的东西，那就是自由。"说完就拉着悦然往外跑，留下一脸茫然的幼琪喃喃自语，"咦？他们俩怎么会手牵手？陆洋，你怎么会躺在这里呢？你们在搞什么啦？"

悦然像小鸟一样飞出大楼，她问陈羽寒："你要带我去哪？"陈羽寒把那辆永久车推到她跟前："我要载着你好好看一看这个城市，没有比牢牢记住她更好的告别了。"悦然感激地坐上后座，紧紧抱住陈羽寒，有时候他比她更了解她自己。

他们围着中心校区的标志性大楼绕了一圈，穿过农学院葱郁而静谧的小径，经过文学院碧绿的草坪、图书馆、凯旋门，然后从开满荷花的半塘骑出校门，经过古城墙，来到花园一样的市中心，接着骑向杨柳垂堤的运河河畔。

往事历历在目，她想起开学第一天，还不熟识的女孩们坐在各自的小床上矜持又专心地挂蚊帐；她想起"明日之星"选拔赛上，年级里最美丽的女生舒清荷在台上跳《爱情三十六计》，台下男生如痴如醉的模样；她想起每晚十二点都会有几个因约会而晚归的女孩子，踩着高跟鞋从远处飞奔而来鱼贯钻进即将关闭的宿舍大门；她想起白发苍苍的洪教授在退休前的最后一堂课，点完名发现无人缺席后，孩童一样的笑脸……

这座城市如此美丽，正如那逝去的四年时光。悦然曾缱绻地躺在时光里，以为永远过不完。她迎着太阳伸出手去，想看看上面有没有时间的痕迹。

比起理想、同窗情谊，更为宝贵的收获就是她和陈羽寒的这段感情。悦然把脸深深埋进陈羽寒后背的两个肩胛骨之间，"羽寒你知道吗？你的背后有个窝窝，脸靠在里面好安逸。这个窝窝可以只属于我吗？""你为什么对我占有欲这么强？好吧，只要你不在上面刻字，只留给你。"

那些遥远的事

像一团拥在怀里的梦

梦里有过不完的夏天

我们总是满脸汗水

那时我觉得自己很美

因为天真无畏

那一年你骑一辆破旧的永久

摇摇晃晃地驶向我

说要带我去江湖

像一团拥在怀里的梦

梦里有一棵桃花树

摇一摇啊 芬芳满心头

梦里的人儿还在吟诵

吟诵的人儿总也醒不来

……

那天的最后一站，两个人不约而同选择了最常去的那家麦当劳。陈羽寒照例点了一堆数量惊人的汉堡，悦然早已见怪不怪，她只要了一份麦香鱼。两人找了安静的位置坐下。

陈羽寒问她："你有没有想过怎么庆祝毕业？"

"和陆洋、幼琪我们四个人一起咯，喝酒、聊天，玩一个通宵。"

"在那之后我还有一个想法，不过需要你加入才能实现。"

悦然微微眯起眼睛，"我喜欢你制订计划时把我也加进去，这种思路非常好，说来听听吧。"

"我想从这里出发，骑车回北京。"

"从这里到北京？！坐火车要整整一夜呢。你逗我玩哪。"

"一千两百六十公里，一天骑八十公里的话半个月可以到。"

"补给怎么办？住在哪儿？六月底七月初那会儿别说骑车，在太阳下站一个小时都会中暑的。"

"我们不走高速路，危险，没有树荫，而且偏僻。我们走国道，从市区穿过去，这样只要轻装上阵，带够一天的水和吃的就行。每天凌晨四点出发，上午十点钟休息。下午四点再走一段就赶到附近的城镇找旅馆。这一路从南往北，横跨长江、黄河，途经海滨，非常壮观美好。"

"这么说你早就计划好了？"

"想了有一两个月吧。先把能想到的状况都考虑好，其他的路上随机应变。不过最重要的还是你愿意跟我一起。你答应吗？"

"傻瓜才会答应你，太离谱了。"

"一生能做几件离谱的事？我敢说这绝对是你人生中第二伟大的决定，老了还能津津乐道地回忆。"

"第一伟大是什么？"

"做我女朋友。"

"你让我想想吧，听着太刺激了。"

"只要你愿意信任我。"

"行李怎么办？"

"打包寄过去。"

"路上遇到坏人怎么办？"

"我保护你。"

"我怕我体力不够。"

"你这么壮实，耐力肯定比我还好。而且这一路多减肥啊，到北京后你会比现在更漂亮的。"

"陈羽寒！从我遇到你开始就一直是个傻瓜。如果路上没你说的那么漂亮，如果到北京后我没有变美，你就死定了。"

"你答应了？"

"答应你啦。"

陈羽寒捧起悦然的脸，用油腻腻的嘴在上面亲了一口："真是个好姑娘。"

悦然指指玻璃窗外停在自行车存放处的"永久"问："骑它去吗？"

"我是很想，可它没有减震，刹车也不好用，骑不了长途，我给你重新买一辆。"

"咦？车上那把蓝色的锁呢？你是不是进来时忘记锁车了？幸好从这里能看见。"

"哦，我故意没有锁，我想既然带不走不如就把它留在这里。这么破的车子估计偷车的都瞧不上。希望哪个学生能骑走它，也带着女朋友转遍这个城市。前几天擦车的时候，也许因为最后一次擦得仔细，我在钢圈上发现了两个英文字母缩写，我想只有恋人才会做这样的事情吧。索性把我们俩名字的开头字母也刻了上去。以后它的主人不一定能看见，可是它都记得。所有留在它身上的美好回忆都会伴着它一起驶向永久。"

"永久，不负它有这么好的名字。这是我见过的最浪漫的事了。"

陈羽寒帮陆洋论文完成大半的时候，陆洋的病情和精神状态都好转了很多。他半倚在栏杆上，请求悦然给他一台笔记本消遣时间。悦然刚送上去不到二十分钟，陆洋一声刺耳的尖叫震彻楼宇。陈羽寒要丢不锈钢杯子，只见陆洋指着屏幕声音颤抖地说："收到邮件了！密歇根大学的Offer！我再看一眼，千真万确！我被录取了，我拿到通行证了！美国，我来了！"接着陆洋愣了个神，想到什么似的开始麻利地穿衣服，"再也不用考托福了，我现在就回去烧书，我发过誓拿到通知书第一件事就是烧书。"悦然说，"你先等病好了再折腾吧。""已经好了。"悦然拿了温度计给他一量，果然烧全退了，啧啧感慨真是神奇。陆洋一甩头："Offer就是一剂良药。"潇洒地开门闪人。陈羽寒追出门外："论文总该自己写完吧？"

那年夏天，四个人最后一次聚会是领学位证的那天。陆洋、陈羽寒、悦然穿着黑色学士袍，戴着学士帽从礼堂走出来。幼琪迎面过来拿出相机要给他们拍合影。

悦然摘下帽子说："毕业合影少了你怎么行，我不要拍。"

陆洋也摘下帽子："对，我们四个要一起毕业。"

陈羽寒说："我提议，这个合影留到明年的今天拍，到时我们不管在哪里都要赶过来为幼琪庆祝。这是我们的一年之约。"

所有人欢呼着赞成。只是谁也没想到一年后的今天这张合影也没能拍成。那一天悦然去广东做异地采访时被台风困在湛江附近的一个海岛上，几乎弹尽粮绝。陈羽寒闻讯只好取消了去L市的航班改飞广东。而陆洋被一个热情的美国女孩穷追猛打，直到进教堂的最后一刻，做了逃跑新郎。事后问他原因，他说觉得美国女孩没有安全感，想来想去这些年还是幼琪在他身边时最踏实。

不过当时他们对未来一无所知，以为还能像大学一样自由支配人生。陆洋说："不如我们买点吃的去河堤那边吧，这里到处都是哭哭啼啼的老师、同学，实在看不下去。"

四个人一路嬉笑着跑到他们的根据地，夕阳像知道这一天的美好和伤感般，为回忆镀上一层诗意的金光。他们高高举起"茉莉花"碰杯："敬我们的一年之约，永不说再见。"

陆洋说："不如今天一会儿就在这里散了，咱们谁也不要去送站。"

悦然不怀好意地问："你是怕我们看见甜甜和你在机场吻别吧？"

陆洋苦笑："Offer迟迟没到那会儿，人家就离我而去了，大概是觉得我去美国没戏了吧。"说完悄悄瞥幼琪一眼，然后埋头啃鸡排。

陈羽寒伸过自己的酒瓶碰了一下陆洋的："不管怎么说，祝贺你美梦成真。"

陆洋动容："好哥们儿，下次回来我一定给你带一套知音的镲片。"

"先不说那个，你能把我爬门的照片删了吗？"

"那，不行，所有你的照片里就数这张最生动，以后我在美国想你了还要经常拿出来看呢。"

"你删不删？"

"不删。"

陈羽寒飞身去夺陆洋的手机，陆洋撒开腿就跑，两个人在河堤的斜坡上艰难地追逐。悦然和幼琪笑着给他们加油。运河上空静静浮起一弯清秀的上弦月，幼琪仰起脸看了一会儿，轻轻哼起王菲的《当时的月亮》："当时我们听着音乐，还好我忘了是谁唱，谁唱，当时桌上有一杯茶，还好我没将它喝完，喝完。谁能告诉我，要有多坚强，才能念念不忘……"

一曲哼完，幼琪的眼睛里蒙了薄薄一层水雾："悦然，为什么有的事情我们好努力，付出好多，可是最后还是一无所获呢？"

"你又在想他？"

"嗯，已经不像以前那么难过，不过偶尔还是会想起。大概是你们都要离开了，这种空荡荡的感觉好强烈。"

"空荡荡的感觉，我记得决定放弃编剧考试走出考场的那一刻我也是这种感觉。"

"你准备了那么久，放弃了是不是很可惜？"

悦然微微一笑："青春不就是常常空手而归？没有结果的付出看起来很徒劳，但我相信一定有我们看不见的收获。而且这个梦想我不会放弃的。"

"敬空手而归。"

"敬空手而归。"

"敬永不放弃。"

"敬永不放弃。"

那晚他们一直在河堤上坐到深夜仍迟迟不愿回去，喝空的酒瓶被狠狠砸碎在坚硬的水泥地上，溅起晶莹的"烟花"。他们都不记得说了什么，只记得话怎么都说不完。他们不记得哭了多少回，拥抱了多少次，对着月亮许了多少憧憬和愿望。不管他们怎么努力地对抗着最后的分分秒秒，大学四年的时光终究还是在湿漉漉的夜气中伤感地落幕了。

悦然忙着和陈羽寒一起制定路线，改装山地车（安装货架水架，轮胎改成快拆型），购买工具和训练体能，骑车远行的计划带来的兴奋冲淡了离别的失落。

一个薄雾还未消散的黎明，他们最后看了一眼碧云阁，登上山地车，与其说是离开，不如说是出发了。整座城市还未苏醒，街道上除了清洁工扫地的声音外一片寂静。关于这座城最后的记忆是浅灰色的，温柔的，安详的。

路途的艰辛超过悦然的想象，半个小时后她和陈羽寒已经浑身湿透，一个小时后膝盖酸痛不已，每每汽车驶过，郊区的灰尘便滚滚而来，沾在头发和汗津津的皮肤上。过了仪征的地界，两个人车都来不及停好便扑倒在路边的田埂上休息。

悦然大口大口喘着气说："我有种上当受骗的感觉，说好的美丽和惬意呢？"

陈羽寒咕咚咕咚灌下大半瓶水说："别着急，没准在远方呢。"

"我们骑了多远？"

"等我看看码表，三十二公里。"

"三十二公里，一千两百六十公里，天哪，听着就浑身瘫软。"

"现在后悔还来得及，往回骑下午就能到，然后买张明天的火车票后天一早就到北京了。你决定吧。"

悦然左右看看两个方向，柏油路上的白线都向远处延伸着看不见尽头，一头通向天安门，一头是原点。同样是路，同样的泥石和沙土，未知的那一边却强烈地吸引着她。

她不假思索地说："我选择继续往前走，不过我提议我们都给对方许一个大大的愿望作为鼓励。如果你能一直骑到北京，中途不掉链子，我就请你吃全聚德，就我们俩，要整整一只烤鸭。该你啦。"

陈羽寒说："如果你能一路骑到北京，中途不掉链子，我就娶你 。"

悦然愣了愣，沉默片刻，然后温柔而坚定的看着他："可是我已经等不及了。"

（完）